KB117154

제가 한번 해보았습니다,
남기자의 체험리즘

제가 한번 해보았습니다,
남기자의 체험리즘

1판 1쇄 발행 2020. 6. 8.
1판 5쇄 발행 2023. 7. 20.

지은이 남형도

발행인 고세규
편집 강지혜 디자인 지은혜 마케팅 김새로미 홍보 반재서
발행처 김영사
등록 1979년 5월 17일(제406-2003-036호)
주소 경기도 파주시 문발로 197(문발동) 우편번호 10881
전화 마케팅부 031)955-3100, 편집부 031)955-3200 | 팩스 031)955-3111

값은 뒤표지에 있습니다.
ISBN 978-89-349-9253-0 03810

홈페이지 www.gimmyoung.com 블로그 blog.naver.com/gybook
인스타그램 instagram.com/gimmyoun 이메일 bestbook@gimmyoung.com

좋은 독자가 좋은 책을 만듭니다.
김영사는 독자 여러분의 의견에 항상 귀 기울이고 있습니다.

제가 한번 해보았습니다,
남기자의 체험리즘

— 남형도 —

김영사

스물넷 그해 가을, 학교 도서관을 걷고 있었다.

늘 보던 익숙한 광경이 스쳐 지나갔다.

그런데 그날따라 눈길을 붙잡는 게 있었다.

도서관을 청소하는 아주머니였다.

그는 지친 몸을 쉬려 어딘가에 앉아 있었다.

쓰레기통 위였다.

가장 깨끗하게 치워주는 이가

쉴 곳이 마땅치 않아 가장 더러운 곳에 앉아 있었다.

무심히 스쳐가는 학생들을 바라봤다.

그때 나는 크게 떠들고 싶었다.

시선에서 소외된 것들을.

수습기자가 된 뒤,

수동 휠체어를 처음 탔다.

장애인의 시선으로 온종일 서울 곳곳을 다녔다.

이미 내가 알던 세상이 아니었다.

그리고 9년 후,

소외된 이들도, 이 시대를 사는 우리도,
여전히 위로가 필요하다.
당신이 되고서 알게 된 것들을
하나하나 기록했다.
작은 한숨까지
고스란히 전해지길 바라며.
이 글이 당신에게 위로가 되기를.
그리고 이 글을 읽은 당신이,
홀로 견디는 누군가의
하루를 버티는 힘이 되어주기를.

스물넷 그해 가을의 소망을
조심히 꺼내어 본다.

2020년 봄
남형도

2 시선 끝에 그들이 있었다

3 나답게 살고 있습니까

1

우리는 위로받을 이유가 있다

'브래지어',
남자가 입어봤다

'브래지어(이하 브라)'를 입는 건 자유다. 안 입었다고 '브라 착용법法(대녀를 안 거치고 이름 붙였다, 세상에 없는 법이다)' 위반으로 구속되진 않는다. 브라를 벗고 나갔다가 경찰에 적발되고, 이어 "왜 오늘 브라 안 했습니까? 과태료 8만 원(브라 모양에서 착안)입니다"라는 소리 듣진 않는다.

그런데도 여성들은 대부분 다 한다. '노브라'를 찾아보기 힘들다. 왜 그럴까. 폭염에 땀범벅이 된 한 여성의 등을 보며 그런 의문이 들었다. '많이 더울 텐데, 안 입으면 편할 텐데.' 그래서 여성 다섯 명에게 물었더니 돌아온 대답들이 이랬다. "가슴이 흔들리면 아프다", "유두가 옷에 쓸리면 불편하다", "가슴 아래 땀이 찬다", "처지는 게 싫어서 한다", "옷 위에 가슴이 드러나면 민망하다", "왜 차는지 모른다, 그냥 그렇게 배웠다"까지.

아내에게 물었다. 그게 그렇게 갑갑하냐고. "퇴근하면 브라부터 벗잖아"라는 대답이 돌아왔다. 그러고 보니 그랬다. 함께 살면서도 전혀 알지 못했다. 한번 겪어보면 조금이나마 공감할 수 있지 않을까. 그래서 조금 부끄럽지만 용기를 내보기로 했다.

그렇다. 이건 여러 이유로 브라를 당연하게 입어왔던, 여성들의 '불편함'에 대한 이야기다. 그걸 남성들도 알면 좋을 듯했다. 공감하게 된다면, 브라를 안 입고 다니는 여성을 봐도 이상하게 빤히 보지 않고 '많이 답답해서 그렇구나', 그리 이해해줄 거라 기대하면서.

'표범 무늬 남색 브라'를 사 왔다

우선 '맞는 브라'를 찾는 게 관건이었다. 어느 여름날 오후, 서울 중구 명동을 둘러봤다. 수많은 속옷가게 중 처음 보인 가게에 들어갔다. 엉거주춤 두리번거리다 란제리 코너로 향했다. 들어가려는데 외국인과 눈이 마주쳤다. 시선을 황급히 피했다. '아내 속옷을 사러 온 것'이라고 거짓 주문을 외웠다. 속옷을 찬찬히 둘러봤다. 숫자와 알파벳이 영어처럼 쓰여 있는 게 마치 외계어 같았다. 가장 넉넉해 보이는 'D컵'을 찾았다. 막상 들어서 보니 내겐 상당히 작아 보였다.

알고 보니 숫자는 밑가슴둘레, A·B·C·D는 컵 사이즈였다. 잘 맞지 않으면 가슴 모양이 바뀔 뿐 아니라, 상당히 불편하다고 했다.

결국 점원 도움을 받았다. 그는 내 얼굴을 빤히 보더니 키득키득 웃었다. "푸흡, 이거 정말 꼭 착용하셔야 돼요?" 몇 번이나 되물었다. 점원은 매장서 가장 큰 사이즈인 85D, 와이어와 패드가 있는

서울 명동의 한 속옷가게. 시선을 어디 둬야 할지 몰랐다. 살펴보는 것만 해도 고역이었다. 숫자와 컵 사이즈는 마치 '외계어'처럼 어려웠다. 결국 여직원에 게 도움을 요청했다. 웃음소리는 덤이 었다.

제품을 권했다. "이런 브라가 땀이 차고 불편하다"고 했다. 당장 야심차게 착용해보려 했다. 그러자 점원이 걱정스레 물었다. "여기서도 괜찮으시겠어요?" 주위를 보니 여성 손님 몇이 있었다. 그렇다고 여성들만 드나드는 탈의실을 이용하기도 뭣한 노릇이었다.

그냥 셔츠 위에 브라를 입었다. 호크를 잠그려 낑낑댔지만 잘 안 됐다. 팔의 각도가 어색했다. 손도 잘 안 닿았다. 이걸 어쩌지 고민하던 찰나, 점원이 도와줬다. 하지만 그래도 안 잠겼다. 브라가 찢어질까 두려웠다. 에어컨이 시원하게 나오는데도 진땀이 흘렀다. 점원 말이 이어졌다. "남자분이라 안 맞나봐요. 맞는 게 없을 것 같은데요." 첫 속옷가게부터 난관이었다. '이상한 손님'을 위해 수고해준 점원에게 감사 인사를 했다.

큰 브라를 파는 가게를 검색했다. 한 군데가 나왔다. 들어가니

'포스(기운)' 있는 여성 점원이 있었다. 미심쩍은 눈빛을 보내기에 기사 취지를 설명했다. 점원은 빠른 손놀림으로 사이즈부터 잰 뒤 이렇게 말했다. "기왕 할 거면 딱 맞는 브라로 해야죠. 작은 속옷을 입고 불편하다고 하면 안 되니까요. 실제 여성들처럼 해보세요." 열정적인 도움에 믿음이 갔다. 고개를 끄덕였다.

창고 안으로 들어갔다 나온 그의 손에 브라 하나가 들려 있었다. 무려 '핑크색'이었다. 굳이 예쁘지 않아도 되는데, 속으로 생각했지만 순순히 받아 들었다. 찬밥, 더운밥 가릴 처지가 아니었다. 탈의실로 들어가 셔츠를 벗었다. 전면, 좌, 우에 거울이 있었다. 브라를 내 몸에 대는 순간, 나도 모르게 시선을 피했다. 두 다리에 힘이 풀렸다. 주저앉고 싶었다. 포기하고 싶어졌다.

호크 채우기가 또 난감했다. 머리를 썼다. 앞으로 돌려 채운 뒤 입어보기로 했다. 하지만 잘 안 됐다. 진땀을 흘리다 점원을 불렀다. 그가 뒤에서 호크를 채워줬다. 처음 브라를 입는 순간이었다. 점원은 가슴 주변 살들을 패드 안으로 정리해주는 것도 잊지 않았다. '이렇게 하는 것'이란 말과 함께. 시간이 빨리 흐르길 바랐다. 그리고 첫 느낌은 이랬다. '진짜 갑갑하다. 벗고 싶다.'

핑크 브라를 사려니 가격이 너무 비쌌다. 7만 8,000원이나 했다. 1만 원에 세 개짜리 팬티를 입는 터라 깜짝 놀랐다. 팬티 스물네 개 가격이었다. 회의 때 후배들에게 브라를 보통 1년에 한 번은 바꿔야 한다고 들은 적이 있었다. 가격 부담이 만만찮을 것 같았다. 여성이라서 어쩔 수 없이 지불해야 할 비용이었다.

'천신만고' 끝에 명동 속옷 가게에서 필자에게 맞는 브라를 샀다. 사이즈는 90B, 밑가슴둘레는 90센티미터, 가슴둘레는 103센티미터짜리였다. 집에서 입어봤다. 독자의 안구 및 기분 보호를 위해 블러 처리를 했다. 거듭 죄송하다.(ⓒ필자 아내)

점원에게 왜 이렇게 비싸냐고 했더니 세일 매대로 데려갔다. 1만 5,000원 상품부터 있다고 했다. 곧바로 역동적인 표범 무늬 남색 브라를 집어 계산했다. 와이어가 있고, 레이스도 일부 달려 있었다. 집에 오니 아내가 중년 여성들이 선호할 것 같은 브라라고 했다. 그러거나 말거나 싼 것에 만족했다.

왜 몰랐을까, 이리 힘든 줄

다음 날 아침 7시, 졸린 눈을 비비며 브라부터 했다. 브라와 색깔 맞춤을 하려 남색 반팔티를 입었다. 동물들이 생존을 위해 하는 일종의 '보호색(주위 환경이나 배경의 빛깔을 닮아 발견되기 어려운 색)'이었다. 여성들도 얇은 반팔티를 입을 때면 브라가 비치는 게 신경 쓰일 것 같았다. 옷에 대한 제약이 많을 듯했다. 그 자체가 피곤한 일이었다.

브라를 입자마자 갑갑해졌다. 앞, 옆, 뒷가슴을 손바닥으로 지그시 누르는 느낌이었다. 숨을 크게 쉬기 어려웠다. 약 10분이 지나자 현기증도 오는 것 같았다. 가슴 쪽이 덥기도 했다. 선풍기를 켰다. 출근 전인데 퇴근하고 싶어졌다. 심호흡을 했다. 달력을 보니 8월 22일. 사흘 후면 월급날이니 힘내자고 스스로를 다독이며 집을 나섰다.

바깥에 나오니 산책하는 여성들이 보였다. 아마도 브라를 입고 있을 터였다. '이 불편한 걸 집 밖에선 다 해야 하는구나.' 문득 대단하단 생각이 들었다. 2차 성징이 시작될 무렵부터 수십 년간 해왔을 터였다. 일상 풍경도 새삼 다시 보였다.

처음엔 걷는 것도 쉬이 집중할 수 없었다. 브라에 신경이 온통 쏠렸다. 착용 30분 만에 등에 땀이 찼다. 가슴에 습기도 차는 듯했다. 오른쪽 뒤 호크가 등 쪽을 거슬리게 했다. 앞가슴 양쪽을 누르는 와이어의 압박도 컸다. 어깨끈도 계속 신경을 건드렸다. 만원 지하철을 타자 땀이 줄줄 흐르기 시작했다. 웃음기가 사라지고 인상이 써졌다. 그동안 왜 이리 몰랐을까 하는 생각이 들었다.

어깨도, 뒷목도 뻐근해졌다

회사에 도착해 자리에 앉으니 답답함이 더 커졌다. 착용 한 시간째, 상반신이 뻐근해졌다. 표정이 편하게 안 나왔다. 속 모르는 후배들은 "진짜 브라를 하셨냐"며 폭소를 터트렸다. "티가 별로 안 난다", "갑빠를 위해 뭔가 찬 사람 같다"는 등 반응이 갈렸다. 얼마 전 들어온 인턴 기자 두 명을 보기가 민망했다.

아침 9시가 넘자 어깨와 뒷목을 주무르게 됐다. 피가 잘 안 통하는 듯했다. 머리 왼쪽도 띵한 느낌이었다. 까칠까칠한 레이스에 살갗이 계속 쏠렸다. 가슴도 움츠러들어 자꾸 쭉 폈다. 기지개도 켰다. 그러자 또 다른 고역이 생겼다. 브라가 따라서 위로 쭉 올라온 것. 브라 끈을 잡아 다시 내리려니 모양새가 조금 그랬다. 여성들이 공공장소서 이따금씩 잡아 내리던 게 생각났다. 민망할 수 있었겠단 생각이 들었다.

10시가 되니 불쾌감은 지속됐지만 적응이 좀 됐다. 착용 세 시간 만이었다. 편한 건 아니고 불편함에 적응된 듯했다. 이렇게 여성들이 브라 억압에 항복하는가 싶었다. 다만 등 쪽이 가려워 자꾸 긁었다. 아내가 이따금 등을 긁어달라고 했던 게 생각났다. 호크가 닿는 부분에 빨간 뾰루지 같은 게 났었다. '브라 때문에 그랬구나' 깨닫게 됐다.

낮 12시, 점심을 먹으러 갔다. 닭갈비 볶음밥과 생선가스. 좋아하는 메뉴지만 마음껏 못 즐겼다. 브라가 명치 한가운데를 압박했다. 진심 원망스러웠다. 음식물이 잘 안 넘어갔다. 가슴에 한 번씩 걸리는 느낌이었다. 소화가 시원스레 안 됐는지, 머리가 계속 띵했다.

식사 후 체할 것 같아 청계천으로 향했다. 그러자 더위가 고역이

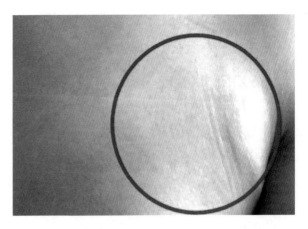

브라 때문에 가슴 위쪽에 난 빨간색 자국. 앞쪽뿐 아니라 옆쪽, 뒤쪽에도 모두 자국이 생겼다. 하루 종일 꺼 있던 가슴의 고충이 느껴진다.

었다. 섭씨 32도, 체감온도는 더 높았다. 걸은 지 5분 만에 브라에 땀이 찼다. 15분이 지나니 브라 끈과 와이어 부분이 축축해지기 시작했다. 가슴골 사이에선 땀이 흘렀다. 겨울이면 따뜻하기라도 할 텐데, 여름엔 대책이 없었다. 패드 밑을 잠깐 들었더니 시원했다. 땡볕에 브라가 불타는 느낌이었다.

티셔츠를 위아래로 흔들어도 브라는 바람이 안 통했다. 가슴 내부가 습하고 땀이 찼다. 소재가 대체 뭘까 의아했다. 30분 이상 걸으니 온통 축축해졌다. 브라에 지친 필자는 사무실로 돌아와 엎드려 쪽잠을 잤다. 깬 뒤에도 브라는 축축했다. 잘 마르지도 않았다. 꿉꿉하고 불쾌했다.

열두 시간 만에 벗고, 대자로 뻗어

일순간 브라를 보는 시선이 달라졌음을 느꼈다. 여성 속옷으로, 낯부끄럽고 때론 성(性)적으로 여겼을 브라였다. 그런데 그게 아니었나. 족쇄나 억압 도구처럼 느껴졌다. 브라에 왜 '해방'이란 단어를 쓰는지 알게 됐다. 착용 여섯 시간 만이었다.

퇴근길에 취재한 여성들도 이런 불편함을 호소했다. 직장인 이수진 씨는 "정말 밖에 돌아다닐 때도 브라를 안 하고 싶다. 집에 와서 벗으면 얼마나 해방감이 드는지 모른다. 하루 체험한 것도 불편한데 수십 년 한 여성들은 오죽하겠냐"고 토로했다. 직장인 황수연 씨도 "초등학교 6학년 때부터 했더니 답답함에 익숙해졌다. 하지만 여름엔 땀나서 특히 고역이다. 여성이라 정말 불편할 때가 많다"고 말했다.

집으로 돌아와 브라를 벗어 던졌다. 열두 시간 만이었다. 거실 바닥에 내팽개쳤다. 이 기분은 뭐랄까, 30년 넘게 살면서 느껴본 해방감 중 손꼽을 정도였다. 평소보다 세 배는 힘든 하루였다. 눈알도 뻑뻑하고 머리도 아팠다. 속도 더부룩했다. 진통제를 한 알 먹고, 그대로 대자(大字)로 뻗었다. 그리고 가슴을 낯설게 내려다봤다. 이게 뭔 죄라고 이렇게까지 가두나, 하는 생각이 들었다.

'노브라' 시선 느끼려, 흰 티를 입었다

다음 날 아침, 다시 브라를 했다. 이번엔 잘 드러나도록 얇고 몸에 딱 붙는 흰 티를 입었다. 이번엔 '불편한 시선'을 느끼고자 했다. 여

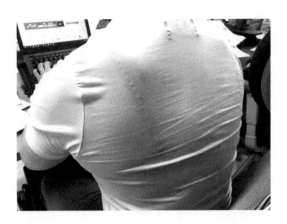

생전 처음 브라를 찼다. 갑갑하고 숨 막히고 까칠까칠하고 소화가 안 됐다. 흰 티셔츠를 입은 건 '불편한 시선'을 체험하기 위함이었다. 여성에게 노브 라가, 남성에게 브라만큼 힘든 일이라 여겼기 때문이다. 물론 저러고 있으 니 화장실 가는 것도 참게 되었다.(ⓒ후배 남궁민 기자)

성의 '노브라'가, 남성의 '브라'만큼 시선을 받지 않을까 하는 생각 이 들었다. 당연히 결은 다르다. 하지만 선입견을 깨는 점에서 공 통점이 있다고 여겼다.

예상대로 밖에 나오자마자 시선이 쏠렸다. 동네 어르신도, 산책 하던 남성도, 정류장에서 버스를 기다리는 여성들도, 등교하던 학 생들도 '동공 지진'이 일었다. 대부분 대놓고 빤히 쳐다봤다. 시선은 가슴 쪽에 한 번, 얼굴에 한 번 머물렀다. 길에서 만난 행인 100명 중 90명 이상이 쳐다봤다. 때론 뒤돌아서 다시 쳐다보기도 했다. 민 망하고 위축됐다. 팔로 자꾸 가슴을 가리게 됐다. 가방을 돌려서 멜 까도 생각했다.

회사에 오자마자 여기저기서 폭소가 터졌다. "고생이 많다"는
위로가 들렸다. 자리에서 움직일 때마다 후배들이 킥킥댔다. 움직
임을 최소화하게 됐다. 화장실도 되도록 참았다. 타인의 눈길에 초
연한 편인데도 사회적 시선을 이기긴 쉽지 않았다.

아마도 대다수가 무관심했다면 마음 편히 다녔을 것이다. 여성
들이 편하고 싶을 때, 진정으로 원할 때 노브라를 하는 게 어려운
이유도 이와 비슷하지 않을까 생각했다.

체험한 지 사흘 만에, 브라를 결국 벗었다. 육체적인 불편함보다
더 힘든 건, 버거운 시선이었다. 누가 뭐라 안 했어도 그것만으로
무언의 족쇄였다. 그래서 여성들도 쉬이 벗을 수 없었겠구나, 절실
히 깨닫게 됐다.

어느 날의 기억 하나가 생각났다. 아내가 가끔 동네에 나올 때만
이라도 브라를 벗고 싶다고 했었다. 답답하다고. 그때 '노브라'로
다니지 말라며 말렸다. 그게 새삼 미안해졌다. 생각한답시고 뱉은
말이 결국 '억압'이었다. 가장 가까운 아내 마음도 모르고 똑같은
사회적 시선을 들이댔었다. 그날 밤 아내에게 미안하다고 했다. 그
땐 너무 몰랐었다고. 이렇게 힘들고 답답한 것인지.

아내에게 물어봤다. 브라를 처음 했을 때를 기억하냐고.

기억난다고 했다. 그러면서 이런 얘기를 했다.

"당연히 해야 되는 건 줄 알았어. 남들 다 하니까, 여자는 브라를 꼭 입어야 한다고 하니까. 안 하는 건 생각해본 적도 없어. 그냥 학습됐다고 할까."

다리를 벌리고 앉아 있으면 조신하지 않다고 꾸중을 듣고, 한겨울 교복 치마에 다리가 시려서 체육복을 입고 돌아다니면 교칙에 어긋난다고 혼이 났다고 했다. 무엇을 위한 건지, 또 왜 그런지도 잘 모른 채.

아내와 다짐을 하나 했다. 나중에 혹시 딸을 낳으면, 그리고 좀 더 자라서 때가 되면 이렇게 말해주자고.

"브라는 해도 되고, 안 해도 되는 거야. 그러니 네가 선택해도 돼. 그건 맞고 틀린 게 아니야. 그저 편한 대로 했으면 좋겠어."

그리고 언젠간 딸과 이런 얘길 자연스레 나누는 날이 오기를.

"아빠, 요즘 누가 브라를 해, 촌스럽게. 그거 엄마 때나 하던 거잖아. 우린 답답해서 그런 거 안 해."

어쩌면 그 첫 단추를 끼우는 건, 우리 몫인지도 모르겠다.

애 없는 남자,
'육아' 해봤다

"여기서 아이들과 올라가시겠어요?"

주환이(가명)·혜령이(가명) 엄마 전모 씨의 말이, '쿵' 하고 심장을 울렸다. 이제 그에게 의지하던 시간도 끝이다. 어린이 영화 〈헬로카봇〉을 보러 영화관에 가는 길. 이젠 내가 오롯이 두 아이를 챙겨 영화를 보고, 저녁 식사를 해야 했다. "주환아, 삼촌 잘 도와드려. 혜령이 안 잃어버리게 잘 챙기고!" 지하주차장에서 마지막 인사를 했다. 전씨는 영화관 인근에 있을 테니, 급하면 SOS를 치라 했다. 그 말이 어찌나 힘이 되던지.

대형 쇼핑몰 인파 속에 뛰어들자, 신경이 곤두섰다. 두 아이의 고사리손을 꽉 쥐었다. "에스카레타(에스컬레이터) 타구 갈래요!" 혜령이가 큰 소리로 외쳤다. 아이들과 함께 탔다. "조심조심, 노란 선 안에 있어야 돼요. 위험해." 불안한 마음에 계속해서 당부했다. 혜령이는 "우와, 올라간다" 하며 신이 나 있더니, 별안간 "앗, 뜨거워" 하고 외쳤다. 놀라서 보니 손을 유리에 대고 있었다. "거기 만지면 안 돼요, 손손손, 손 조심!" 하며 가슴을 쓸어내렸다.

영화관이 너무 멀게 느껴졌다. 주환이는 빨리 가겠다고 왼손을 끄는데, 오른손을 잡은 혜령이는 아장아장 발걸음이 더뎠다. 이마에 땀이 송골송골 맺히다 주르륵 흘렀다. 5층에 있는 영화관에 겨우 도착했더니, 우리 상영관은 8층이란다. 절망했다. 땀이 찬 내 왼손이 더운지 주환이가 손을 자꾸 뺐다. 그리고 물었다. "삼촌은 왜 땀이 많아요?", "그러게, 삼촌은 원래 땀이 많아, 하하." 그랬더니 이 녀석, 이렇게 말하는 거였다. "선풍기가 있어야겠어!(고맙다)"

영화관에 겨우 도착해 티켓에 있는 좌석 번호를 봤다. 07, 08, 09라 표기돼 있었다. 어느 줄에 있는 7, 8, 9번 좌석인지 당황했다. 아이들에게 "잠깐만 앉아 있어봐"라고 한 뒤, 부랴부랴 전씨에게 전화를 걸었다. 그랬더니 숫자 0(영)이 아니라, 영어 O(오)란다. O(오)열에 있는 좌석이었다. 부끄러웠다. '넋이 좀 나가 있구나' 싶었다.

'육아의 참맛'을 보았다. 내 아이들은 아니었다. 결혼한 지 만 4년이 됐지만, 애는 없다. 이유는 간단했다. 아내랑 둘이 있어도 행복했다. 자유롭게 여행 다니고, 맛집 가고, 즐기는 게 더 좋았다. 이따금 친구들이 하는 육아 얘긴 묵직하게 가슴을 눌렀다. 누구는 아내와 마지막으로 본 영화가 〈광해〉라고 했고, 또 누구는 매일 잘 못 잔다며 눈이 퀭했다. '애 낳기 무섭다'는 마음에 차일피일 계속 미뤘다. 다행히 양가 모두 아이를 낳으란 압박은 안 했다. 엄마는 오히려 "다시 과거로 돌아간다면, 애 안 낳는다"고 했다. 그럼 저는요….

새해가 되고, 더는 미룰 수 없단 생각이 들었다. 낳느냐, 마느냐. 어느 쪽이든 결단이 필요했다. 아이 없는 삶은 충분히 맛봤으니, 이젠 육아를 체험해봤으면 했다. 기껏해야 조카들이랑 놀아본 게 전부여서, 온전한 하루가 궁금했다. 그리고 또 하나, 육아의 힘듦을 알고 싶기도 했다. 퇴근도 없고, 고군분투해도 '0원의 노동력'으로 치부되는 엄마들의 현실, 그 불안과 고단함과 외로움에 대해. 그러면 아이를 안 낳아 걱정이라는 사회 문제에 대해서도 조금은 실마리를 찾을 수 있지 않을까 싶었다.

첨엔 홀로 육아를 해보고 싶었으나, 부모의 불안함이 큰 듯했다. 당연했다. 그래서 섭외가 난항이었다. 다행히 동갑인 전씨 부부에게 허락을 얻었다. 그렇게 2019년 1월 마지막 날, 여섯 살 주환이(아들)와 네 살 혜령이(딸)랑 하루를 보내기로 했다. 아이들이 일어나는 아침 7시 30분부터 잠드는 밤 9시 40분까지 함께했다. 대부분 시간은 엄마 전씨의 도움을 받고, 네 시간은 필자 홀로 육아를 해봤다.

네 살·여섯 살에겐 세 가지 병이 있다, "내가", "아니", "싫어"

하루 전날, 전씨에게 SNS 링크가 담긴 문자메시지 한 통을 받았다. 들어가보니 '뚱시'랑 '뚱슈니'란 애칭의 아이들 사진이 있었다. 아내가 나를 부르는 애칭이 '뚱이'인지라(TMI), 무언가 공감대가 느껴졌다. 다양한 사진 중, '뚱슈니' 혜령이 사진 하나가 눈에 들어왔다. 네 가지 버전의 울고 떼쓰는 모습이었다. 분명 사진인데도, 포효하는 듯했다. '만병의 근원'이란 해시태그도 달려 있었다. 말만 그렇지, 그의 SNS엔 온통 애들 사진뿐이었다. 엄마의 애정과 고통이 함께 느껴졌다.

아침 7시 30분, 애들이 사는 아파트 단지로 향했다. 그쯤 일어난다고 했다. 연락하면 지하주차장 문을 열어준다고 했는데, 그냥 지상 아무 데나 차를 세웠다. 아침이라 한창 바쁠 시간이기에. 애가 없어도 그 정도 짐작은 갔다. 도착하니 현관문 앞에 노란색 뽀로로 자전거가 있었다. 이 집이구나 싶었다.

전씨 부부는 이미 깨어 있었다. 집 안에 들어서자, 색색의 매트 위에 장난감들이 나뒹구는 게 보였다. 순간 아이들이 눈이 휘둥그레져서 나를 쳐다봤다. "삼촌이 오늘 하루 잘 봐주실 거야" 하고 전씨가 소개했다. 보라색 땡땡이 옷을 입은 혜령이와 감색 옷을 입은 주환이가 고개를 꾸벅 숙이며 인사했다. 아이들은 호기심에 날 빤히 보면서도, 쉽게 말을 걸진 못했다. 아직 친해질 시간이 필요했다. 아침밥으로 죽을 먹고 있는 애들 곁에 앉아 이런저런 말을 건넸다.

전씨 남편은 출근 준비를 하면서도, 낯을 많이 가리는 아이들이 울까봐 노심초사했다. 애들이 다행히 안 운다며 삼촌이 마음에 드는 모양이라고 했다. 부부는 맞벌이였다. 아내는 워킹맘이라고 했다. 전씨 남편 고향은 지방이고 전씨 친정어머니는 일하고 계셔서 육아를 도와줄 이도 마땅히 없었다. 그래서 아내가 주로 '독박 육아'를 했단다.

《미운 4살부터 막무가내 8살까지》란 책이 있던가. 지금 애들이 딱 그 시기란다. 세 가지 병을 앓고 있단다. 이름하여 "내가", "아니", "싫어" 병이다. 말문이 트이고 자립심이 생기면서 무슨 말을 해도 "싫어", "아니", "내가 할 거야"라고 한다는 것. 그래서 환장한단다. 그걸 금방 확인할 수 있었다. 아침밥을 다 먹은 혜령이에게 내가 "물 마실 거야?" 하고 묻자 "아뇨" 하더니, "안 마실 거야?" 하니까 "마실 거예요"라고 했다. 향후 고난이 예상됐다.

첫 임무는 쉬웠다. 애들 이 닦이고 세수시키기. 먼저 주환이가 세면대 앞에 놓인 노란색 키높이 발판에 올랐다. 주황색 칫솔에 치약을 묻혀 치아 구석구석을 치카치카 닦아줬다. 손바닥보다 한참 작은 얼굴에도 시원스레 물을 묻혔다. 수건으로 닦은 뒤 "잘생겼네" 하며 점수를 땄다. 붕 뜬 머리도 가지런하게 만져줬다. 혜령이는 좀 더 작은 칫솔로 치아를 닦아줬다. "다 닦았떠요?" "응!" 보글보글 물을 뱉게 하고 화장실을 나왔다. 근데 세수를 까먹었다. 전씨가 "눈곱이 있네" 해서 딱 걸렸다. '육아 초보' 티가 팍팍 났다.

주환이는 축농증, 혜령인 귀에 염증이 있어 병원에 들르기로 했다. 병원 얘기에 아이들이 긴장하려 하자, 전씨가 재빨리 "오늘은 주사 맞는 거 아니야"라고 안심시켰다. 아이들은 안심한 듯 "주사 안 맞아, 주사 안 맞아" 하고 자기 주문을 외웠다. 역시 엄마는 한수 앞을 내다보고 있었다. 노련했다.

바깥에 나오자 '시선'이 고스란히 아이들에게 묶였다. 애들과 함께하니 어디로 튈지 몰랐다. 지하주차장에 내려가자 혜령이가 종종걸음으로 앞을 향해 달려갔다. 순간 놀라서 쫓아갔다. 다행히 차가

'내 눈높이에 있는 건 다 만질 거야' 약국에서 비타민을 만지작. 호기심 많은 혜령이는 '미운 네 살'이다. '미운 네 살'들에게 호되게 당한 몇몇 엄마들은 '미친 네 살'이라고도 한다.

없었지만, 혹시라도 있었다면 아찔할 뻔했다. 그때 처음 알았다. 한눈파는 것도 홀가분한 자유란 걸. 스마트폰을 보거나, 음악을 듣거나, 그런 게 허용되지 않았다. 늘 아이를 봐야 한다는 것, 소홀했다가 무슨 일이 생기면 내 책임이란 것, 그 묵직한 무게감이 밀려왔다.

매 순간 '힘겨루기'가 이어졌다. 잘 타일러도 쉬이 따르지 않았다. 엘리베이터를 탈 땐 서로 버튼을 누르겠다며 떼를 썼다. 오빠인 주환이가 빠르게 먼저 눌렀다. 그러자 혜령이가 목소릴 높이기 시작했다. 그래서 혜령이를 번쩍 들어 다른 버튼을 누르게 해줬다. 병원 인근 약국에 가선 자신의 눈높이에 놓인 비타민을 사겠다고 졸랐다. 전씨가 "집에 있잖아"라고 해도 어림없었다. 비타민을 사주자, 혜령이가 "이걸로 바꿀래", "아니 저걸로" 하며 세 번을 바꿨다. "한 번 사면 못 바꾸는 거야"라고 해도 소용없었다. 전씨는 하루에도 몇 번씩 반복되는 일이라고 했다.

그때 드라마 〈SKY캐슬〉에서 봤던 명대사가 생각났다. "신이 자식을 준 이유는, 네 마음대로 되는 게 없단 걸 알려주기 위함"이라고. 가끔 길에서 애들을 따끔히 혼내는 부모를 본 적이 있다. 저렇게까지 해야 하나 생각한 적도 있다. 근데 그렇게 할 수밖에 없는 때도 있다는 걸 이제 조금 알 것 같았다.

아이들을 어린이집과 유치원에 보낸 뒤에야 겨우 한숨 돌렸다. 시계를 보니 아침 9시 30분. 아이들과 만난 지 고작 두 시간 정도 지나 있었다. 아침이 무척 길었다. 평소 이 모든 일을, 엄마 홀로 출근하기 전에 모두 마친다고 했다. 그러곤 또 일하러 직장으로 가는 거였다.

공짜 책 얻기, 육아는 '비용'도 많이 드는 일

전씨는 갈 곳이 있다고 했다. 아는 엄마에게 책을 얻으러 간단다. 이미 자녀가 초등학교에 들어간 이의 '나눔'이라 했다. 유아용 그림책, 동화책, 지능발달 놀이교구 등이었다. 전씨는 돈 주고 사려면 꽤 비싸다고 했다. 도착하니 커다란 상자 대여섯 개가 놓여 있었다. 꽤 묵직한 걸 여러 번 날랐다. 전씨가 오늘 혼자 왔으면 고생할 뻔했다며 안도했다. 책을 주던 이는 "애 낳으면 다른 것 없고, 돈 잘 벌어야 한다"고 당부했다. 그도 이제 막 아이가 초등학교에 들어가서 사교육비가 꽤 든단다.

그랬다. 잠시 육아에서 간과한 게 있었으니, '비용'이었다. 주환이와 혜령이는 아직 초등학교에 들어가기 전이라 그나마 낫지만, 그래도 사교육비가 만만찮다고 했다. 전씨는 아들을 위해 자연체험학습, 축구, 미술 등을 가르친다고 했다. 주환이가 네 살 때까지 강릉에서 살다 서울로 왔는데, 환경이 바뀐 탓인지 스트레스가 심했다고. 원형 탈모까지 왔었단다. 그래서 이것저것 배우게 했는데, 나아지는 걸 보니 못 그만두겠다고. 혜령이도 미술과 자연체험학습을 시킨다고 했다.

전씨 남편은 "애 키우는 게 힘들어서 둘 다 열심히 돈 벌어야 한다"고 했다. 하지만 잘 키우려고 애쓰는 일이, 외려 아이들과 멀어지게 했다. 그 또한 몇 년 전까진 당직근무가 있어 밤낮없이 일터에 묶여 있었다. 출산 휴가는커녕, 연차도 제대로 못 썼단다. 지금도 밤 9시나 10시는 돼야 집에 온단다. 전씨도 그런 남편이 안쓰럽다고 했다. "자기 자식인데 아빠라고 보고 싶지 않겠어요? 집에서 일터가 5분 거리인데 제대로 애들을 보지도 못해요"라며. 워킹맘에, 독박 육아에 치이면서도, 전씨는 남편이 고맙다고 했다. 남편이 애써줘서 그래도 풍족한 육아를 할 수 있다며.

얻어온 귀한 책 상자를, 낑낑 옮겨 방 한편에 내려놓았다. 애들이 떠난 집엔 적막이 감돌았다. 전씨는 정형외과에 다녀온다고 했다. 요즘 들어 엄지손가락에 힘이 잘 안 들어가고 아프다고. 육아 후유증인 듯했다.

나도 그새 할 일이 있었다. 욕실에 미끄럼방지 매트를 깔아야 했다. 이사 온 지 얼마 안 돼서 아직 깔지 못했다고 했다. 아이들 다칠까봐 우려됐을 터, 걱정하지 말고 마음 편히 다녀오라고 했다. 주현이와 예령이가 양치하던 모습이 생각나, 매트를 더 꼼꼼히 깔았다. 남는 부분은 가위로 잘랐다. 다 쓴 가위는 애들이 다칠까 싶어 바로 가위집에 넣었다. 평소에는 하지 않는 행동이었다. 이어 장난감 등으로 인해 난장판이 된 집을 청소했다. 곳곳에 먼지가 보여 꼼꼼하게 청소기를 돌리고 물걸레로 닦았다. 25도로 난방이 맞춰진 탓인지 땀이 흘렀다. 아이가 없다고 할 일이 끝난 게 아니었다.

짜장면 먹으며 들은 '엄마 이야기'

집 청소를 마치고, 늦은 점심을 먹기로 했다. 전씨가 간짜장 한 그릇을 쏜다고 했다. "곱배기 드시겠냐" 해서, "살을 빼고 있어 그냥 보통 먹겠다"고 했다. 젓가락질 몇 번에 다 없어져서 결국 후회했다. 전씨는 평소엔 점심도 잘 안 챙겨 먹는단다. 보통은 애들이 아침에 남긴 밥을 먹는다고.

배달 온 짜장면을 먹으며 전씨 이야길 들었다. '엄마로 사는 삶'이 뭔지. 혼자 뭔가 결정해야 하고, 이 선택을 잘한 걸까 고민하는 게 가장 힘들었다고 토로했다. 항상 불안하고 마음 졸이는 삶. 짧게나마 경험한 시간 덕분에 무슨 뜻인지 이해했다. "육아에서 가장 편한 날은 어제"란 명언도 들려줬다. 죽을 만큼 힘들었는데, 눈 뜨면 더 힘든 게 기다리고 있다고.

힘듦의 종류도 시기별로 다르다고 했다. 갓난아기 땐 잠 못 자고, 모유 수유를 계속해야 하고, 아이가 왜 우는지 모르겠고, 새 가족이 돼 맞춰가는 과정이 힘들다고. 기어 다니는 시기엔 서툰 엄마 때문에 다칠까봐, 이유식 시작하면 알러지 생길까봐, 지금은 지금대로 자아가 폭발하는 나이라 또 힘들다고. 100일의 기적이란 말이 있는데, 그때까지 키우면 편하단 뜻이 아니었다. 육아를 내려놓고 체념하고 받아들이는 시간이란다. 온종일 울고 토해도, 한 번 웃어주면 다 까먹는다며 "미운데 싫지는 않다. 항상 사랑한다"고 말하는 그는 이미 훌륭한 엄마였다.

사실 정말 기억에 남는 이야기는 그런 게 아니었다. 가령 이런 것들이었다. 전씨가 10대 때 좋아하던 H.O.T. 콘서트에 가고 싶었는데 표를 못 구해 전전긍긍하다 친구가 구해줘서 다녀왔다는 것. 그 시간이 너무 좋았다는 것. 엄마들끼린 따뜻한 아메리카노를 먹는 게 소원이라 한다는 것(혹시 애가 데일까봐 아이스만 먹는다고). 동창회에 간 지도 한참 돼서, 이 인터뷰로 인해 남자 사람하고 얘기하는 게 무척 오랜만이라는 것. 그가 좋아하는 음악은, 차에서 늘 듣는 아이들의 만화 노래는 아니란 것. 사회 초년생 땐 직장서 빠릿빠릿하단 소리만 들었는데, 지금은 죄송하단 말만 달고 산다는 것. 아이가 자면 음량을 1로 하고서라도 드라마 〈SKY캐슬〉을 맥주 한 잔과 함께 본단 것.

엄마이기 이전에 '나'가 있었고, 육아 때문에 잊거나 참을 뿐이었다. 그때, 누군가가 생각났다. 하고픈 게 그리도 많았는데 육아 때문에 인생 느지막이 뒤로 다 미룬 사람. 60대가 다 돼서야 해보려 했더니, 이제는 무릎이 말썽이라며 쓴웃음을 짓는 사람. 지금도 집에 갔다가 헤어질 때면 "차 조심하라"며 어릴 때와 똑같은 말을 하는 사람. 짜장면이 불어서인지, 급히 먹어서인지, 괜히 목이 멨다.

　오후 4시, 아이들이 유치원과 어린이집에서 돌아올 시간이었다. 주환이가 유치원 버스에서 내렸다. 아침에 봤다고 기억하는지 "삼촌!" 하며 반가워했다. 주환이 손을 잡고, 혜령이를 데리러 어린이집으로 갔다. 현관문이 열리자 어린이집 선생님이 "아빠 오셨네" 하고 오해해서, 전씨가 아니라고 했다. 그러자 선생님이 내게 "결혼하셨느냐, 20대 같다"고 했다(감사합니다).
　애들이 반가우면서도 한편으론 걱정이 밀려왔다. 저녁에 대형 쇼핑몰에서 아이들과 영화 보고, 밥 먹기로 했는데, 전씨는 함께 안 간다고 했다. 든든한 지원자가 빠지고, 홀로 애들을 돌본다 생각하니 마음이 조마조마했다. '아롱이 돌보기 경력 17년, 똘이 놀아주기 경력 5년(둘 다 강아지)'뿐이라서. 그래도 '할 수 있다'고 마음을 굳게 먹었다. 그런데 현실은 상상 이상으로 가혹했다. 마음처럼 되는 게 거의 없었다. 아이들 말과 행동의 의미를 헤아리는 게 참 힘들었다.
　가기 전까지 로봇 만화 영화를 보고 싶다고 신이 나 있던 혜령이는, 막상 상영이 시작되자 180도 달라졌다. 집중해서 잘 보는 듯하더니, 30분 만에 몸을 배배 꼬기 시작했다. 일어섰다가, 앞 좌석에 기댔다가, 눕듯이 뒤로 기댔다가, 옆 좌석으로 가서 오빠가 보는 걸 막기도 했다. 간신히 앉혀놓으면 계속 그걸 반복했다. 앞 좌석 사이에 놓인 팝콘에 손을 뻗어, 먹으려 하기도 했다. 그러다 영 못 견디겠는지, 바깥으로 나가겠다고 졸랐다. 아무리 달래도 소용없었다. "재미 없어?" 하고 물으니 "응, 집에 갈래"라고 했다. 영화보는 1시간 30분 내내 좌불안석이었다.

주환이가 너무 재밌게 보고 있어서, 중간에 나올 수도 없는 노릇이었다. '이 영화가 언제 끝날까', 그 생각만 했다. 기억에 남는 영화 대사는 "대중교통의 힘을 보여주마!"밖에 없었다. 영화는 악당을 다 물리쳐야 끝나는데, 끝날 듯 끝날 듯 안 끝났다. 겨우 끝나는가 했더니, 마지막에 로봇들끼리 최종 합체를 했다. 겨우 물리치고 끝나는가 싶더니, 이번엔 뜬금없이 가위바위보 노래를 불렀다. 정신이 혼미해졌다. 혜령이와 가위바위보를 하면서 악으로 버텼다. 영화가 마침내 끝났다. 마치 내가 악당들과 싸운 기분이었다.

영화가 끝나고 아이들이 "목말라요" 해서 카페에 갔더니 케이크를 사 달라고 졸랐다. 어떻게 해야 할지 몰라, 전씨에게 전화했더니 밥 먹기 전엔 사주면 안 된다고 따끔히 일렀다. 그래서 갈비탕을 먹으러 가는데, 혜령이가 안아 달라며 졸랐다. 혜령이를 두 팔로 안았더니, 주환이가 자꾸 한눈을 팔아서 불안했다. 별수 없이 혜령이를 한 팔로 안고, 다른 한 손으론 주환이를 잡았다. 그 와중에 로봇 만화 영화를 보면 주는 캐릭터 칩을 받으러 갔다. 한정판이라서 꼭 받아야 된단다. 어딘지 몰라 한참 헤매다가, 칩 세 개를 겨우 챙겼다.

밥을 먹으러 식당에 갔더니 설상가상으로, 기다리는 줄이 하필 또 길었다. 기다리는 동안 애들을 앉혀놓으니, 자꾸 일어나 돌아다니려 했다. 붙드는 게 일이었다. 천신만고 끝에 식당에 들어가 갈비탕 하나와 국밥 하나를 시켰다. 고기를 잘게 썰고 국물을 식힌 뒤 밥을 말았다. 하지만 애들은 밥을 안 먹고 장난만 쳤다. 혜령이는 숟가락을 물컵에 담그며 좋아하고, 주환인 물컵에 휴지를 적시더니 하나씩 테이블 위로 던졌다. 하지 말라고 해도 소용없었다. 겨우 먹는가 싶더니, 이번엔 갑자기 고기를 빼달라고 했다. 그렇게 씨름하는 새, 내 국밥은 싸늘하게 식어갔다. 입맛도 별로 없었다.

매 순간 뭐가 맞는지, 어떡해야 할지 잘 몰랐다. 그렇다고 무작정 혼낼 수도 없었다. 아이들이니까, 그 무엇도 잘 모를 나이니까. 그런 속상함과 답답함이, 부모들이 느끼는 마음이구나 싶었다. 엄마도, 아빠도 모두 처음이니까. 공공장소에서 자기 애 하나 통제 못 한다고, 따가운 눈총을 줬던 과거 모습이 생각났다. 아이를 능숙하게 데리고 다니는 부모들이 새삼 대단하게 보였다. 그들에게도 '처음'이 있었겠지.

내겐 하루지만 엄마에겐 매일

집에 돌아와서, 책을 읽어주기로 했다. "삼촌이 씻겨줄까" 했더니, 부끄러워 싫다며 배시시 웃었다. 아이들 씻는 동안 소파에 앉아 한숨을 돌렸다. 마음 편히 앉아본 게 첨인 것 같았다. 전씨는 그 와중에도 애들을 씻기느라 한바탕 씨름을 했다. 불호령 몇 번이 떨어지고, 화장실이 쩌렁쩌렁 울리고 나서야 목욕이 끝났다.

다 씻고 코코 잠옷을 입은 혜령이가, "삼촌" 하며 달려와 안겼다. 나도 모르게 아빠 미소가 번졌다. '이런 게 육아 고통을 잊게 하는 행복이구나' 싶었다.

그리고 책을 두 권씩 읽어주기로 했다. 나비에 관한 책을 먼저 읽었다. "나뭇잎에서 쿨쿨 잠자던 애벌레가 깨어났어요. 아, 잘 잤다. 세상 구경이나 해볼까?" 이어 동화 《백설공주》도 100만 년 만에 정독했다. "거울아, 거울아, 세상에서 누가 제일 예쁘지?" 골똘히 목소리에 귀 기울이는 애들을 보고 있자니, 일순간 아빠가 된 기분이었다. 그래서 성우처럼 한껏 목소리에 힘을 줬다.

마지막으로 장난감 놀이도 했다. 주환이는 공룡을 잔뜩 꺼내 와서 같이 싸우자고 했다. 혜령이는 아침 식사를 만든다며 장난감 가스레인지를 켰다. 그러더니 "얘들아, 아침밥 먹자. 히히히" 하며 웃었다. 바닥에 놓인 공룡들에게 하는 말이었다. 그러더니 삼촌도 먹으라며 건넸다. "이거 앗 뜨거워. 소금 뿌여야 대(뿌려야 돼). 당근이야, 머거바(먹어봐)."

밤 9시 45분, 어느덧 헤어질 시간이 됐다. 전씨가 "이제 아가들은 잘 시간"이라고 하자, 주환이가 "조금만 더 놀면 안 돼요?"라고 했다. 혜령이는 "나 놀 거예요! 나 놀 거라구!" 하며 목소릴 높였다. 전씨가 "삼촌도 삼촌 집에 가서 짝꿍이랑 코 주무셔야 돼" 하자 두 아이는 그제서야 "으으응" 하며 겨우 체념했다. 혜령이와 "빠이빠이" 하며 인사를 나눴다. 주환이는 방 안에 들어간 채 "안녕히 계세요"라고 했다. 바깥에 나오진 않았다. 전씨는 주환이를

저녁을 먹고 집에 돌아와 아이들과 자기 전 놀이를 하고 있다. 다행히 뱃살이 절묘하게 가려진 덕에 이 사진을 골랐다.(ⓒ아이들 엄마)

향해 "계세요가 아니라 가세요, 해야지" 하면서 나를 보고는 애가 헤어지기 싫어서 그런 것 같다며 웃었다.

아이들과 헤어진 뒤, 현관문을 닫고 나와 그런 생각을 했다. 내겐 하루지만, 엄마는 내일도 계속되겠구나. 하루라서 '좋은 삼촌'일 수 있었지만, 매일 본다면 그러지 못하겠구나, 하고.

헤어지는 길, 주머니에 고이 넣어온 아이들의 선물. 주환이가 아끼는 캐릭터 칩과, 혜령이가 좋아하는 공룡 오뚝이였다. 이걸 주면 좋아하리라 생각한 동심에 마음이 시큰해졌다. 전씨는 "애들이 자기 걸 주는 건, 정말 좋아해서 주는 것"이라며 "잘해주셔서 정이 든 것 같다. 집엔 버럭 하는 사람밖에 없어서"라고 했다. 혜령인 다음 날 하원 길에, "삼촌 어딨냐"며 찾다가 울기까지 했단다. 이런 게 '육아의 행복'인가 싶었다.

하지만 그날 하루는 참 고됐다. 솔직히 돌아가기 싫을 만큼. 늦은 밤 집으로 돌아오는 길, 홀가분했던 게 사실이다. 아직 아이가 없음이 감사하기도 했다. 기사를 새벽까지 쓰며 마감하는 날에도, 끝이 있단 생각에 견딜 만했다. 육아처럼 막막한 기분은 아니었다. 그날 밤, 하늘을 날며 연기를 쏘며 적을 무찌르는 꿈까지 꿨다. 평소 꿈도 잘 안 꾸는데.

그 대단한 걸, 엄마들이 해내고 있다. 모성이란 좋은 말로 감내할 수준이 아니었다. 움짝달싹 못 해 몸도 힘들지만, 마음이 더 힘들단다. 아이를 잘 키워야 한단 무게감, '내가 좋은 엄마일까' 하는 불안을 홀로 떠맡는 게. 배 아파 출산하면 끝인 줄 알았더니, 진짜 지옥이 시작이었단다. 화장실 볼일 볼 때도 아이를 둘러업고 들어간단다. 밤잠은 고사하고, 마음 놓고 아플 수도 없다고. 경력은 끊기고, 집 안에 고립된 채 자존감은 바닥까지 떨어진다고.

그나마 알아주는 게 같이 아이를 키우는 엄마들이란다. 남편은 남편대로 바쁘고, 나이 든 세대는 "너만 애 낳냐, 다 그리 키웠다" 한다고. 어쩌다 이들과 커피라도 한잔하며 속을 풀면, 어떤 이들은 "남편이 벌어온 돈으로 편히 놀고 있냐"고 한단다. 누구는 '맘충'이라고도 한단다. 싸늘하고 따가운 시선에 두 번, 세 번 상처 받는단다.

다시 1월 31일, 생애 첫 육아를 했던 날. 영화를 보고 저녁을 먹고 지하주차장에 내려왔다. 아이들 엄마가 기다리고 있었다. 걱정돼 차마 멀리 떠나지도 못한, 엄마 마음이었다. 그에게 애들이 달려가는데 '구원자'처럼 보였다. "얼마나 힘드셨어요, 고생 많으셨어요" 하고 전씨가 건넨 그 한 마디에, 마음이 울컥했다. 그냥 따뜻한 말 한마디 해주면 어떨까. 정말 고생 많다고, 그 힘듦을 무조건 이해하고 많이 공감한다고.

혜령이가 아끼는 '공룡 오뚝이'(왼쪽)와 주환이 애장품인 '장난감 칩'(오른쪽). 헤어지기 전 아이들이 준 선물이다.

80세 노인의 하루를 살아봤다

'화무십일홍(花無十日紅: 열흘 붉은 꽃이 없다)'이란 말을 늘 새기고 살았건만, 이건 좀 갑작스러웠다. 40여 분 만에 감았던 눈을 떴을 때, 나도 모르게 다시 질끈 감았다. 거울 속 모습이 낯설어서였다. 춘삼월인데 9대 1 가르마를 한 머리엔 하얗게 서리가 내렸다. 까맣던 눈썹도 희끄무레해졌다. 이마엔 깊게 주름이 패었고, 코 양옆엔 팔자 주름이 짙었다. 황색으로 변한 얼굴색에서도 세월이 묻어났다. 어쩐지 꼬장꼬장해 보이는 얼굴, 영락없는 할아버지였다. 안경을 벗고 있던 터라 거울 가까이 다가갔다. 뿌옇게 보였던 상이 뚜렷해졌다. 그러니 더 적응이 안 됐다.

"이게 몇 살쯤 됐을 때 모습인가요?" 가까스로 정신을 차린 뒤 분장해준 메이크업 아티스트에게 물었다. 그는 "여든 살쯤 될 거예요"라며 빙긋 웃었다. 어떻게 이리 될 수 있냐, 참 신기하다고 그의 실력을 추켜세웠지만 사실 마음은 좀 복잡했다. 뭐랄까, 좀 심란한

80세 노인으로 분장하고 체험 장비까지 착용하고 나니 세상 만사가 고단해졌다. 살면서 처음으로 '노약자석'에 앉아 졸고 있는 (척하는) 필자. 조끼는 나이에 걸맞게 한 번 입어봤다. 그리고 종로3가역에서 충동구매한 8,000원짜리 중절모.

느낌이랄까. 현실을 거부하고픈 느낌이랄까. 물론 43년 세월을 훌쩍 뛰어넘어, 나이 든 모습을 처음 본 탓이겠지만. 그동안 많은 체험을 했는데, 이번엔 감회가 남달랐다. 평소 잘 보지도 않는 얼굴을, 이리 돌려 보고 저리 돌려 봤다. 그렇게 한참을 물끄러미 바라보고 있자니 원장이 말했다. "다들 처음엔 그래요. 적응하는 데 시간이 좀 걸릴 거예요." 그러면서 목의 피부톤도 얼굴색과 맞추기 시작했다.

노인이 돼보는 걸 자처했다. 다들 한 살이라도 어려 보이려 애쓰는 판국에 노인 체험이라니. 계기는 여러 가지였다. 그간 차곡차곡 쌓여 있었다. 거기엔 누군가의 죽음도 있었다. 재작년에 아내의 할머니 두 분이 잇따라 돌아가셨다. 서른이 넘은 뒤 가족이 숨진 건 처음이었다. 마흔을 바라보는 나이라 그런지 기분이 묘했다. 입관하는 자리서 할머니 어깨를 만졌는데 딱딱했다. 장모님과 장인어른이 "엄마, 편히 가세요" 하며 오열하는 걸 봤다. 그때 '나이 듦'에 대해 생각했다. 누구에게나 똑같이 주어지는 시간이라는 것에 대해.

그러다 〈눈이 부시게〉란 드라마를 봤다. 스물다섯 김혜자(극 중 이름이 실제 배우 이름)가 어느 날 갑자기 엄마, 아빠보다 늙어버렸다. 그 충격에 끼니도 거른 채 며칠 밤낮을 방에서 나오지도 못했다. 친구들과는 예전처럼 놀 수 없었고, 남몰래 사랑하던 이에겐 그 사실을 말할 수조차 없었다. 연기와 대사가 어찌나 탁월한지 12회 내내 본방을 사수하며 몰입해서 봤다. 결말은 꽤나 반전이고 충격이었다. 그리고 김혜자가 마지막 장면에서 활짝 웃을 때쯤엔 다시금 생각에 잠겼다. 나이 든다는 게 뭘까.

그래서 한번 노인이 되어보기로 했다. 어떻게 할지 고민이 됐다. 어쭙잖게 하고 싶진 않았다. 외모뿐 아니라, 몸도 똑같이 불편했으면 했다. 일단 한 TV 광고에서 힌트를 얻었다. 노인 분장을 하고 사진을 찍는 광경이 담겼다. 맨눈으로 봐선 분간이 안 될 정도로 분장이 정교했다. 얼핏 보면 그냥 노인이라 생각될 정도였다. 저렇게 해봐야겠다 싶었다. 그리고 찾아보니 '노인 체험 장비'란 게 있었다. 착용하면 허리와 팔, 다리 관절을 압박한다고 했다. 실제 80대 노인 거동처럼 불편하게 만든다고 했다. 분장을 하고 이 장비를 착용하면 될 것 같았다. 물론 나이 듦에 따른 병이나 시력 또는 기억력 감퇴 등 그런 것까진 똑같이 못 하겠지만. 그래도 한번 짐작해보기로 했다.

노인 분장은 해주는 곳이 별로 없었다. 수소문 끝에 한 메이크업 아티스트에게 문의했더니, "원래 가격이 200만 원쯤 하는데 49만 원으로 깎아주겠다"고 했다. 파격 할인은 감사하지만, 소심한 필자에겐 여전히 놀랄 가격이었다. 부장에게 보고하니 역시나 조용히 고개를 저었다. 더 저렴한 곳을 알아봤다. 원래 10만 원인데 깎아서 7만 원에 해주겠다고 했다. 영화처럼 특수 분장하는 건 아니고, 메이크업으로 노인처럼 보이게 한다며 괜찮냐고 묻기에 그렇다고 했다.

체험하는 날 아침 9시 30분, 서울 관악구 신림동에 있는 메이크업 가게로 갔다. 메이크업은 결혼할 때 딱 한 번 해봤는데, 오랜만에 들어가 앉으니 낯설었다. 원장과 노인 분장을 하게 된 이야기 등을 나눴다. 연극할 때 노인 분장을 했었고, 결혼하는 친구를 위한 이벤트로 노인 분장을 해줬었는데, 문의가 늘어 시작하게 됐단다. 커플이 손을 잡고 나란히 분장하기도 하고 사진도 찍는다고. 세월이 흐른 뒤 서로의 모습을 보면 기분이 어떨까. 나중에 아내와 함께 와볼까 등을 생각하며 분장하는 어색한 시간을 달랬다.

파우더 솜인지 아님 브러시인지 가늠하기 어려운 섬세한 손길이 40여 분쯤 이어졌다. 눈을 뜨고 있기 힘들어 가만히 감고 있었다. 그리고 눈을 떴을 땐 세월이 꽤 흘러 있었다. 여지없이 노인의 모습이었다. 나이 든 모습을 가끔 상상하곤 했고, 멋있게 늙고 싶다고 생각했었다. 예를 들면 조지 클루니처럼(죄송). 그런데 현실은

42

사뭇 달랐다. 한 다섯 살 때쯤인가, 천자문을 배우러 동네 노인정에 간 적이 있는데, 거기서 가르쳐주던 할아버지와 비슷한 모습이었다. 한자를 배우다 틀리면 지팡이로 삿대질하며 야단치던.

하여튼 낯설고 뭐라 설명하기 어려운 기분이었다. 이렇게 늙는구나, 얼굴이 달라지는구나, 이런 생각만 계속해서 오갔다. 뭔가를 기록하려 펜과 직사각형 모양 취재수첩을 들었는데 뭐라 써야 할지 몰랐다. 잠시 멍하니 허연 공백만 바라봤다. 처음 느끼는 기분이었다. 문득 정신이 들어 원장에게 사진 한 장만 찍어달라 했다. 그는 컬러로 한 장 그리고 "이렇게 하면 더 리얼하다"며 흑백으로 한 장을 찍어줬다. 결과물을 보는데 무언가 먹먹하고 저릿했다. 차마 얼굴을 확대해 보지 못하고 스마트폰을 내려놨다. 아내에게 사진을 보냈더니 감탄사에 가까운 네 문장의 답이 왔다. "꺅", "대박", "허엉", "뚜룽보(애칭) 할배", 이렇게.

이제 노인 체험 장비를 빌릴 차례였다. 서울 용산구에 있는 노인생애체험센터로 향했다. 센터 내에서 체험하면 무료인데, 바깥을 다닐 거라 대여료 5만 원을 냈다. 도착하니 직원 한 분이 묵직한 장비를 건넸다. 다 합해서 6킬로그램 남짓이라 했다. 보통 옷 위에 입는데, 진짜 노인 같은 기분을 느끼기 위해 맨살 위에 착용한 뒤 옷을 입기로 했다. 직원이 살이 쓸려서 아플 텐데 괜찮겠냐고 걱정했다. 양 무릎과 양팔에 압박 장비를 차고, 손목과 발목엔 각각 묵직한 모래주머니를 달았다. 어깨와 허리를 압박하는 장비까지 착용하니 자세가 구부정해졌다. 별수 없이 지팡이를 짚고 맞은편 전신 거울을 봤다. 속옷만 입은, 이상한 어르신 한 분이 있었다.

그 상태로 옷을 입으려니 영 죽을 맛이었다. 셔츠에 오른팔을 겨우 끼우고, 왼팔도 마저 끼려는데 관절이 마음처럼 움직여주질 않았다. 각도가 영 안 나왔다. 낑낑대며 한참을 씨름한 뒤에야 겨우 성공했다. 이제 더는 누워서 떡 먹는 일이 아니었다. 사람이 올까 싶어 서둘러 바지를 입으려 하는데 잘 안 되는 건 마찬가지였다. 마음은 급한데 몸이 마음처럼 따라주질 않아 땀이 비 오듯 흘렀다. 그 와중에 분장이 지워져 '꺼이꺼이 우는 할아버지'가 될까 싶어 숨을 골랐다. 참으로 어렵게 옷을 다 입었다. 평소 회사에서 입는 패딩 조끼까지 걸치니 우여곡절 끝에 80세 노인이 완성됐다. 잠시 주저앉아 한숨을 돌렸다.

계단을 올랐다, 등산하는 마음으로

오전 11시쯤 됐을까. 바깥에 나오니 적당히 따스한 봄바람이 불었다. 머리 위론 반가운 햇살이 가득 쏟아졌다. 눈이 부셔서 나도 모르게 인상을 쓰고는, 건물 유리문에 비친 내 모습을 봤다. 가뜩이나 많은 주름이 온 얼굴에서 춤을 췄다. 만물이 소생하는 이 초록빛 계절을 참 좋아했더랬다. 그런데 홀로 나이 듦을 느끼고 있자니, 어쩐지 쓸쓸하고 움츠러들었다. 아직 적응하는 시간이려니 하며 마음을 달랬다. 제자리에서 두리번거리다 발걸음을 하나둘 뗐다.

마음은 성큼성큼 앞서갔지만 두 다리가 따라주지 않았다. 무릎 관절이 구부정하게 고정됐던 탓이다. 마치 깁스를 한 것처럼 무릎을 펼 수 없었다. 어렵게 왼발을 떼고, 다시 오른발을 떼고, 그리고 양발보다 좀 더 앞에 지팡이를 딛고. 그렇게 조금씩 앞으로 나아갔다. 아기 땐 네 발로, 커서는 두 발로, 늙으면 세 발로 걷는다더니, 지금이 딱 그랬다. 그 순간 겹쳐지는 장면이 있었다. 출근길 지하철, 개찰구로 나갈 때 앞에서 노인들이 더디게 걷던 모습. 빨리 출근해야 하는데 좀 빨리빨리 가시지, 그런 마음이 들기도 했었다. 그리할 수 없는 거였구나, 기억 속 그때 그 할아버지에게 사과를 건넸다. 미처 잘 몰랐다고.

더디게 걸음을 옮기는데, 이번엔 또 다른 난관이 눈앞에 놓였다. 까마득한 계단이었다. 아까 내려올 땐 후닥닥 내려와서 몰랐다. 어렵사리 고개를 젖혀서 보니, 계단 개수만 대략 40여 개 정도는 돼

노인생애체험센터에서 올라오는 계단. 이건 다 올라왔을 때 찍은 것이고, 이 정도 되는 계단 구간이 여섯 번 정도 더 있었다. 사진엔 안 찍혔지만, 엄청 헉헉거리며 쉬고 있었다. 마치 등산하는 기분이랄까.

보였다. '천릿길도 한 걸음부터'라지, 나이에 걸맞게 속담 하나를 떠올린 뒤 한 계단씩 올랐다. 왼발, 그다음 계단에 오른발, 이렇게 오르려고 했지만 역시 잘 안 됐다. 지팡이와 왼발을 옥리고, 같은 계단에 오른발을 올리고. 걸음마를 처음 배우듯 그렇게 한 걸음씩 무거운 몸을 위로 옮겼다. 계단 위 낙엽들이 발걸음에 부딪혀 바스락거렸다. 겨우 올라왔을 땐 '헉헉' 하고 숨이 턱까지 차올랐다. 등산하는 마음으로 계단을 올라야 한다니.

센터에서 나와 계단을 오른 것까지 한 2백여 미터쯤 걸었을까. 이제 막 여정에 나설 참인데 벌써 힘이 들었다. 숨을 좀 고르기 위해 인근 벤치에 앉았다. 앉을 때도 두 손을 벤치 바닥에 짚고, 넘어지지 않게 천천히. 그리고 지팡이를 옆에 기대어 놔뒀다. 계단을 오를 때 지팡이를 하도 힘주어 쥔 탓인지, 오른 손바닥이 벌겋게 눌려 있었다. 왼손으로 지그시 지압한 뒤, 이마에 흐른 땀을 훔쳤다. 초록 잎이 아직 올라오지 않은 앙상한 나뭇가지며, 시끌벅적하게 웃으며 센터에 들어가는 직원 모습이며, 그런 별것 아닌 풍경을 보며 쉬었다. 나이가 들면 당연한 것들이 당연해지지 않고, 정신없이 분주했던 세상은 더디게 흘러가는구나, 그런 생각을 하며 천천히 시간을 보냈다.

난생처음 '자리 양보'를 받아봤다

"끙" 하고 힘을 줘서 일어났다. 다시 발걸음을 옮기려는데 막상 어디로 가야 할지 몰라 고민이 됐다. 노년 하면 으레 떠오르는 종로3가로 향하기로 했다. 어쩐지 그곳에 가면 마음이 편할 것 같기도 했다.

마을버스를 타고 공덕역으로 가서 지하철을 탈 참이었다. 버스 정류장으로 향하는 길, 오가는 사람들과 종종 시선이 마주쳤다. 그때마다 나도 모르게 고개를 푹 숙였다. 몇몇은 내 모습이 진정 노인이라 여겼는지 좁은 길목에서 어깨를 틀어 배려해줬다. 기분이 묘했다. 마을버스가 도착해 앞문으로 탑승했다. 높다란 계단 세 개를 거북이처럼 힘겹게 올랐다. 그리고 교통카드를 찍었다. "어서 오세요" 하고 목소리가 굵직한 버스 기사가 인사했다. 피부가 까무잡잡한, 인상 좋은 분이었다. 버스가 갑자기 출발할까 두려운 마음을 안 걸까. 기사는 내가 앞쪽 좌석에 앉을 때까지 정차한 채 기다려줬다. 따스한 배려였다. 앉고 보니 노약자 배려석이었다. 왜 이 좌석들이 버스 앞쪽에 있는지, 새삼 알게 됐다.

버스에서 내려 지하철을 타러 갔다. 5호선을 타고 종로3가역까지 가기로 했다. 난간을 잡고 한 계단 한 계단 조심스레 내려갔다. 올라가는 것보다 조금 더 무서웠다. 잠시라도 긴장을 풀면 앞으로 고꾸라질 것 같았다. 10대 땐 서너 계단씩, 20대 땐 두 계단씩, 그리고 30대 땐 한 계단씩 빠르게 내려갔었다. 느릿느릿 몸을 옮기는 나를 재빨리 앞서 나가는 젊은 사람들을 보며, 그런 기억이 스쳐 갔다. 그리고 80세가 되니 이렇듯 계단을 하나씩 세면서 내려올 수 있게 됐다. '아, 여긴 계단이 60개쯤 되는구나.' 그런 건 사실 살면서 중요하지도, 크게 관심도 없던 일이었다. 그렇게 무사히 개찰구에 도착했다. 그리고 교통카드를 찍고 들어왔다.

"띠디리리리리리리리링." 승강장으로 향하는 계단 중턱까지 내려왔을 무렵, 지하철이 들어오는 소리가 들렸다. 평소 같으면 부리나케 뛰어 충분히 탈 수 있는 거리 마음은 이미 밀려가고 있는 터라, 나도 모르게 몸이 움찔거렸다. 그런데 어쩐지 몸이 말을 듣지 않았다. 그저 한 걸음, 또 한 걸음, 그렇게 몸을 옮겼다. 평소 오가며 한 번쯤은 봤지만 그리 눈여겨 살펴보지 않았던, 어쩐지 남의 일 같고 먼 미래로 생각해 무관심했던, 바로 그 걸음이었다. 계단을 다 내려왔을 때쯤 지하철 출입문이 닫혔다. 부지런히 몸을 옮겼지만, 눈앞에서 지하철은 떠났다. 가쁜 숨을 고르다 승강장 안전문에 비친 노인의 모습을 봤다. 낯익으면서도 아직은 낯선 모습이었다.

다음 지하철에 몸을 실었다. 습관처럼 일반 좌석으로 갔더니, 앉아 있던 20대 청년 하나가 자리에서 벌떡 일어났다. 자리 양보를 받는 건 난생처음이었다. 괜찮다고 말하려는데, 지하철이 출발하면서 덜컹거리는 바람에 중심을 잃고 쓰러질 뻔했다. 하는 수 없이 일단 자리에 앉았다. 그러다 앞에 서 있는 사람이 점점 많아지자, 떠밀리듯 비어 있는 노약자석으로 향했다. 자리에 앉은 뒤, 맞은편에서 졸고 있는 노인을 봤다. 그리고 일반석에 앉아 있는 승객들을 봤다. 늘 저편에서 노약자석을 봤었는데, 반대쪽에서 바라보니 기분이 달랐다. 어쩐지 같이 있어도 단절된 느낌이랄까. 지하철 문 옆에서 블루투스 이어폰을 귀에 꽂고 한 손에 커피를 든 채 머리를 살짝살짝 흔드는 젊은 대학생을 보며, 덜컹덜컹 흔들리는 대로 지하철에 몸을 맡겼다.

낮 1시쯤 됐을까. 종로3가역에 도착해 탑골공원 방향 출구로 향했다. 공원에 앉아 오후 햇볕을 쬐며 조금 쉴 참이었다.

그런데 나가기도 전에 지쳐버렸다. 탑골공원으로 향하는 5번 출구엔 엘리베이터가 없었다. '노인들이 많이 찾는 곳인데, 설마' 하던 불길한 예감이 현실이 됐다. 눈앞엔 까마득한(이젠 그렇게 보이는) 계단이 산山처럼 펼쳐져 있었다. 별수 없이 난간을 잡고, 계단을 하나씩 또 하나씩 묵묵히 올랐다. 그나마 위로가 됐던 건 비슷한 걸음으로 오르는 동년배들이었다. 왼쪽 계단에선 모자와 안경을 쓴 백발 할아버지가 난간을 잡고 "끙끙" 소리를 내며 정상을 향해 가고 있었다. 그를 잠시 바라봤다가 '같이 힘내요, 어르신' 하고 속으로 응원했다. 잠시 멈춰 숨을 골랐다가, 다시 위를 보고 힘을 내 오르기를 반복했다.

바깥에 나오니 나와 비슷한 모습의 이들이 많이 보였다. '성큼성큼'이 아닌 '느릿느릿', 걸음걸이도 어쩐지 친근했다. 뒤에서 앞으로 휙휙 앞서가던 발길들에 치이며 신경이 계속 곤두섰던 탓일까. 괜히 눈치를 보며 다녔기 때문일까. 그들을 보니 어쩐지 마음이 좀 놓였다. 왜 노인들이 이곳을 많이 찾는지 금세 알 것 같았다. 종로 낙원상가 주변은 더욱 활기를 띠었다. 이곳엔 '어르신들의 홍대'라 불리는 거리도 있다고 했다. 국민 MC 송해의 이름을 딴 '송해길'도 있었다.

삼삼오오 모여 있는 곳에 잠시 멈춰서니, 길거리 공연을 하고 있었다. 각설이 분장을 하고 옛날 교복 모자를 비뚤게 쓴 이가 개다리춤을 추고 있었다. 옆에 서 있는 이는 요강을 들고 같이 흥겹게 춤을 췄다. 나도 모르게 어깨가 들썩거렸다. 주위를 둘러보니 어르신들이 이 장면을 물끄러미 바라보며 미소짓고 있었다. 아마 나 역시 이만치 나이가 들었을 때, 우연히 거리에서 학창시절 좋아했던 핑클이나 S.E.S. 공연을 보게 되면 이런 표정을 짓겠지. 관절이 마음처럼 안 움직여도, 그때 기분을 떠올리며 따라부르게 되겠지. 누구에게나 가슴 설렜고, 눈부신 추억으로 남는 시절은 있을 테니까.

탑골공원에 도착하니 웅성웅성하는 소리가 들렸다. 어르신들이 곳곳에 모여 앉아 수다의 장을 펼치고 있었다. 몇몇은 지팡이를 옆에 두고 조용히 앉아 있었다. 입구엔 '1890년대에 생긴, 서울 최초 근대식 공원'이란 설명이 붙어 있었다. 나이가 거의 130살쯤 됐단 이야기다. 고령인 분들이 여길 찾는 이유를 알 것도 같았다. 벚꽃이 흐드러지게 핀 나무 앞이 좋아, 의자를 놔두고 커다란 돌 위에 걸터앉았다. 좋은 걸 보면 남기고 싶은 마음은 다 같아서, 지나가던 몇몇 어르신들이 사진을 찍었다. 나도 벚꽃을 배경으로 셀카를 찍었다. 활짝 핀 벚꽃과 대비되게 늙어버린 모습을 보니 어쩐지 감개무량했다.

'쉴 곳' 없는 홍대 거리는 외로웠다

점심으로 햄버거를 간단히 먹고 거리로 나왔다. 오후 3시밖에 안 됐는데 벌써 기진맥진했다. 집에 가서 전기 매트를 켜고 드러눕고 싶었다. 어디로 가야 할지도 잘 몰랐다.

탑골공원에 활짝 핀 봄꽃을 배경으로 셀카를 찍었다. 돌 위에 스마트폰을 올려놓고, 왔다 갔다 하며 찍느라 고생했다. 어색한 미소를 지었더니, 팔자 주름이 더 깊어졌다. 왠지 얄밉게 나왔다. 사진을 다시 찍고 싶다.

어쩐지 활기찬 곳이 그리워졌다. 횡단보도가 사방에 놓인 사거리에서 이정표를 잃은 이방인처럼 두리번거렸다. 잠시 고민하다가 오랜만에 홍대를 거쳐 연남동에 가기로 했다. 아내와 종종 찾는, 좋아하는 카페에 갈 참이었다. 또 좋게 생각하면 모처럼 한가한 오후가 됐으니.

다시 지하철을 타러 종로3가역으로 내려갔다. 지나가는데 모자를 파는 상점 하나가 눈에 띄었다. '그래도 홍대에 가는데, 멋 좀 부릴까' 싶어 천천히 구경했다. 체크 무늬로 된 감색 중절모가 그중 마음에 들었다. 가격은 8,000원. 나도 모르게 충동 구매를 했다. 계산하고 나가려는데 50대 정도 돼 보이는 사장님이 "아이고 어르신, 모자 쓰고 가시지 왜요"라고 말을 건넸다. 뭐라 대답할 말도 없고

익숙했던 홍대 거리는 오래 머물러 있기엔 꽤나 외로웠다. 잠시 머물러 쉴 곳도 마땅찮았다. 어디로 가야 할지 잘 몰랐다. 사진은 누가 찍어준 것 같지만, 쓰레기통 위에 스마트폰을 올려놓고 찍었다. 혼자였다.

민망해 "끄응, 에헴" 의미 없는 헛기침을 하며 황급히 자리를 떴다.

익숙한 홍대입구역 9번 출구를 거쳐 거리로 나왔다. 계단 60개를 세면서 오른 뒤, 바깥으로 나왔다. 늘 그랬듯 젊은이들이 넘쳐났다. 새 학기가 시작돼서인지, 봄을 만끽하기 위해서인지, 멋을 한껏 낸 대학생들 모습이 눈에 띄었다. 그 활기가 좋으면서도, 어쩐지 동떨어진 느낌이 들었다. 팔순 노인은, 아마 나뿐이었으리라. 특히 지팡이를 짚고 느릿느릿 걷고 있는 이는. 자주 찾던 이곳이, 어쩐지 몸에 잘 맞지 않는 옷처럼 불편했다. 빨리 벗어나고 싶었다.

노인이 되어보니, 홍대거리에서 찾기 힘든 게 하나 있었다. '쉴 곳'이었다. 허리를 굽히고 한 발 한 발 내딛는 터라, 걷는 것만도 힘에 부쳤다. 중간중간 보이는 곳에 앉아 쉬어야 했다. 그런데 홍대에 도착하니 유독 앉을 곳이 없었다. 15분 정도밖에 안 다녔는데도, 금세 허리가 뻐근하고 다리가 욱신거렸다. 천신만고 끝에 벤치를 하나 찾았는데, 이미 관광객들이 차지하고 있었다. 포기하고 제자리에 서서 잠시 쉬는데 어디선가 노래가 들려왔다. 길거리 공연이었다. 20대 초반으로 보이는 청년이 폴 킴의 〈모든 날, 모든 순간〉을 부르고 있었다. 좋아하는 노래라 잠시 빠져들었다. 그렇게 잠시 쉬었다.

연남동 카페는 결국 들어가지 못했다. 문 앞까지 갔지만, 기다리는 이들이 있었다. 두 팀 정도였다. 창밖에서 서성거리다, 안쪽을 잠시 들여다보고는 오래 기다릴 것 같아 돌아섰다. 사실은 핑계였다. 어느 여름, 프랑스 파리에 갔을 때 노천카페에 앉아 있던 노신사를 보며 '나중에 나이 들어서도 저렇게 늙고 싶다'고 생각한 적이 있다. 그런 마음으로 연남동에 온 거였다. 하지만 홍대 중심가를 걸으며, 이미 주눅이 들었다. 누가 뭐라 하지 않았고, 이곳도 그대론데, 나는 홀로 외로웠다.

주름과 흰머리는 씻어냈지만

오후 6시쯤, 해질녘 버스에 몸을 싣고 집에 돌아왔다. 밝은 대낮보다 어스름한 저녁이 왠지 편했다. 나이 듦을 어둠에 묻고 싶어서였을까. 노을을 바라보는데 자꾸만 눈이 감겼다. 몸도 마음도 지쳐 좀 쉬고 싶었다. 적당히 덜컹거리는 버스와 이름 모를 이들의 말소

리와 정류장 안내 방송을 자장가 삼아 꾸벅꾸벅 졸았다. 다디단 쪽
잠이었다.

집에 돌아와 깜깜해진 밤, 아내와 함께 산책을 했다. 온종일 땀
을 흘린 탓인지, 선선한 밤공기가 좋았다. 평소보단 조금 느린 발
걸음에 옆에서 가만히 걷던 사랑하는 이도 천천히 발을 맞췄다. 가
로등 불빛이 목련 나무를 비추고 있었다. "봄은 봄이네, 꽃봉오리
가 생겼다. 이제 조만간 피겠다", "그러네, 동네가 예뻐지겠네", "작
년엔 벚꽃 필 때 좀 춥지 않았나?", "그랬던 것 같아". 계절에 제법
어울리는 말들이 오갔다.

아내에게 80세가 된 남편 모습을 본 소감이 어떠냐고 물었다.
"사실, 실감이 잘 안 난다"는 대답이 돌아왔다. 사진으로 봤을 땐
진짜 노인 같아서 괜히 서글펐는데, 막상 실제로 보니 그저 체험이
힘들 것 같아서 걱정이 앞섰다고 했다. "나중에 나이 들면 이런 모
습이겠지?"라는 말을 들을 때쯤 집에 돌아왔다. 누구나 다 같이 늙
는 것 아니겠냐고 대꾸한 뒤 속으로 '그냥 오래도록, 건강히 옆에
있으면 좋겠다'고 되뇌었다.

자정이 될 무렵, 세면대 앞에 섰다. 큰 거울로 얼굴을 구석구석
살펴봤다. 아침에 했던 분장이 피부에 스며든 건지, 땀 때문에 지
워진 건지, 희미해져 있었다. 그래도 피곤함이 더해져서인지, 얼굴
은 더 나이 들어 보였다. 마지막으로 사진 한 장을 찍었다. '43년
뒤엔 다시 볼 수 있겠지' 생각하면서. 적당히 따뜻한 물을 틀어, 화
장을 씻어냈다. 머리도 박박 감았다. 세월이 개운하게 씻겨나갔다.

동네 가로등 아래, 왠지 쓸쓸한 뒷모습. 그림자가 나보다 더 커보인다.(ⓒ필자 아내)

80세 분장을 했는데도 용케 알아보고 뽀뽀하겠다며 팔에 매달린 똘이(5세, 말티즈).
쓰다듬어주려고 바닥에 앉는 것도 쉽지 않았다. 천천히, 두 손을 바닥에 짚고, 다시
천천히 앉아야 했다. 똘이는 반길 때면 늘 저렇게 사람처럼 서 있다. 관절에 안 좋다
고 해도 참.(ⓒ필자 아내)

그리고 다시 거울을 보니 깊게 팬 주름들이 사라졌다. 누렜던 얼굴
도 원래 색을 되찾았고, 하얗게 센 머리도 까맣게 됐다. 서른일곱
살로 돌아와 있었다. 나중엔 이렇게 하고 싶어도 할 수 없을 때가
오리란 생각이 들었다.

노인 체험 장비도 풀었다. 80세 몸이 원래 내 것이었던 것처럼,
잠시 어색했다. 고작 하루 경험했을 뿐인데도. 홀가분한 마음에 달
밤에 체조를 하러 나갔다. 팔과 다리를 붕붕 돌리고, 허리를 쭉 펴
고, 아무렇게나 앉았다가 일어섰다를 반복했다. 제자리서 뜀뛰기

도 하고, 편히 걷다가 뛰기도 하고, 원투 원투(복싱 동작)를 하기도
했다. 평생 당연하다고 여겼던, 별것 아닌 움직임을 하면서 잠시
시간을 보냈다. 그렇게 다시 돌아온 젊음을 만끽하다가, 집에 돌아
가는 길엔 언젠간 다시 찾아올 늙음을 생각하기도 했다.

'노인 체험'이 아닌, 언젠가 맞게 될 미래

그렇게 서른일곱 살로 돌아온 나는 1분 만에 잠에 빠져들었고, 다
음 날은 몸살이 난 듯 온몸이 욱신거렸다. 그다음 날은 좀 회복됐
지만 아무 생각도 하기 싫었고, 그다음 날엔 체험에 대한 생각을
마무리하려 해도 정리가 잘 안 됐다. 한 나흘 정도를 하릴없이 그
리 보냈다. 보통 체험이 끝나면 어떻게 써야겠단 생각이 들곤 했는
데, 유독 그게 잘 안 됐다. 닷새째에야 이 체험이 남긴 것들이 무엇

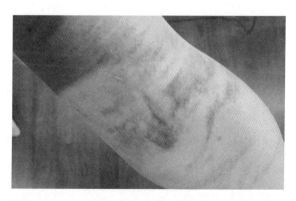

뭔지 알 수 없게 나왔지만 필자의 팔이다. 마음처럼 안 되는 몸을 마음처럼 쓰려
다 보니 몸에 상처가 났다.

인지, 조금씩 쓸 수 있게 됐다.

아마 좀 혼란스러웠던 것 같다. 받아들이기 힘들었는지도 모르겠다. 노인 체험 장비를 벗은 뒤 팔이며 다리에 붉게 물든 상처들을 보고 알았다. 하루 내내 싸운 흔적이었다. 마음처럼 안 움직이는 팔과 다리를 애써 움직이려고, 굽은 허리를 곧게 펴려고, 몸은 여든 살이라는데 마음은 여전히 서른일곱 살이라 여기면서. 그렇게 세월을 거스르고 받아들이지 않으려 했다. 노인 체험을 자처했으면서, 막상 노인이 되니 난생처음 겪는 경험에 어찌할 바를 몰랐다. 언젠가 나이들 거란 사실을 알고 있었지만 깊게 생각하지 않았다. 고요했던 물에 돌멩이를 던지면 파장이 일듯 별 것 아닌 일상들이 일렁거렸다. 43년의 세월이 주는 무게감은 그렇게 컸다. 이게 체험이 아니라, 언젠가 맞을 미래란 걸 알기에 더 그랬다.

그리고 마음이 잠잠해질 때쯤 흐르는 시간에 대해 생각했다. 단지 오후 1시였다가 2시가 되거나, 월요일이었다가 주말이 되는 게 아닌 인생 전체의 시간에 대해. 누구에게나 당연한 듯 주어지지만 그 시간을 어떻게 바라보고 마음을 쓰느냐에 따라 새겨지는 삶은 달라지니까. 내게 매일 주어진 이 시간을 더 귀하게 쓰고 싶어졌다. 시인 사무엘 울만이 "청춘이란 인생의 한 기간이 아니라 마음가짐"이라 했다. 그 말이 응당 맞다. 그럼에도 '젊음'이라 부르는 시기는 분명 있다. 마흔을 바라보는 나도 이미 경험한 얘기이기도 하다. 가령, 20대 때는 밤새 술을 마셔도 다음 날 멀쩡했지만, 지금 체력으론 상상도 할 수 없는 일이 됐으니.

노년에 대해서도 좀 더 이해하게 됐다. 왜 그렇게 걷고, 동네 벤치에 앉아 쉬는 이들이 많은지, 왜 하루가 더디게 간다고 하는지, 왜 그토록 사람의 온기를 그리워하는지도.

그리고 노년의 희망이랄까. 그런 것들도 함께 봤다. 그저 힘들고, 쓸쓸하고, 처량했던 것만은 아니었다. 탑골공원에서 자녀 자랑을 하며 껄껄 웃는 이들도 봤고, 서로를 부축하며 걷는 노부부도 만났다. 지팡이를 짚고 다닌 덕분에 길섶에 핀 들꽃도 자세히 볼 수 있었고 '노인 혐오'만 부각하던 대다수 기사와 달리 배려해주는 이들도 많이 만났다. 나이 들어 몸이 불편해도 웃는 건 자유로웠고, 마음 또한 오롯이 내 것이라 늙음에서 벗어날 수 있었다. 가까이서 함께 늙어갈 사랑하는 이가 있다는 것도 큰 위안이 됐다. 서로의 시간이 다르니 그만큼 더 아껴야겠지만.

〈여든 살 남형도가 서른일곱 살 남형도에게 보내는 편지〉

오늘 홍대에 갔었어.
잘 알지? 젊은이들이 넘실대는.
벚꽃이 막 피기 시작했더라.
보기만 해도 설레는지

사진 찍는 소리가 곳곳에 울렸어.

벚꽃은 항상 올려다만 봤는데,
오늘은 지팡이를 짚고 다녀서였을까.
땅에 떨어진 꽃잎이 보이더라고.
나도 모르게, 사진 찍었어.
백발로 홍대에 서 있는 내 모습 같아서.

꽃이 피면 지게 돼 있고,
져야 또 활짝 피우는 거겠지.
그게 자연의 섭리잖아.
어쩌면 오래 잊고 있었던 것뿐이지.
영영 꽃으로 남을 것처럼.

벚꽃이 피어 있는 건 참 짧지.
돌아보니 그런 기분이었어.
그냥 오늘을 정말 잘 살았으면 좋겠어.
모처럼 귀한 말을 해주고 싶었는데,
이것밖에 해줄 말이 없네.

앞으로 잘 부탁해.
내게 좋은 기억이 많이 남을 수 있도록.

24년 만에
'초등학생'이 돼봤다

선생님 목소리가 들리는 1학년 교실로 살금살금 걸어갔다. 한창 수업 중이었다. '지각'이었다. 앞문으로 조심스레 들어가자 자그마한 아이들 눈동자가 내게 쏠렸다. 순간 너무 귀여워 웃음이 터졌지만 애서 참았다. '최용준'이란 이름이 적힌 책상에 앉았다. 책상 주인은 마침 결석이라고 했다. 자그마한 의자는, 폭식으로 커진 엉덩이를 수용하기엔 버거웠다. 반 이상이 삐져나왔다.

이제 막 여덟 살이 된 아이들과 이런 대화가 이어졌다.

아이들: 와아, 누구세요? 몇 살이에요?

나: 저는 전학생이에요. 나이는 여덟 살이에요(뻔뻔).

아이들: 어? 근데 왜 그렇게 키가 커요?

나: 그게… 밥을 너무 많이 먹었더니 이렇게 커버렸어요(팩트).

아이들: 에이, 거짓말. 어른이잖아요. 몇 살이에요? 왜 용준이 자

리에 앉아 있어요?"

나: 여덟 살 맞는데, 속상하네요.

아이들: 배가 왜 이렇게 나왔어요? (배를 누르면서) 찹쌀떡 같아!

나. 하하, 아하하….

소란스러운 아이들을 달랜 뒤 수업을 들었다. 미술 시간이었다. 봄꽃을 모아서 도화지에 붙이고, 색연필로 그림을 그리는 거였다. 책상 위에 흰 도화지가 놓여 있었다. 어찌해야 할지 몰라 멍하니 있자니, 한 남자아이가 다가왔다. "이거 줄게!" 국화처럼 생긴 노란 봄꽃이었다. 또 다른 여자아이는 "왜 아무것도 안 그리고 있어요?" 하더니, 색연필을 가져다줬다. 맑은 동심에 마음이 따스해졌다. 아이가 준 색연필로 산과 잔디를, 하늘을, 아내와 내 모습을 그렸다. 이 얼마 만인지. 그림 실력은 여전히 엉망이었다.

'초등학교'에 갔다. 그냥 간 게 아니라 초등학생이 돼봤다. 국민학교(그땐 그리 불렀다)를 졸업한 지 24년 만이었다. 이제는 기억도 가물가물했다. 좋아하던 애와 짝하고 싶어 마음 졸였던, 또 괜스레 괴롭혔던 기억, 책가방을 집에 놓고 학교에 갔다 혼났던 일(밥통은 챙겨감), '배워서 남 주자'고 말하던 선생님. 똘똘이안경을 쓰고, 부모님과 뻣뻣하게 서서 찍은 졸업식 사진 한 장. 그렇게 초등학교 6년이 끝났다.

오랜만에 초등학교에 간 이유는 어린이들 얘길 듣고 싶어서였다.

어른이지만 하루만 '어른이'가 되어 아이들이 잘 지내는지 들여다
보고 싶었다. 어렸을 때 어른들에게 바라던 세상을, 이제는 어른이
된 내가 잘 만들고 있는지 궁금하기도 했다.

그래서 초등학교 두 곳에 가보기로 했다. 하나는 경기도 광명시
에 있는 A초등학교, 또 하나는 경기도 파주시에 있는 B초등학교다.
두 학교에 간 이유는 조금 다른 환경에 있는 아이들을 만나고 싶어
서였다.

등굣길 아침, 학교는 고요했다

아침 8시, 등교하기엔 조금 이른 시간에 A초등학교에 도착했다. 오
랜만에 교정을 보니 반가웠다. 학교 운동장은 텅 비어 있었다. 반
소매 티와 면바지, 운동화까지⋯ 가벼운 차림을 했다. 아무래도 아
이들과 놀려면 꽤 움직여야 할 테니. 집에 있던 초코파이도 하나
들고 갔다. 우량한 '어른이'에게 간식은 필수니까.

3층 계단을 오르고 기나긴 복도를 지나 5학년 6반에 도착했다.
아이들은 모두 스물여덟 명, 내가 다닐 땐 40여 명 정도 됐는데 그
새 많이 줄었다. 좌측, 우측통행을 하도록 복도 중앙에 그어진 노
란 선과 한편에 가지런히 쌓인 신발주머니를 보니 추억이 새록새
록 떠올라 반가웠다.

담임선생님은 일찌감치 출근해 있었다. 고개를 꾸벅 숙여 인사
하고 맨 뒷자리에 앉았다. 책걸상이 하나씩만 놓여 있었다. 짝꿍이
없어 아쉬웠다.

아이들이 수업 중일 때는 복도가 한적하다. 쉬는 시간만 되면 놀고픈 아이들이 이곳에 잔뜩 쏟아져나온다. 학교가 끝나면 놀 시간이 없다고, 그러니 많이 놀아둬야 한다고 했다.

8시 30분이 넘어가자, 아이들이 하나둘씩 나타나기 시작했다. 선생님께 인사를 하면서, 나를 한 번씩 힐끔거렸다. '저 사람은 누구지?', '왜 저기 앉아 있지?' 하는 표정이었다. 이에 아랑곳하지 않고 씩씩하게 "안녕!" 인사를 건넸다.

수업 시작 전 교실은 이상하리만치 고요했다. 내가 알던 교실 풍경과 달라 좀 낯설었다. 교실 앞쪽에 앉은 한 남자아이에게 "아침부터 뭘 그리 열심히 해?" 하고 물었다. 그랬더니 아이는 눈길도 안 주고는 "학원 숙제가 많아서요" 하며 무언가 바삐 써 내려갔다. 또 다른 아이에게도 "뭐 하고 있니?" 물었더니 "학원 숙제요"라고 했다. 자리로 돌아온 '어른이'는 할 게 없어 멀뚱멀뚱 창밖을 봤다. 운동장에도 아이들은 없었다.

쉬는 시간 종이 '땡' 치니, 그제야 '아이' 같았다

"딩동댕동", "와아아아!"

1교시가 끝나는 종이 울리자 아이들은 자릴 박차고 일어섰다. 책걸상이 온통 들썩거렸다. 아이들이 교실 앞뒤로, 복도로 뛰쳐나갔다. 금세 시끌벅적해졌다. 오랜만에 모범생인 척하느라 좀이 쑤셨던 나도 따라나섰다. 자그마한 녀석들 사이로 나도 원래 멤버였던 것처럼 큰 몸을 슬쩍 끼워 넣었다. '좋아', 자연스러웠다.

남자애들 대여섯 명이 노는 데엔 별다른 게 필요 없었다. 책상 하나와 바둑돌 여러 개, 그거면 충분했다. 뭘 하나 봤더니 '알까기'였다. 나도 바둑돌을 하나 구해, 책상에 놓고 튕겼다. "아, 난 공격하지 마!", "아, 안 돼, 안 돼, 안 돼!" 그러나 공격에 부처님의 자비로움 따윈 없었다. 빠르게 날아간 검은 바둑돌이 다른 흰 바둑돌을 쳐서 날려보냈다. 몇 차례는 욕심이 과했는지, 다른 돌을 맞추며 내 돌도 함께 날아갔다. "예~" 하며 놀리는 웃음이 곳곳에서 터졌다.

여자아이들은 곳곳에 쭈그리고 앉았다. 뭐 하나 봤더니 '공기놀이'였다. 기억하는가. 동그란 공기 다섯 개를 땅에 내려놓고, 다시 집고, 마지막에 다섯 개를 손등에 올린 뒤 한 번에 잡으면 5년이 올라가는 그 놀이. 세월이 지나도 그대로였다. 가장 잘한다는 아이는 전광석화 같은 손놀림을 보여줬다. "나도 옛날에 잘했어!" 하고 껴보다가 "그럼 보여달라"는 말에 조용히 자릴 떴다.

노는 모습을 보니 영락없는 '아이'였다. 학원 숙제에 고개를 파묻고 있을 때와는 딴판이었다. 가까이서 보니, 삼촌 미소가 지어졌

"나도 꺼줘." 알까기하며 노는 아이들(ⓒA초등학교 선생님)

다. 어찌나 밝고, 신나 보이고, 해맑은지. '어른이'가 오래 짓지 못했던 웃음을 여기서 한꺼번에 봤다. 그걸 보는 것만으로도 힐링이었다. '오길 잘했다', 그런 생각을 하는데 수업 시작종이 쳤다. 1분만 더 놀고 자리로 돌아갔다. 아쉬웠다.

체육 시간인데 운동장에 나갈 수 없는 아이들(feat. 미세먼지)

기다리던 체육 시간이 됐다. 하지만 복병이 있었다. 바로 미세먼지였다. "선생님, 오늘 미세먼지 괜찮아요?" 아이들 가운데 누군가가 물었다. 그러자 선생님은 "오늘 미세먼지가 나빠서 운동장에 못 나갈 것 같네요"라고 답했다. "아~" 하며 실망하는 아이들 목소리가 들렸다.

드넓은 운동장에 나가는 건 고사하고, 창문도 꼭꼭 닫아야 하는

신세가 됐다. 좁다란 교실에서 숨도 마음껏 못 쉬고 있는 아이들을 보자니 괜스레 미안한 마음이 들었다. 흙먼지를 알아야 할 나이에, 다른 먼지를 먼저 알아버린 것이.

별수 없이 실내 체육을 했다. '유니폼 던지기' 놀이를 한다고 했다. 룰은 간단했다. 한 학급에 총 일곱 모둠이 있는데, 한 모둠(4명)만 유니폼을 입는다. 그리고 이 아이들이, 다른 아이들에게 유니폼을 던져 맞추는 거였다. 마치 피구 같은 게임이었다. 가장 많은 아이를 맞추는 모둠이 우승이었다. 상품은 '캐러멜'이었다. 아이들 눈이 번뜩였다.

게임이 시작됐다. 대충하려고 했는데, 나도 모르게 몰입했다. 유니폼을 맞지 않으려 부지런히 뛰어다녔다. 더 빨리 움직여야 했지만, 교실이 좁아 마음껏 뛰어다니지 못했다. '어른이'가 함부로 움직이다간, 아이들이 넘어져 다칠 것 같아 더 조심스러웠다. 쥐며느리처럼 한편에 숨어 있다가, 통통거리며 뛰어다녔다. 나이는 세 배 많은데, 움직임은 그리 빠르지 못했다. 그래도 애들은 피하겠다며 내 뒤로 숨었다. 일종의 방패로 여기는 모양이었다. 앞에서 든든히 막아주고 싶었으나, 내가 먼저 피했다(미안).

땀을 한껏 흘리고 나니 진정 초등학생이 된 것 같았다. 그 순간만큼은 나도 열두 살이었다. 이렇게 아무 근심 없이 놀아본 게 얼마 만인지. 기억 저 멀리 두고 온 5학년 때의 내 모습을 만난 기분이었다.

학교에서 마음껏 놀고픈 이유가 있었다. 아이들은 미주알고주알

그에 대한 얘길 털어놨다.

학원 가는 게 힘들다고 했다. 한 아이는, 집에 가면 잠깐 쉬다가 바로 학원에 간다고 했다. 그리고 몇 시에 오나 물었더니, 밤 9시란다. 그럼 학원을 몇 개 가는 거냐 했더니 하루 평균 서너 개라 했다. 또 다른 아이는 아예 집에도 못 가고 학교에서 바로 학원에 간단다. 저녁은 먹는지 물었더니 못 먹고 학원 먼저 간다고 했다. 주린 배를 움켜쥐고 저녁 8시 30분쯤 돼야 집에 온다고. "학원 안 가는 친구, 손 들어보라" 했더니 28명 중 겨우 한두 명 정도였다.

집에 가서도 못 쉬는 건 마찬가지다. 학원 숙제가 많아 평균 두세 시간씩은 한단다. 그러다보면 밤 11시, 12시가 훌쩍 넘는단다. 늦게 잔다는 아이는 새벽 1시에 자서, 아침 7시에 일어난다고 했다. '어른이'인 나보다 잠을 더 못 자네, 하며 애써 쓴웃음을 지었다. 주말에는 쉬냐고 했더니 역시 예상했던 답이 돌아왔다. 학원에 간다는 아이들이 많았다. 혹은, 학원에서 주말 숙제를 많이 내줘서 바쁘다고.

'전학생'이 교실에 온 기념으로, 어른들에게 하고픈 얘기가 있으면 전해주겠다고 했다. 그랬더니 이런저런 말들이 쏟아졌다. 요약하면 참 단순했다. "더 놀고 싶어요!", "학원 가기 싫어요". 어린이들이 노는 건 당연한데, 당연한 게 소원이라니 왜 그리 먹먹하던지. 적어도 '국민학교' 다닐 땐, 이 정도는 아니었다.

선생님은 "요즘 학교 숙제도 잘 안 내준다"고 했다. 이유를 물으니 "학교에 와서라도 마음껏 놀았으면 해서"라고 한다. 그 말처럼

방과 후 운동장이 한적하다.

애들은 학교에서 소중한 시간을 놓칠세라 열심히 놀았다. 쉬는 시간에도, 점심을 먹은 뒤에도. 그리고 방과 후엔 학원에 간다. 먼 미래의 교육 과정까지 배운단다. 초등학교 5학년이 고등학교 수학까지도 습득하는 게 현실이다.

A초등학교 운동장은 종일 한적했다. 쓸쓸해 보였다. 마치 비어 있기 위해 그 자리에 존재하는 것처럼.

휴전선 근처 B초등학교, 운동장이 '바글바글'

A초등학교에서 무거운 마음을 안고 돌아온 다음 날, B초등학교를 찾았다. 경기도 파주시 휴전선 부근에 있는, 전교생이 55명 정도 되는 작은 학교였다. 이곳 아이들은 어떨지 궁금했다.

학교에 들어서니 운동장에서 뛰어노는 아이 두 명이 보였다. 어

69

쩐지 반가워서, "얘들아, 몇 학년이니?" 하고 물었다. 그네를 신나게 타던 아이들은 "2학년이요" 하고 답했다. 그러더니 "선생님이세요?"라고 묻기에, "아니야, 전학생이야"라고 또 몹쓸 거짓말을 했나. 날 쏘아보는 강렬한 눈빛이 느껴졌다. 후닥닥 학교 건물 안으로 들어갔다.

교장 선생님과 먼저 인사를 하고 얘길 나눴다. 선생님은 "우리학교 아이들은 사교육을 거의 안 받는다"고 했다. 학원도 많지 않을뿐더러 다닐 여건도 마땅치 않다는 것이다. 그래서 마음껏 놀 수 있는 환경이라고 했다. "아이들이 정말 잘 논다"며 함박웃음을 지었다.

얘길 나누다 운동장을 봤다. 전교생 55명이 다 쏟아져 나온 듯 바글바글했다. 크고 작은 아이들이 공을 차고, 시끌벅적 웃으며 뛰어놀았다. 아이들 이마엔 땀방울이 송골송골 맺혔다.

아침 9시가 다 되도록 뛰논 뒤에야 아이들은 교실로 들어왔다. 6학년 교실로 먼저 들어가 기다리는데, 뜀박질을 막 끝낸 아이들이 헉헉거리며 하나둘 들어오기 시작했다. 다 모이니 반 정원이 여덟 명쯤 됐다. 몇몇은 얼굴이 상기돼 있었고, 또 몇몇은 얼굴이 까맣게 타 있었다.

6학년 수업을 들었다. 1교시는 국어였다. '건의하는 글쓰기'가 주제였다. 나는 층간소음 유발자인 '윗집 아주머니'에게 평소 참았던 분노를 꾹꾹 눌러 담아 글을 썼다. 연필심이 가루가 될 뻔했다.

아침 9시가 됐는데도 바글바글 뛰노는 아이들이 많은 B초등학교 운동장. 선생님과 '놀이 체육'을 한다고 했다.

주요 내용은 이랬다. "현관문을 여닫는 끼익 소리가 귀신 비명 같다. 기름 좀 칠해달라", "밤에 찍찍 물건 끄는 소리에 잠을 깬다", "쿵쿵 걷는 소리가 너무 크게 들린다. 슬리퍼를 신어달라" 등.

잘 썼다 여겼는데, 아이들 발표를 들으니 숙연해졌다. 생각이 참으로 깊었다. 한 아이는 아돌프 히틀러에게 건의하는 글을 썼다. "당신이 일으킨 전쟁 때문에, 수많은 이들이 죽고 고통받았다, 부디 그렇게 하지 말아달라. 그러면 세계 평화가 유지될 것이다"라고. 또 다른 친구는 재활용이 잘 안 되는 것 같다며, 동네 주민들에게 건의하는 글을 썼다. "쓰레기를 잘 분리해서 버려달라"고. "그러면 지구가 덜 고통스러워할 거라"고.

대견한 마음에 아이들에게 학원을 얼마나 다니는지 넌지시 물었다. 그랬더니 다닌다는 아이가 여덟 명 중 한 명밖에 없었다. 이 아

71

이도 하루 한 시간 30분 정도만 학원에 가고, 집으로 온다고 했다.

학원에서 배울 수 없는, 스스로 생각하는 법을 깨쳤다. 그건 사교육으로 얻은 생각이 아니었다. 히틀러에게 편지를 쓴 아이는《제2차 세계대전》이란 책을 읽었다고 했다. 또 다른 아이도 환경 관련 책을 봤다고 했다. 학원에 가지 않아도, 아이들은 그렇게 훌륭히 시간을 보내고 있었다. 언젠가 배울 지식을 앞당겨 배우는 게 아닌, 살아 있는 교육이었다.

"너 그렇게 하면 안 돼", 놀면서 배우는 것들

'놀이'가 알려주는 가르침도 분명히 있었다. '알까기'를 할 때, 누군가 떨어뜨린 바둑돌을 다른 아이가 주워주곤 했다. 그리고 '마피아 게임'을 할 때, 산만하게 방해하는 아이에게 "그렇게 하면 안 돼" 하며 다른 아이들이 제재했다. '인디언밥'을 하며 친구들 등을 때릴 땐 웃으면서도 "야, 그렇게 세게 하면 어떡해" 하고 누군가 주의를 주기도 했다.

그리고 아직, 아이들은 놀면서 더 배워야 했다. 함께하는 것에선 더 그랬다. '유니폼 던지기' 놀이를 보며 느꼈다. 다른 편을 맞추기 위해 움직일 때, 유니폼을 든 채 두 발짝 이상 발을 뗄 수 없게 규칙이 정해져 있었다. 그래서 근처 다른 아이에게 패스해야 했다. 이 또한 중요한 협업이었다.

그런데 많은 아이가 기를 쓰고 혼자 유니폼을 던지려 했다. 그러다 두 발짝을 넘어 반칙을 했다. 친구에게 건네면 더 많은 아이를

방과 후 학교 운동장에서 신나게 뛰어노는 B초등학교 아이들.

가방이 덩그러니. 운동장에서 뛰논
다는 뜻이다.

아웃시킬 수 있는데, 그렇게 하지 않았다. 패스할 생각을 못 했다.
혼자 공부해오던 게 익숙한 탓일까.

이를 지켜본 선생님은 그런 얘길 했다. 친구들이 어려운 상황에
서 도와줄 사람을 찾으면 선뜻 나서려 하지 않는다고. 자기밖에 모
르는 아이들이 많아져 걱정이라고. 길게 보면 정작 더 중요한 교육
인데, 이를 잊고 사는 건 아닐지.

아이들 일상의 균형을 깨뜨리는 건 과열된 '교육열'이다. 24시간
중 많은 시간을 오로지 공부에만 할애하고 있었다.

초록우산어린이재단 자료에 따르면, 한국 아이들의 주당 공부
시간은 평균 60시간으로, OECD(경제개발협력기구) 국가들 가운데
가장 긴 편이다.

잘 알고 있다. 부모는 조바심이 난다는 걸. 취재 과정에서 만난

부모들은 한결같이 다 이렇게 말했다. "사교육을 이렇게까지 시키고 싶진 않은데, 아이가 뒤처질까봐 두렵다"고. 혹은 "우리 아이만 안 시켰다가, 학교 수업을 못 따라갈까봐 걱정된다"고. 누가 먼저 시작한 건지도 모르는 교육 경쟁에 내몰리고 있었다. 그리고 아이들은 왜 그래야 하는지도 잘 모른 채 숨 가쁘게 쫓아가고 있었다.

그랬다. 지금 같은 교육 환경에선, 왜 아이들을 그리 힘들게 하냐고 부모만 탓할 순 없다. 실제 고등학생 자녀를 둔 한 어머니는 이렇게 말했다. "소신껏 중학교 때까지 놀게 했는데, 아이가 수업에 뒤처진다며 이제 와 원망한다"고. 남들처럼 먼저 내달리지 않으면, 그래서 좋은 대학에 가지 않으면, 결국 성공하지 못한다는 불안감이 이들을 내몰고 있었다.

오랜만에 초등학교에 가니, 켜켜이 묵혀뒀던 추억들이 되살아났다. 너무 예전 일이라 대부분 뿌연 안개처럼 가물가물했다. 하지만 그 와중에 선명히 기억나는 장면들이 있었다. 그건 복잡한 수학 공식이나, 도덕 교과서나, 문학 구절 같은 게 아니었다. 어쩌다 100점 맞은 일도 아니었다.

'말뚝 박기'를 하다가, 왜 이리 치사하게 하냐며 친구와 다퉜던 기억. 급식 빨리 먹겠다며 냅다 뛰던 모습. 운동장에서 축구를 하다

축구공에 중요 부위를 맞고 아파했던 일. 운동장 모래밭에서 두꺼비집을 만들던 일. 와리가리(테니스공 던지는 놀이)를 하며 신나 하고, 피구공에 불꽃 마크를 그려넣고 '피구왕 통키'를 흉내 내며 놀던 일. 종이를 말고 테이프를 붙여 어설프게 공을 만들고, 복도에서 뛰어다니다 선생님에게 혼났던, 그런 '추억'들이었다.

세월이 많이 흐른 탓인지, 어른들은 까먹고 있다. 우리도 한땐 아이였고, 공부에만 내몰리는 환경이 싫었고, 정말 원 없이 놀고 싶었다는 것을. 같은 마음으로, 아이들이 우릴 물끄러미 바라보고 있다. 이 아이들에게 어떤 추억을 만들어줄지는 오롯이 어른에게 달렸다.

B초등학교 수업이 끝난 뒤, 아이들과 시소를 신나게 탔다. 엉덩이가 부서져라 놀았다. 내가 왜 여기 왔는지조차 까먹을 만큼 행복했다. 그때 한 선생님이 다가와 내게 말했다.

"기자님, 지금 선생님들 협의회가 시작되는데 보러 가실래요?"

일순간 아이들 시선이 내게 쏠렸다. 그래서 이렇게 말했다.

"아뇨, 그냥 애들이랑 더 놀고 싶어요."

"와아!"

아이들이 환호성을 질렀다.

'자소서',
진짜 솔직하게 써봤다

8년 만이었다. '자기소개서(이하 자소서)' 양식을 열어본 건. 오랜만에 텅 빈 화면을 보니 멍해졌다. 채워야 할 글자 수는 총 3,000자. 글쓰기에 이골 난 필자에게도 쉽지 않은 분량이다. 지원 동기, 차별화된 능력, 도전했던 일 등 잊고 살던 질문들을 보고 있자니 예나 지금이나 여전히 달라진 게 없단 생각이 들었다.

청년 실업률이 최악의 최악을 기록할 때마다, 20대 취업준비생(이하 취준생) 때 생각이 났다. 지원 첫 단계인 자소서부터 참 막막했다. 쓰고 또 쓰고, 고치고 또 고쳤다. 방귀 뀌는 것까지 '열정'으로 의미 부여할 판이었다. 그만큼 절박했다. 한 장 쓰는 데 며칠씩 걸리기도 했다. 서류 합격자 발표 직전엔 만사 집중이 안 됐다. 홈페이지만 들락날락, 커뮤니티도 왔다 갔다 했다. 떨어지면 '자소설(자소서+소설)'로 간신히 치켜세운 자신감이 와르르 무너졌다. 살아온 인생이 부정당한 느낌이랄까. 다시 털고 일어나는 데 시간도 필요했다. 제법 단단해졌다고 느껴질 무렵, 운 좋게 최종 합격했다.

우연히 버스 옆자리에 앉은 남성의 통화 내용을 들은 날, 잊고 지낸 그때가 생각났다. 내용은 대략 이랬다. "오늘만 서류 네 개 떨어졌다", "진짜 열심히 썼는데 왜 떨어졌는지 모르겠어", "기업 공부 열심히 했는데", "자소서는 정답이 없지", "그래도 넌 나보다 낫네(쓴웃음)", "짜증 나", "이제 다 넣어야 할까봐". 대화는 옅은 희망으로 끝났다, "잘 되겠지 뭐". 그리고 내뱉은 긴 한숨이 이상하리만치 오래 귓가를 맴돌았다.

청년 실업률이란 수치가 차마 못 담은, 이런 얘기를 솔직하게 전하고 싶었다. 아무리 떨어져도 씩씩하고 열정 넘치고 창의적인 인재가 아닌, 매일 절망과 희망 사이에서 싸우는 청년들의 애환을. 자소설이 아닌 진짜 자소서를 말이다. 그래서 이들을 뽑은 기업들도 취준생들의 솔직한 심정을 알고, 더 좋은 일자리와 환경을 만들 수 있도록 자극하고 싶었다.

그래서 오랜만에 자소서를 써보기로 했다. 내 이야기는 아니다. 2~30대 취준생 다섯 명을 인터뷰해 이들의 생생한 목소리를 자소서 곳곳에 녹였다. 진짜 솔직하게 자소서를 쓴다면 뭘 쓰겠냐고 물었다. 그러자 한 번도 꺼내지 못한 이야기들이 쏟아졌다.

그리고 이 자소서를 한 유통업계 대기업에 실제 내보기로 했다. 당연히 탈락할 것이다. 해당 기업 인사 담당자가 보면 '이 X라이는 뭐지, 관종(관심종자)인가' 할 것이다. 그리고 다른 자소서처럼 몇 분 안에 버려질 것이다. 하지만 그 안에 담긴 속뜻을 생각해봤으면 싶다. 취준생들이 어떤 속마음을 갖고 지원하는지를.

자소서 내용은 다음과 같다. 항목은 총 세 개, 각각 1,000자씩 총 3,000자였다.

1번, 당사에 지원한 이유와 입사를 위해 어떤 노력을 했는지 구체적으로 기술하시오.

'취준생'들을 대변해 이 자소서를 씁니다. 왜 하필 귀사에 와서 이러느냐 물으실 수 있겠습니다. 기사 마감 날짜와 맞아 그렇지, 별다른 악의는 없습니다.

많은 기업이 지원 이유를 묻습니다만, 그만 좀 물었으면 좋겠습니다. 무슨 대단한 이유가 있겠습니까. 돈 벌려고 가는 겁니다. 자본주의 사회 아닙니까. 잘 살려면 돈이 필요합니다. 더 얘기해볼까요. 빚져서 다닌 대학 등록금 갚아야 해서, 빠듯한 월세 잘 내고 싶어서, 취업 준비하느라 쓴 돈도 많아서, 생활비 좀 여유 있게 쓰고 싶어서, 연애도 하고 결혼도 해야 해서, 애도 낳고 키워야 해서.

또 귀사는 꽤 이름난 '대기업'이지요. 그래서 지원한 이유도 큽니다. 솔직한 얘깁니다. 월급 더 받고 싶고, 워라밸(일과 삶의 균형)이 지켜졌으면 하고, 회사 오래 안 망했으면 싶고, 복지 좋았으면 싶고, 다 같은 마음일 겁니다. 그런데 왜 중소·중견기업 안 가냐, 대기업만 보냐, 눈높이 안 낮추느냐고 합니다. 역으로 생각하는 게 빠를 겁니다. 과연 '오고 싶은 회사'인지.

한 취업 정보 사이트에서 보니 귀사는 총 만족도 5점 만점에 3.4

점이더군요. 기업 추천율 66퍼센트, 평균 연봉은 4,419만 원이었습니다. 물론 신입 연봉은 아니겠지만, 괜찮은 편입니다. 퇴근이 늦다는 평이 있던데 좀 걱정되긴 합니다. 특히 저 같은 요즘 젊은 세대에게 칼퇴근은 정말 중요합니다.

입사를 위해 노력 많이 했습니다. 정확히 말하면 '노오력'입니다. 1학년 때부터요. 학점 기본, 어학 기본, 연수 기본, 봉사·동아리 기본, 인턴 기본, 공모전 기본, 이젠 여행도 기본. 다들 기본은 하니까 노오력해도 '광탈(광속탈락)'입니다. 자책과 자조 끝에 이런 결론이 납니다. 더 큰 '노오력'을 안 해서 그렇다고. 쌀쌀해진 가을바람에 한숨만 늡니다.

자소서를 '자소설'로 만드는 것도 노오력이겠지요. 눈길 안 끌면 휙 넘기시겠지요. 그래도 쉽게 생각하진 않았으면 합니다. 인생 쓰디써도 밝게 웃어 증명사진 찍고, 경력 한 줄 쓰려 밤을 지샜을 겁니다. 그게 이 한 장의 무게입니다.

2번, 지원한 직군에서 구체적으로 하고 싶은 일과 본인이 그 일을 남들보다 잘할 수 있는 차별화된 능력과 경험을 기술하시오.

참 난감합니다. 귀사에서 일해본 게 아닌데, 뭘 하겠느냐 묻다니요. 솔직히 잘 모르겠습니다. 입사하면 뭘 이룰 수 있을지.

귀사는 그래도 채용 홈페이지에 소개해놨더군요. 직무가 뭔지, 일과가 어떤지, 회사 비전이 뭔지. 그래도 부족합니다. 어려운 말들이고, 그림이 안 그려집니다.

잘 모르니 뭐라도 해야 할 겁니다. 채용 설명회를 가든, 귀사 직원을 붙잡고 열심히 물어보든, 검색을 하든. 귀사에만 집중하고 시간을 쏟으면 '지원한 직군에서 구체적으로 하고 싶은 일'을 만들어 낼 수 있을 겁니다.

처음엔 무작정 열심히 했습니다. 그런데도 서류에서 줄줄이 떨어졌습니다. '지원자 역량은 훌륭하지만…' 문자를 하루에도 몇 번씩 봐야 했습니다. 열심히 쓴 입사 후 포부가 '김칫국 마시기'가 되더군요. 자괴감이 밀려왔습니다. 한 군데라도 더 써야지, 결국 이런 마음이 됐습니다. 수십 곳, 많게는 100곳 이상도요. 한 군데라도 붙겠지, 이런 심정으로요.

그럼에도 이 또한 '열정'에 들어가는 걸 잘 알고 있습니다. '붙여 주면 열심히 하겠다'가 솔직하고 절박한 마음인데, 그러면 '구체적인 열정이 없구나' 하겠지요. 그리고 '노오력' 부족으로 떨어질 겁니다.

그리고 차별화된 능력 말입니까. 귀사의 '인재상'을 볼 시간이네요. 요약하니 '고객을 생각하고 창의적인 도전을 좋아하며 새로운 가능성을 받아들이고 자기 일에 긍지를 갖고 열정적으로 일하며 바른길을 지향하고 타인의 처지에서 생각하고 배려할 줄 알며 회사와 함께 발전하는 인재'네요.

사실 저는 그런 사람이 아닙니다. 고객은 별 관심 없고, 그리 창의적인지도 모르겠고, 도전은 남들 하는 것만큼 하고, 일은 퇴근할 때까지만, 가끔 바르지 않기도 하고, 이기적일 때도 많고, 회사보단 개인 중심적이거든요. 근데 이렇게 쓰면 떨어지겠지요.

그렇다면 '자소설'을 써야지요. 모기 눈물만 한 창의성을 '스티브 잡스'만큼 부풀리고, 월급만큼만 일하는 열정을 회사 시가총액을 두 배로 늘릴 만큼 불리는 겁니다.

근데 그것도 쉽지 않아요. 마른 수건 쥐어짜는 심정으로, 밤을 꼬박 새우기도 합니다. 분명 열심히 살았는데 아직도 저에겐 열정이 부족한 걸까요?

3번, 학업 외 가장 열정적이고 도전적으로 몰입하여 성과를 창출했거나 목표를 달성한 경험을 기술하시오.

학업도 그리 열정적이지 않았기에 말문이 턱 막힙니다.

대학생이 뭐 그리 큰 도전이 있었을까요. 한라산 백록담에 걸어 올라가 물을 떠서, 다시 백두산 천지에 걸어 올라 '통일'을 외치며 부어야 할까요. 아니면 청년 창업을 해 구슬땀 도전 끝에 대박을 내야 할까요.

그냥 대부분 성실하고 평범한 대학생이자 취준생입니다. '성과 창출', '목표 달성'을 1,000자씩 쓸 만한 게 없습니다. 때론 동기나 선·후배들과 술 마시고, 강의 듣고, 시험 땐 벼락치기도 하고, 방학 땐 나름 스펙을 쌓고, 군대 다녀오고 이래저래 3, 4학년이 되고 '취업'이란 단어에 치이게 된.

가장 도전적으로 몰입하는 게 지금 이 순간인 듯합니다. 막막한 '취업 준비' 말입니다.

푸념해도 '어떻게든 되겠지' 했는데, 헛물켜고 나니 정신이 번쩍 듭니다. 서류 탈락, 서류 넘으면 직무적성 탈락, 면접 탈락, 다시 원점. 눈을 낮추고 또 낮추고, 나이는 한 살 두 살 먹고, 점점 쓸모없는 사람이 되는 것 같고, 누구 합격했단 소리에 축하하는 마음보단 속이 더 쓰리고, 서점에 가면 괜히 공무원 시험 서적을 들었다 놨다 하고. 어렸을 땐 매일 아침, 직장에 나가는 아버지를 보며 '난 회사원 안 해' 했었는데, 못 하는 거였습니다. 쉬운 게 아니었습니다. 평범한 삶을 사는 것도.

생각해보면 열정적이지 않은 적도 없었습니다. 초·중·고 때 열심히 공부했고, 좋은 대학에 들어갔고, 늘 경쟁 속에서 몰입해 나름대로 노력한 만큼 이뤄왔습니다. 그런데 지금껏 걸어온 길이 '탈락' 앞에 보잘것없이 느껴집니다.

매일매일 무너지고, 그럼에도 매 순간 다시 일으켜 세우는 게 지금의 제 인생에선 가장 큰 도전입니다. 성과는 '합격'인데, 아직 창출 못 했습니다. 목표도 '합격'인데, 아직 달성 못 했습니다. 그럼에도 이 항목에 쓰는 이유는 그게 취준생 대부분의 현실이고 진실이기 때문입니다.

저는 용기를 내 정직하게 자소서에 털어놨습니다. 귀사도 정직하십시오. 이거 다 읽어봅니까? 읽는 데 몇 분이나 씁니까? 스펙으로 거르진 않나요? 원하는 인재상, 정말 저 내용뿐인 거 맞나요? 아니면 솔직해집시다. 피차 시간 아끼게 말이죠.

많으면 5,000자씩, 한 달씩 쓰기도

자소서는 이렇게 끝났다. 취재부터 최종 작성까지 꼬박 사흘이 걸렸다. 서류 전형에서 느낀 건, 자소서를 잊고 살았던 9년간 달라진 게 하나도 없다는 사실이었습니다.

'블라인드 채용'이라 떠들더니 학력 기입도 여전했다. 고등학교는 졸업인지 중퇴인지 검정고시인지까지 물어봤고, 대학교는 본교인지 분교인지, 주간인지 야간인지 확인했다. 어학시험, 자격증도 필수였다. 난 자격증 기입란에 '운전면허증'밖에 못 썼다.

내 취업 시절보다 오히려 더 꼼꼼하게 묻는 분위기였다. 경력 사항, 사회봉사, 여행, 동아리, 연수경험까지. 신입인데 경력은 왜 묻나 싶었고, 심지어 여행은 1개월 이하로 다녀온 건 기입도 못 하게 돼 있었다. 여행조차 스펙이었다. 대학 4년 내내 이걸 언제 다 채울까 싶었다. 한 줄, 한 줄 채우려 들이는 시간과 비용은 또 어떨까. 대체 대학생이 얼마나 많은 걸 해야 하나 싶었다.

자소서를 작성하는 것 자체도 부담이라 했다. 취준생 김광탈 씨(가명)는 "기업마다 자소서를 다 요구하는데, 분량이 많은 곳은 5,000자 넘게 쓰기도 한다. 기업 공부는 물론 인재상, 직무 등을 살펴봐야 하고, 항목도 다 달라 매번 다시 쓰는 데 평균 며칠씩 걸린다. 정말 가고 싶은 곳은 한 달씩 걸리기도 한다"고 토로했다. 김씨는 자소서 컨설팅을 받으려 10만 원이 넘는 비용을 부담하기도 했다.

대학생 송스펙 씨(가명)는 "서류 통과도 바늘구멍이라 일단 지원

○○○기업에 지원했다가 서류심사 탈락 소식을 접한 필자가 괴로워하고 있다. 사실 서류가 떨어진 다음 날, 괴로웠던 심경을 책상에 엎드려 표현해봤다.(ⓒ후배 남궁민 기자)

을 많이 해야 하는데, 자소서에 뺏기는 시간이 너무 많다. 압박이 심하다. 인재를 뽑는 데 꼭 필요한 것만 묻거나 이력만 쓰는 걸로 자소서를 간소화했으면 한다. 어차피 면접 때 질문하지 않느냐"고 비판했다.

어렵게 쓴 자소서 변별력에 대한 의문도 제기됐다. 취준생 박취 뽀 씨(가명)는 "자소서는 어차피 '자소설'을 쓸 수밖에 없는데 무슨 변별력이 있겠느냐. 몇만 장씩 되는 자소서를 정말 다 읽어보는지도 의문"이라고 했다.

취준생 다섯 명과 인터뷰를 마치며 그들이 쓴 자소서를 읽어봤다. 나름 가장 잘 썼단 것들이었다. 그리고 그들을 찬찬히 다시 봤다. 열정만 주야장천 쓴 누구는 실제로는 '공감 능력'이 좋아 보였다. 인턴 경험만 나열했던 누구는 '붙임성'이 참 좋고, 얘기하고 싶게 만드는 매력이 있었다. 고객 중심 마인드를 강조했던 누구는 작은 행동에도 '배려심'이 묻어났다.

자소서에 채 못 담은 것들이다. 그렇지만 사회생활에서 어떻게 보면 능력보다 더 중요한 것들이다. 아마 직장인들은 대다수 공감할 것이다.

대졸 신입사원 세 명 중 한 명은 1년 내에 그만둔다고 한다. 그렇다면 기업 쪽에서도 한 번쯤 진지하게 생각해볼 필요가 있지 않을까. 지금 이 자소서가 정말 좋은 사람을 뽑는 데 필요한지를.

62년생 김영수 *

"영수야!"

57세 김영수 씨는 고개를 돌렸다. 자신을 부르는 게 아닌 것쯤은 알았다. 이제 예순을 바라보는데, 누가 그를 반말로 부르겠는가. 그래도 자기 이름이 들리자 저도 모르게 뒤를 봤다. 시선이 닿은 곳엔 서너 살 남짓한 아이가 넘어져 있었다. 엄마가 아이를 다급히 일으켰다. "조심하라고 했어, 안 했어?" 핀잔인지 걱정인지 모를 말이 이어졌다. 아이는 울듯 말듯, 글썽이다 엄마 품에 안겼다. 김영수 씨는 이를 물끄러미 바라봤다. 예전엔 아이를 짐처럼 느꼈는데, 언젠가부터 아이가 예뻐 보이기 시작했다. 이렇게 나이를 먹나 싶었다. 그러곤 자신의 모습이 아이와 비슷하다고 여겼다. 열심히

● 이 글은 5060 아버지 세대 네 분을 인터뷰해 그를 바탕으로 만든 소설이다. '김영수'는 그 세대에 가장 많이 쓰이던 이름이라고 한다.

달리다 넘어졌는데, 혼자 일어나지 못하고 그냥 주저앉아 있는. 하지만 이젠 일으켜줄 사람이 없단 사실에 문득 서글퍼졌다.

"늙어서 그래, 늙어서." 친구들에게 말했더니 돌아온 대답이었다. 남성 호르몬이 줄고, 여성 호르몬이 늘기 때문이라고. 청승 떨지 말고 소주나 마시라며 재촉하는 친구들과 잔을 주고받았다. 술잔이 채워져도 마음은 채워지지 않았다. 친구들과 헤어지고 홀로 있을 땐, 어김없이 똑같은 공허함이 밀려왔다. 그래서 언젠가부터는 그냥 그러려니 하고 지냈다.

어느 가을 아침, 아내에게도 이런 얘길 털어놨다. 그러자 "그러게, 가게 그만두고 한가해서 그래. 집에만 있지 말고 나가서 뭐라도 좀 배워. 사람들도 좀 만나고"란 대답이 돌아왔다. 정 할 것 없으면 집안일이나 좀 도우라는 말도 함께. 김영수 씨는 "이제 설거지는 내가 하잖아"라며 소심한 대꾸를 해봤다. 세탁기에 세제를 붓던 아내는 들었는지, 못 들었는지 대답이 없었다. 그는 소파에 앉아 TV를 틀었다. 볼 게 마땅히 없어 채널만 돌리다 '떡갈비 하나를 사면 하나를 더 준다'는 홈쇼핑 광고에 빠져들었다. 달궈진 프라이팬에 '치이이익' 하고 고기 굽는 소리가, 침샘을 여간 자극하는 게 아니었다. 구매욕이 차오를 무렵, '위이이잉' 하는 청소기 소리가 정적을 깼다. 아내였다.

집안일을 하기 싫어, 괜히 자식들 방문 앞을 서성거렸다. 아들만 둘이었다. 어릴 땐 목욕탕이며 등산까지 곧잘 따라다니던 자식들

은 사춘기가 지나며 무뚝뚝해졌다. "밥 먹었어?", "네", "이제 들어
와?", "네", "잘 자라", "안녕히 주무세요" 정도의 대화뿐이었다. 여
태껏 존댓말을 쓰는 건 김영수 씨가 귀에 못이 박이도록 예절 교육
을 한 덕분이었다. 남한테 피해 주면 안 된다며 다그친 탓에, 그의
기준엔 착하게 잘 자랐다. 하지만 그 부작용인지 사이는 어쩐지 불
편했다.

시간을 보니 오전 11시. 하루가 참 천천히 간다 싶었다. 김영수
씨는 '강아지라도 키울까' 생각하며 산책을 나가다가 아파트 1층 안
내판에 붙은 종이 한 장을 봤다. 동네 도서관에서 '자서전' 특강을
한다고 했다. 마음 치유와 치매 예방에 좋다는 문구와 함께. '무슨
벌써 치매야'라고 발끈하면서도, 안내문을 물끄러미 바라봤다. 그리
고 재킷 안쪽 주머니에서 한 손 크기의 수첩과 펜을 꺼내 강의 일정
과 수강 등록 방법을 적었다. 강의는 일주일에 두 번씩 총 16회, 수
업시간은 두 시간 그리고 한 달 수강료는 4만 원이라고 했다. "뭐
라도 좀 배워"란 아내의 말을 떠올린 김영수 씨는, 이참에 살아온
궤적을 한번 정리해보기로 했다.

'오래 살라'며 영수로 이름 지었다

김영수 씨는 1962년, 서울에서 태어났다. 4남매 중 막내였다. '영수
永壽'란 이름은 그의 아버지가 손수 지었다. 오래 살란 마음이 담겼
다. 영수 씨 아버지는 처음에 한자를 두고 고심했다. 영수(靈秀: 뛰
어나고 빼어나다)로 할까도 생각했다. 그래도 장수하는 게 최고지 싶

어, 영수(永壽: 오래 살다)로 정했다. 그게 누나 때문에 지어진 이름이 란 걸, 김영수 씨는 스무 살이 돼서야 들었다. 그보다 1년 먼저 태 어났다가 일찍 죽은 누나가 있었단다. 그 시절엔 얼굴도 모르는 형 제가 어릴 때 세상을 떠나는 일이 부지기수였다. 어쨌거나 김영수 씨는 자신의 이름이 그리 탐탁지 않았다. 흔하디 흔한 이름이었다. 출석 부를 때 한 반에 두 명쯤은 "네"라고 대답하곤 했다. 그래서 '김영수 1', '김영수 2'나 '큰 김영수', '작은 김영수'처럼 구분이 필 요했다.

어린 시절, 김영수 씨 집은 형편이 괜찮은 편이었다. 아버지가 자동차 정비업을 했고, 양옥집에 살았다. 단칸방에 예닐곱 가족이 모여 사는 가난한 친구들도 있었지만, '난 잘났고, 넌 못났다' 그런 시대가 아니었다. 서로 어울려 살 줄 알았다. 김영수 씨 어머니는 그에게 언제든 친구들을 데려와 놀아도 된다고 일렀다. 딱히 놀이 가 없던 시절, 그는 친구들하고 동네 강가에서 '제기차기'를 하거 나, 선을 그어놓고 '땅따먹기'를 하거나, 공이 있을 땐 피구를 하거 나 했다. 실컷 놀다 허기지면 친구들은 "영수네 집으로 가자"고 했 다. 영수네 집엔 쇠붙이가 많아 엿을 실컷 바꿔 먹을 수 있어 좋다 고 신나 했다. 그러면 김영수 씨 어머니는 친구들에게 점심도 차려 주고, 주전부리할 것도 주고 그랬다. 친구들이 웃는 걸 보면 김영 수 씨는 괜스레 행복해졌다.

국민학교(지금의 초등학교) 1학년 때 김영수 씨는 '인정'이란 걸 처음 받았다. 학교에서 건치(健齒: 건강한 치아) 아동으로 당당히 뽑혔다. 1학년 전체에서 단 한 명만 뽑는 거라, 기분이 무척 좋았다. 치과 의사가 김영수 씨에게 상을 주는 순간, 그는 어머니를 힐끔 바라봤다. 어머니는 즐거운 표정을 짓고 있었다. 그때 담임 선생님이 그의 어머니에게 "양호 선생님이 신경 써줬다, 인사 좀 하라"라고 한 의미를, 김영수 씨는 머리가 굵어진 뒤에야 알았다. 그땐 그런 일들이 공공연히 일어나는, 돌이켜보면 참 묘한 시절이었다.

중고등학교 때는 머리를 빡빡 밀고 다녔다. 그게 '표준'이었다. 김영수 씨는 조용하고 차분한 성격이었다. 공부는 반에서 중간 정도 했다. 크게 두각을 나타내지도, 문제를 일으키지도 않는 편이었다.

학창 시절엔 억울한 일이 더러 있었는데, 선생님에게 맞을 때가 그랬다. 유달리 괴팍스러운 영어 선생님이 있었는데, 기분이 들쭉날쭉한 편이었다. 하루는 기분이 안 좋았는지, 반에서 한 무리가 시끄럽게 했단 이유로 단체기합을 주었다. 조용히 있었던 김영수 씨도 앞 친구 책상을 잡고, 허벅지 뒤쪽을 맞았다. 그날 내내 욱신거렸는데, 집에 와보니 피멍이 들어 있었다. 그는 어머니에게 상처를 고이 숨겼다. 말했다간 "학교에서 어떻게 하고 다니기에 혼났냐"며 또 맞을 게 뻔했으니까. 이래저래 맞아도 그러려니 하고 넘겼던 때였다. 도시락 검사를 해서 혼식(쌀밥과 보리밥을 섞는 것)을 안 했단 이유로도 몽둥이찜질을 당했으니까.

아버지는 떠나고, 어머니 웃음은 멈췄다

김영수 씨 기억 속 아버지는 근엄하고 엄격한 모습이었다. 그런 아버지가 그에게만큼은 "우리 막내, 우리 아들"이라며 유독 사랑을 많이 줬다. 지갑에 김영수 씨 사진도 꼬깃꼬깃 넣어 다녔다. 아버지가 술 한잔 걸친 날에는 "아, 목동들의 피리 소리들은 산골짝마다 울려 나오고…, 아 목동아, 아 목동아, 내 사랑아"란 노래를 부르며 집에 왔다. 걸쭉한 소리가 문밖에서 어렴풋이 들릴 때면, 그는 '아빠가 왔구나' 생각하며 마중을 나갔다. 그러면 아버지는 김영수 씨를 번쩍 안아 올리고, 하루 내 수염이 삐죽삐죽 자란 얼굴을 비비곤 했다. 김영수 씨는 그 까칠까칠한 감촉이 싫었지만, 차마 내색하지 않고 꾹 참았다. 아버지 손에 국화빵 봉지 하나라도 들려 있는 날엔 더 그랬다.

손재주가 남달랐던 그의 아버지는 겨울이 되면 눈썰매를 만들어줬다. 그는 그때마다 신이 나 친구들에게 자랑했다. 완성된 눈썰매를 집 안 창고에 고이 모셔놓은 뒤, 하늘만 눈이 빠지게 올려다봤다. 매일 아침 눈 뜨면 잠이 덜 깬 채로 바깥에 뛰어나가 눈이 왔는지 확인했다. 언젠가 함박눈이 펑펑 내린 날, 김영수 씨는 뒷산에 올라가 원 없이 눈썰매를 탔다. 넘어지고 뒤집히고 신발과 옷이 몽땅 젖었지만, 그게 그렇게 재미있을 수가 없었다. 눈썰매를 직접 끌어주던 아버지 뒷모습이 어찌나 크던지, 오래도록 잊지 못했다.

아버지에 대한 기억은 김영수 씨가 중학교 1학년이 된 해에 멈췄다. 아버지 나이가 쉰 정도 됐을 때였다. 일이 잘 안 풀리는 시기를 겪으며 아버지는 과로와 과음을 일삼았다. 체중이 계속 줄어 병원에 갔더니 간암이었다. 너무 늦었다고 했다. 세상을 떠나기 한 달 전, 아버지는 그를 불렀다. "아빠는 아무래도 죽을 것 같다, 울지 말아라, 아빠가 죽으면 아무도 찾지 말고 만수 아저씨를 찾아가라, 고등학교 졸업할 때까지 생활하는 데 도움을 줄 거다." 김영수 씨는 눈물을 뚝뚝 흘리며 "마음 약하게 먹지 마세요, 절대 돌아가시지 않아요"라고 했다. 하지만 그게 아버지 유언이 됐다. 아버지가 돌아가신 후 김영수 씨는 힘들 때마다 아버지 산소를 찾아갔다. 아무한테도 얘기하지 않고, 홀로 막걸리와 소주를 사 들고. 아무런 대답이 없어도 "아버지, 저 왔어요" 하면서 이런저런 얘기를 내려놨다. 늘 그리운 '마음의 고향'이었다.

김영수 씨 어머니는 그때부터 통 웃질 않았다. 마흔셋, 아직 젊은 나이에 남편의 죽음은 감당하기 힘든 일이었다. 예전엔 김영수 씨가 밥만 잘 먹어도 "우리 영수, 밥 잘 먹어서 좋네" 하며 웃던 어머니였다. 아버지가 떠난 뒤 어머니는 억척스럽게 변해갔다. 이웃집 아주머니 몇몇은, 김영수 씨와 그의 어머니를 보며 "그래도 안 도망가고 잘 키우네"라고 했다. 그럴 때면, 김영수 씨 어머니는 대꾸도 하지 않고 지나쳤다. 아버지 사진은, 화장대 마지막 서랍에 한 장만 남겨뒀다. 김영수 씨는 알고 있었지만 모른 척했다. 아버지 얘긴 일부러 꺼내지 않았다. 온종일 궂은일을 하고 돌아온 어머니의 지친 표정을 볼 때마다 김영수 씨는 빨리 '어른'이 돼야겠다고 다짐했다.

첫 월급을 어머니께 드렸다

1981년, 김영수 씨는 대학생이 됐다. 그의 전공은 경제학이었다. 민주화 열망이 뜨거웠고, 사복 경찰이 '불온물'이 없는지 가방을 일일이 검사하던 시절이었다. 아버지가 돌아가시고 형편이 넉넉지 않았던 김영수 씨는 학자금 대출을 두 번 받고 졸업했다. 생활비를 벌어야 했기에 당시 정부가 시행한 '과외 금치 조치'에도 몰래 학생들을 가르쳤다. 한 달 과외비가 5만 원 정도였는데 한 번은 세 명 단체 과외를 해서 15만 원을 벌기도 했다. 대학생 시절 통틀어 그가 가장 많이 벌어본 돈이었다.

1988년, 스물일곱 살이 되던 해 김영수 씨는 첫 직장을 얻었다. 매일 술 먹고 놀러 다녀도, 대학 졸업장만 있으면 여러 군데 취업이 돼서 골라 가던 시절이었다. 그도 서너 군데 직장에 붙었는데, 그중 백화점으로 갔다. 유통·증권·보험·호텔 등의 산업이 한창 뜰 때였다. 김영수 씨는 유통 산업이 크게 성장할 거라고 판단했다. 증권회사도 생각해봤지만, 오래 성장할 것 같지 않아 선택하지 않았다. 그의 첫 업무는 남성복 매장에서 와이셔츠를 파는 일이었다. 600장씩 가져다 놓고 팔았는데, 친구며 지인들이 와서 하나씩 사주곤 했다. 첫 월급은 24만 원을 받았다. 수습 기간 3개월 동안은 월급의 80퍼센트만 받았다.

김영수 씨는 첫 월급을 봉투에 모두 넣은 뒤, 어머니를 찾아갔다. 정장을 입고, 큰절하며 이렇게 말했다. "제가 처음 받은 월급입니다, 어머니. 얼마 안 되지만 받아주세요. 홀로 저희를 키우시느라

고생 많으셨어요." 그렇게 봉투째 월급을 어머니에게 드렸다. 김영수 씨 어머니의 눈시울이 붉어졌다. "영수야, 네가 이렇게 잘 커서 얼마나 고마운지 모른다"고 했다. 그 길로 아버지 산소에도 찾아가 큰절을 하며, 이런저런 넋두리를 했다. 대답 없는 그곳에 하염없이 앉아 있었다.

월급을 받기 시작하면서 김영수 씨는 악착같이 돈을 모았다. 은행 금리가 15~20퍼센트 정도 됐었다. 검소가 몸에 밴 터라, 월급을 받고도 돈을 쉬이 쓰지 못했다. 한 달에 얼마를 저금할까 생각하고, 그다음에 쓸 돈을 생각했다. 재형저축, 주택청약 등 저금을 나눠서 한 뒤 한 달에 10만 원을 넘지 않는 돈으로 생활했다. 생활비가 없을 땐 하루에 한 끼만 먹기도 했다. 친구들이 보자고 할 땐 "약속이 있어서 못 나가겠다"며 거짓말도 했다. 보너스도 차곡차곡 모았다. 그렇게 직장 다닌 지 1년도 안 돼 대학교 등록금으로 진 빚을 모두 갚았다. 빚을 다 털게 된 날, 김영수 씨는 친한 친구들에게 삼겹살에 진로 소주 한잔을 샀다.

'비타민'의 온기에 결혼하다

김영수 씨가 아내를 처음 만난 건 1989년, 그러니까 스물여덟 살이 되던 해 크리스마스였다. 연애할 여유가 없던 그에게 친한 후배가 좋은 사람이 있으니 자꾸 만나보라고 권했다. 날씨가 제법 춥던 크리스마스 당일, 종로3가에 있는 약속 장소로 향했다. 커피숍에는 한 여성이 앉아 있었다. 나이는 김영수 씨보다 네 살 아래, 이름은 김영숙이라고 했다. 키는 160센티미터 정도, 단아한 외모에 목소리가 맑고, 치열이 가지런했다.

얼마간 말없이 앉아 있다가, 김영수 씨가 무뚝뚝하게 첫 질문을 했다. "취미가 뭐예요?" 그녀는 "소설책 읽는 걸 좋아해요"라고 했다. 감명 깊게 읽은 책, 좋아하는 음악 등 의례적인 질문과 대답이 오갔다. 한 시간 정도 지난 뒤, 김영수 씨가 "만나서 반가웠다"며 명함을 건넸다. 테이블 위엔 입도 대지 못한 커피가 식어가고 있었다.

그가 그녀에게 따로 연락하기까진 사흘이 걸렸다. 직장에 가고, 밥을 먹고, 잠을 자는 일상 속에서 그녀의 모습이 자꾸 어른거렸다. 약간의 망설임 끝에 김영수 씨는 그녀에게 전화를 걸어 만나자고 했다. 큰 용기가 필요한 일이었다.

두 번째 만나던 날 김영수 씨는 심한 감기에 걸려 있었다. 맞은편에 앉아 있던 김영숙 씨가 핸드백에서 뭔가를 주섬주섬 꺼냈다. '비타민'이었다. 그녀는 "감기가 많이 심한가봐요. 이거라도 좀 드세요"라며 수줍게 비타민을 건넸다. 그 순간 잠시 서로의 손이 스쳤다. 김영수 씨에겐 그 손의 온기가 좀처럼 잊지 못할 만큼 따뜻했다. 둘은 그렇게 만난 지 두 달 만에 결혼했다.

'아버지'가 된다는 것

'아홉수'라 했던가, 김영수 씨에게 스물아홉 한 해는 참 가혹했다. 그해 봄, 결혼한 지 두 달 만에 아내가 임신했다. 하지만 한 달 후에 유산을 했다. 세상의 빛도 보지 못한 채 첫아이가 그렇게 하늘나라로 갔다. 눈물을 펑펑 쏟는 아내에게 그는 "당신 잘못이 아니야, 그냥 그렇게 된 것뿐이지"라며 위로했다. 그리고 "순리대로 살자"고 했다. 김영수 씨 어머니가 그에게 자주 하던 말이었다. 인생사 굴곡이 심할 때면, 그는 그 말을 떠올리며 안 좋은 일들을 흘려보내곤 했다.

그리고 그해 가을, 김영수 씨 어머니가 갑작스레 세상을 떠났다. 뇌출혈이었다. 어머니에게 들은 마지막 말이 "날 추워진다, 옷 따뜻하게 입고 다녀라"였다. 한창 업무에 열중하던 그는 "알았어요, 걱정 마세요"라며 대답을 하는 둥 마는 둥 하고 전화를 끊었다. 연락을 받고 병원으로 향하는 길에서도 현실감이 없었다. 눈 감고 미동 없이 누워 있는 어머니 모습을 본 뒤에야 김영수 씨는 눈물이 쏟아졌다. 보름 만에 어머니는 병상에서 숨을 거뒀다. 첫아이를 떠나보낸 슬픔을 추스를 새도 없이, 김영수 씨는 또 한 번 상을 치렀다.

넋이 나간 김영수 씨를, 직장에선 이해해주지 않았다. "많이 힘들지? 한 달만 쉬다 와"라고 따뜻하게 말하는 이는 아무도 없었다. 회사에선 "영업 실적이 왜 이러냐, 매출이 부진하다"며 앞으로 별도로 보고를 하라고 했다. 죽지 못해 사는 시간이었다.

'인생사 새옹지마(塞翁之馬: 나쁜 일이 있으면 좋은 일이 있고, 좋은 일이 있으면 나쁜 일도 생긴다)'란 말만 떠올리며 버틸 무렵, 아내가 다시 임신했다. 그리고 열 달 뒤, 열 시간에 걸친 산통 끝에 김영수 씨는 '아버지'가 됐다. 새벽 5시쯤이었는데, 잠깐 담배를 피우러 가느라 그 기적의 순간에 자리를 비웠다. 이 때문에 김영수 씨는 아내에게 평생 잔소릴 들어야 했다. "담배 피우고 싶은 것 조금만 참지, 애가 나오는데 그샐 못 참냐"고. 그렇게 2년 터울로, 김영수 씨는 아들 둘을 낳았다. 아버지가 됐을 때, 아내에겐 말하지 못했지만, 사실 기쁨보다 걱정이 앞섰다. '내가 좋은 아버지가 될 수 있을까', '얘를 먹여 살릴 수 있을까' 하는 걱정이었다.

정신없이 아이들은 쑥쑥 컸다. 김영수 씨는 아버지가 된 기분을 절실히 느꼈다. 특히 아플 때 그랬다. 술을 먹고 집에 왔더니 갓돌이 지난 둘째 아이가 아팠다. 별수 없이 아내가 운전하는 차를 타고 병원에 가는데, 승용차 한 대가 갑자기 앞으로 끼어들었다. "꺅!" 외마디 비명과 함께 차가 멈춰 섰다. 그 충격에 뒷좌석에 앉아 있던 첫째 아이가 바닥에 떨어졌다. 코피가 나는가 싶어 봤더니, 얼굴이 피범벅이 돼 있었다. 곧장 응급실로 향한 김영수 씨 부부는, 아이의 뇌 CT 검사 결과를 기다리며 바들바들 떨었다. 다행히 뇌에는 이상이 없다고 했다. 집에 돌아온 뒤에도 김영수 씨는 뜬눈으로 밤을 지새웠다. 여차하면 아이를 바로 병원에 데려가려고. 아내가 말했다. "내가 대신 아파주고 싶어." 김영수 씨도 대답했다. "나도 그래, 이젠 눈 좀 붙여."

회사 전화도 안 쓸 만큼 '충성' 했는데…

그 세대가 으레 그랬듯, 김영수 씨도 '좌고우면(左顧右眄: 왼쪽을 돌아보고 오른쪽을 곁눈질한다, 앞뒤를 재고 망설인다)'할 줄 몰랐다. 회사에서 시키면, 목표가 정해지면, 무조건 "가자, 앞으로"였다. 업무도 충성, 회식도 충성, 회사가 시키는 걸 항상 최우선 순위에 뒀다. 회사 전화가 단적인 예였는데, 그는 사적인 업무로 회사 전화를 한 통도 쓰지 않았다. 회사 동료들이 편히 쓸 때도, 김영수 씨는 "개인 일인데 회사 전화를 왜 쓰냐"고 고집을 부리며 '공중전화'를 썼다. 그게 무려 1년 넘게 갔다. 아이가 아파 급한 연락을 할 때까지.

술도 아주 거하게 마셨다. 특별한 일이 있어서 혹은 발전적 의미에서 갖는 술자리가 아니었다. 그냥 퇴근하고 나서 나누는 '친교 시간'이었다. 주량이 반병밖에 안 되는 김영수 씨는, 선후배가 가자고 할 때 거절하지 못했다. 얼굴이 새빨개지도록 토하면서 부어라 마셔라 했다. 소주병이 맥주병처럼 쌓이고, 차가 끊길 시간이 돼서야 술자리가 끝났다. 그래도 젊음의 패기로 그다음 날이면 거뜬히 움직였다. 일도 죽기 살기로 했다. 아침 8시 30분에 출근해서 밤 10시 30분까지 일했다. 그야말로 컴컴할 때 집을 나서서 별을 보며 집에 가는 날의 연속이었다.

어느 순간부터는 담배를 세 갑씩 피우고 있었다. 술과 담배로 버티던 날들이었다. 그러던 1997년, 서른여섯 살이 되던 해 김영수 씨는 '심정지'가 왔다. 술 마시고 와서 잠을 자던 중이었다. 다행히 아내가 발견했고, 응급실에 실려 가 구사일생으로 살았다. 하지만 그 이후엔 회사에서 그를 보는 게 달라졌음을 느꼈다. 그리고 그해 11월 21일 IMF(국제통화기금) 외환 위기가 터졌다. 그가 다니던 백화점에서도 구조조정을 한다고 했다. 서로 눈치만 보며, 마음 졸이는 날들이 이어졌다. 끝내 불안은 현실이 됐다. 설렁탕 한 그릇을 점심식사로 먹고 회사에 들어간 날, 그는 명예퇴직 대상자로 지목 됐단 소식을 들었다. 회사에 다닌 기간만 10년, 바친 시간이 총 3만 3,000시간. 하지만 자리를 깨끗하게 비우는 데 걸린 시간은 한 시 간이 채 안 됐다.

청춘을 바친 백화점을 그렇게 관두게 됐다. 1998년 봄이 지나 고, 여름 더위가 찾아올 무렵이었다. 첫째가 여덟 살, 둘째가 여섯 살. 김영수 씨는 상실감과 울분을 달랠 시간조차 없었다. 그를 목 빠지게 바라보는 식구만 세 명이었다. 기름값 아끼겠다고 대중교 통을 타고, 땀이 마를 새도 없이, 일자리를 구하러 동분서주했다. 나라 전체가 파국인지라 어디에도 그를 반기는 곳이 없었다. 그해 여름은 흡사 지옥 같았다. 매일 '출구 없는 하루'가 다시 찾아왔다. 아침이 오는 게 괴로웠다. 한강 다리 어디선가 생을 마감했다는 이 들의 뉴스를 보며 김영수 씨는 '나는 언제까지 버틸 수 있을까'를 매일 생각했다.

'노점 옷 장사'를 하다 쫓겨나다

그렇게 반년이 지났다. 통장 잔고까지 위태로워지니, 김영수 씨는 더 이상 물러설 곳이 없었다. 백화점 바깥에 있는 현실을 받아들이 자고, 길바닥부터 다시 시작하자고 마음먹고, 말 그대로 옷을 파는 노점상을 하기로 했다. 옷값에 거품이 있던 시절이라 잘만 하면 꽤 남는 장사라고 했다. 의류 재고품을 싸게 사서 현금을 받고 사람 들에게 되파는 일이었다. 장사 첫날, 그는 길거리에 옷을 죽 늘어놓고 조악한 가격표를 붙였다. 그리고 지나가는 사람들을 멀뚱멀뚱 쳐다봤다. 가만히 있으면 알아서 와주겠지, 하면서. 무심하게 지나치는 사람들 구경을 실컷 하고, 단속반이 뜰까봐 가슴을 졸이고. 그렇게 하릴없이 일주일 정도를 보냈다.

소심한 성격 탓에 고래고래 소릴 지르지도 못했다. 김영수 씨는 살려고 길바닥에 나왔으면서, 더 잃을 것도 없으면서, 마지막 자존심을 내세우는 자신이 원망스러웠다. 그의 노점상 앞을 지나가던 한 아저씨가 딱하다는 듯 "그래서 먹고살겠어?"라며 혀를 찼다. 그 따끔한 한마디에 정신이 번쩍 들었다. 이튿날, 가족들이 곤히 잠든 새벽 5시에 일어나, 동네 공터로 나갔다. 손거울을 하나 들고, 자신의 얼굴을 보며 크게 소리쳤다. "김영수, 넌 할 수 있다! 김영수, 넌 할 수 있다! 김영수, 넌 할 수 있다!" 매일 다짐 같은 자기 암시를 걸며 김영수 씨는 조금씩 단단해졌다. 기껏해야 "오천 원이요!" 하는 정도나 외치던 그가 변하기 시작했다. 엄마와 온 아이에겐 "예쁘다, 몇 살이니?"라며 사탕 하나를 쥐여주고, 무거운 짐을 들고 가는 노인들에겐 "제가 들어드리겠다"며 싹싹하게 굴었다. 하나둘씩 단골이 늘어났고, 구겨졌던 김영수 씨 마음도 조금씩 펴졌다.

김영수 씨가 흘린 땀은 정직한 보상으로 돌아왔다. 노점상 한 지 5년 만에 아파트 단지 내 알뜰장으로, 그리고 1년 만에 로드샵 두 개로 점차 확장해갔다. 하지만 알면 알수록 더 고단한 삶이었다. 진열해놓기만 하면 손님들이 다 집어가는 옷은, 소위 잘 나가는 '대박집(도매상)'에서 떼어와야 했다. 그러려면 자정에 동대문으로 가야 했다. 밤 9시에 가게 문을 닫고 쪽잠을 잔 뒤 동대문으로 향했다. 대박집 셔터가 올라가는 순간, 3분의 1만 열려도 옷을 하나라도 더 집으려고 사람들이 벌떼같이 우르르 몰려 들어가곤 했다, 물건을 더 보고 싶으면 새벽 2시 30분쯤. 출출하면 우동이나 떡볶이 한 그릇을 먹고, 운전해서 집에 돌아가면 새벽 5시였다. 그러면 다섯 시간 정도 자고, 아침 10시에 일어나 가게 문을 또 열었다. 매일 이 일상의 반복이었다. 빨간 날에도 쉬어본 적이 없었다.

8년 동안 피땀 흘려 자리 잡은 로드샵은 건물주 변덕에 휘청거렸다. 그의 나이가 51세 될 무렵이었다. 오래 정들었던 가게에서 권리금을 단돈 10원도 받지 못하고 쫓겨났다. "우리 애가 여기서 카페를 운영하겠다고 한다"는 게 이유였다. 정말 열심히 살았는데, 나가란 한마디에 나갈 수밖에 없는 현실이 서러웠다. 엎친 데 덮친 격으로, 이번엔 온라인 쇼핑몰의 공습이 시작됐다. 예전엔 도매꾼(도매가게 사장)들이 소매를 안 하는 게 일종의 상도였는데, 그마저 무너졌다. 도매꾼 친인척들이 물건을 싸게 가져와서, 김영수 씨가 도저히 팔 수 없는 가격을 인터넷에 올려 팔았다. 손님들은 점점 그리로 몰렸다. 그렇게 내리막길을 걷다 결국 옷 장사도 접었다.

57세 언저리에서 돌아보니

다음 일거리를 고민하던 김영수 씨는 동네에 작은 치킨집을 열었다. 앞서 배운 장사 수완과 그의 성실함에 동네 단골손님들이 점점 늘어갔다. 그러던 어느 날, 은퇴한 직장인이 그의 가게 주변에

프랜차이즈 치킨집을 차렸다. 그리고 또 근처에 젊은 사장이 운영하는 치킨집이 오픈했다. 한 손님이 와서 말했다. "젊은 친구가 하는 가게는 여기보다 더 싸고 많이 주는데." 김영수 씨가 가보니, 정말 그랬다. 그래서 가격을 똑같이 내렸는데 매출은 계속해서 꺾였다. 불과 200미터도 안되는 상권 안에 치킨집 세 곳이 사투를 벌이고 있었다. 사람들이 가게 앞을 지나칠 때마다 모두 다른 치킨집으로 가는 것 같아 마음을 졸였다. 한 시간이라도 가게 문을 더 열어야 했다.

버티고 버티다 결국 4년 만에 폐업 신고를 했다. 문을 열면 열수록 적자였다. 첫째 나이 스물여덟 살, 둘째는 스물여섯 살이었다. 첫째는 취업 가시밭길을 걷고 있었고, 둘째는 대학생이었다. 그의 나이 57세, 쉬고 싶은 마음이 컸지만, 아직 해야 할 일이 너무도 많았다. 자식들 학비가 끝나면 결혼 비용 그리고 부부의 노후 준비까지. 아내에겐 우스갯소리로 "오토바이와 솜사탕 기계를 사서 솜사탕을 팔고 싶다"고 했다. 솜사탕 한 개에 설탕 한 스푼인데, 원가가 1~2원인 것을 1,000~2,000원에 팔 수 있다며. 농담이었지만, 김영수 씨는 아직 경제 활동을 그만두고 싶지가, 아니 그만둘 수가 없었다.

그가 젊었을 때까지만 해도, 75세면 호호백발 노인이 돼 세상을 떠나는 줄로 알았다. 하지만 의료 기술 발달로 '100세 시대'가 됐다. 57세까지 열심히 살았는데, 43년을 더 살아야 한다니. 미처 준비하지 못한 '변화'였다. 다른 친구들이 그렇듯, 생명 연장이 축복이 아닌 두려움으로 다가왔다. 부모를 모시고 자식을 부양하느라 정작 본인은 '빈껍데기'만 남았다. 60세면 이순(耳順: 모든 것을 이해하고 순응한다)이라 했는데, 마음은 여전히 지옥이었다.

친구와 술 한잔하고 오던 길, 김영수 씨는 서울역 지하도를 걷고 있었다. 그때 갑자기 "까아" 하는 사람들 비명이 들렸다. 돌아보니 지하도 공중에 비둘기가 낮게 '부웅' 하고 날아오고 있었다. 바닥에 사뿐히 내려앉은 비둘기는 고개를 좌우로 갸우뚱했다. 행인들은 비둘기가 여기 왜 들어왔냐며 웅성웅성했다. 하지만 정작 비둘기는 잘못 들어온 걸 아는지 모르는지, 고개를 흔들며 분주히 걸었다. 다들 웃는데, 김영수 씨만 웃지 못했다. 그저 평소대로 날았을 뿐인데 낯선 곳에 불시착한 비둘기가 자기 처지 같아 보였다. 늘 살아온 세상인데, 갑자기 '이방인'이 된 기분이었다.

김영수 씨는 오늘도 길을 나선다.
앞을 보고 걷는 것 말곤 배운 게 없다.
굽은 허리를 애써 꼿꼿이 편다.
희끗희끗한 머리칼 사이로 '휘익' 바람이 분다.
바람이, 말없이 그를 감싸 안는다.

2

시선 끝에 그들이 있었다

사람이 버린 강아지,
사람 보고 환히 웃었다

"이제 그만 갈까요?"

좋다고 달려든 누렁이와 뽀뽀하던 중이었다. 헤어질 시간이었다. 내 팔을 감싸고 있던 털이 보송보송한 두 앞발을 조심스레 뗐다. 이어 천천히 일어났다. 녀석은 여전히 귀를 젖힌 채 날 보며 꼬릴 흔들었다. 까만 두 눈을 차마 오래 볼 수 없었다. 시선을 가까스로 거두니 눈가가 울컥 데워졌다. 그렇게 뒤돌아섰다. 애써 안 봐도 느껴졌다. 뒤통수를 향한 100여 개의 눈동자와 살랑살랑하는 50여 개의 꼬리가. '철컹철컹' 하며 목줄 당겨지는 소리가 등 뒤로 계속 울렸다.

그나마 위로가 된 건 구조한 아이들이었다. 생사 갈림길에서 살 수 있게 된 강아지는 모두 세 마리였다. 스피츠처럼 생긴 하얀 믹스견 두 마리 그리고 얼룩덜룩한 바둑이 한 마리. 바둑인 원래 계획에 없었는데 구조하기로 했다. "이런 애들은 입양도 잘 안 되고, 안락사될 게 뻔하지. 그래서 데려가요." 바둑이를 안은 '뚱아저씨'

'나 사실, 사람이야. 너네를 버린 주인과 같은 종족이라고.' 좋다고 달려드는 강릉 유기견보호소의 누렁이를 향해 속으로 그렇게 말했다. 그러거나 말거나, 이 녀석은 꼬릴 흔들고 팔을 감싸고 좋다고 온몸으로 웃었다. 정말 미안하게도.(ⓒ팅커벨 프로젝트 대표 황동열)

황동열 팅커벨 프로젝트 대표가 이렇게 설명했다. 세 아이를 켄넬에 넣고, 문을 꼭 닫았다. 그리고 차에 태웠다. 불안해 보이는 녀석들에게 말했다. "괜찮아, 이제 집에 갈 거야." 황 대표는 발걸음이 안 떨어지는 듯, "얘네 정말 다 데려가고 싶다"고 말했다.

'유기견 구조기'는 그리 먹먹했다. 한 생명을 살리는 일도, 두고 오는 일도. 가끔 유기동물 소식을 접할 때 참 힘들었다. 섬에 버려진 뒤 지나가는 차를 볼 때마다 꼬릴 흔든다는, 그런 이야기들 말이다. 그럼에도 실태가 궁금해 구조해보고 싶었다. 수습기자 때 유기견 350여 마리를 키우는 '강아지 엄마'를 취재한 적이 있다. 그 뒤 8년이 흘렀지만, 유기동물의 현실은 달라진 게 없었다. 처가에서 키우는 똘이를 볼 때면, 이따금 상이 겹쳤다. 겨울엔 밖에서 벌

벌 떨 녀석들이, 여름엔 더위에 헉헉댈 아이들이.

유기견 구조를 하고 싶어 동물 단체들에 연락했다. 처음 요청했던 곳은 '케어'였다. 그런데 담당자가 "구조 이슈가 있은 때 가는데, 아직 없다"며 거절했다. 그리고 약 열흘 뒤, '케어 사태'가 터졌다. 박소연 케어 대표가 동물 250여 마리를 무분별하게 안락사시켰다는 내용이 보도됐다. 삽시간에 소름이 돋았다. 이후엔 동물 단체를 쉽게 믿을 수 없었다. 그렇게 잊고 지냈다.

이러다 겨울이 다 가겠단 생각이 가슴을 짓눌렀다. 그 무렵 '팅커벨 프로젝트'를 알게 됐다. 이 단체 황동열 대표가 쓴 글을 아내가 읽어보라고 보내줬다. 이 글엔 '동물 구조 활동 5단계(구조-검진 및 치료-돌봄-입양-입양 후 사후 관리)'가 나와 있었다. 박소연 사태로 충격받았을 분들을 위한 글이라면서. 체계적인 구조 활동과 모든 걸 오픈하는 시스템에 믿음이 갔다. 글 말미엔 황 대표 사진이 있었다. '아홉 마리 유기견 아빠'라고 소개돼 있었다. 그에게 구조하고 싶다고 연락했더니, "다음 주에 유기견들을 구하러 강릉 보호소로 간다"며 흔쾌히 수락했다.

사진으로 먼저 본 강아지들, "안 데려오면 안락사"

황 대표를 만났다. 동서울터미널 인근 아파트 단지 건너편에서. 스타렉스 봉고차를 세워놓고 손짓하던 그의 인상은 푸근했다. '뚱아저씨'란 별명과 썩 잘 어울렸다. 8 대 2 가르마에 나일론 조끼, 검은색 바지에 강아지 털이 잔뜩 묻어 있던 모습, 투박하지만 봄기운이 느껴지는 미소, 악수할 때 묵직한 손에서 느껴지던 온기. 요령이라곤 모를 것 같은, 속정이 물씬 느껴지는 사람. 그는 화장실에 다녀오겠다며 차에 타고 있으라고 했다.

커다란 차 문을 여니 좌석에 앉아 있던 하얀색 강아지 한 마리가 냉큼 튀어나와 내 품에 쏙 안겼다. 황 대표가 나에게 당부했다. "우리 알콩이 좀 맡아주세요." '네 이름이 알콩이구나' 하고 생각하는데, 따뜻한 혓바닥이 온 얼굴을 감쌌다. 꼬리는 살랑살랑, 두 귀는 뒤로 싹 젖혀진 모습. 강아지랑 인사할 땐 손바닥을 먼저 보여주라던데, 이 녀석은 그런 과정도 필요 없었다. 사람을 무척 좋아했다. "아하하, 아이참, 알콩아. 만나서 좋아? 반가워?" 더 말할 새도 없이, 혓바닥이 연달아 입을 막았다. 머리를 쓰다듬고, 어깨를 주물러주고, 뽀뽀를 하면서 통성명을 했다.

그때 뚱아저씨가 돌아왔다. 차 시동을 걸자 알콩이가 앞유리 쪽으로 돌아서 앉았다. 앞 다리 두 개로 내 무릎을 딛고, 엉덩이는 폭신한 배 쪽으로 향해 있는 안정적인 자세였다. 혹여나 앞다리가 무릎 사이에 빠질까봐 얼른 다리를 오므리고, 발꿈치를 살짝 든 상태로 앉았다. 긴 여정이 될 것이기 때문에. 알콩이는 만족한 듯 힐끔 뒤돌아봤다. 머리를 부드럽게 쓰다듬어줬다.

황 대표는 "오늘 강아지 네 마리를 구하러 간다"고 했다. 행선지는 강원도 강릉 유기견보호소였다.

운전하던 그는 구조할 강아지들 사진을 보여줬다. 두 마리는 어린 꼬물이(하양·까망)들이었다. 생후 1개월밖에 안 지났다고 했다.

'알콩아, 내가 그렇게 좋아?' 차도에 버려졌다가 차에 치여 죽을 뻔한 이 아이. 사람을 무척 좋아한다고 했다. 계속 핥고 난리였다. 함께하는 단 하루만에 정이 들어 헤어지는 게 힘들었다. 이런 애를 어떻게 버리는지.

강릉 유기견보호소에서 기다리고 있을, 스피츠 믹스견 두 마리(여아). 안락사 공고 기한이 한참 지나, 빨리 구조해야 했다. 살짝 겁먹은 표정을 보니 속상했다. 빨리 데리러 가고 싶었다.

어느 가정집 앞 쓰레기더미에 버려졌다가 지나가던 이들에게 발견돼 보호소로 왔단다. 하지만 갓 태어난 아기들에게 보호소는 위험한 곳이었다. 다른 강아지들과 함께 지내는 탓에 바이러스에 고스란히 노출되기 때문이다. 실제 지난해 초 팅커벨에서 유기견을 구해 올 때, 네 마리 중 세 마리가 바이러스 감염으로 죽었다고 했다. 하루라도 빨리 보호소에서 구해 와야 했다. 마음이 바빠져 조수석에 앉아 있는데도 오른발에 힘이 들어갔다. 엑셀을 밟으려는 듯.

다른 두 마리는 믹스견, 둘 다 흰둥이에 암컷이었다. 지난해 병원 뒤쪽 산책로에서 처음 발견됐단다. 몸무게는 4.8킬로그램, 귀가 사막여우처럼 쫑긋하고 동그란 두 눈은 빛났다. 두 마리가 비슷하게 생겼는데 한 마리가 눈물 자국이 있어 구분됐다. 얌전해 보였고 성격도 실제 온순하다고 했다. 겁먹은 듯 웅크린 둘은 서로의 체온을 의지하며 기대고 있었다. 서로 의지하려는 듯. 지난해 크리스마스이브 날이 삶을 마치기로 예정돼 있었던 날이었단다. 다행히 안락사는 피했지만, 허락된 시간이 얼마 남지 않았다. 2개월이 지나도록 입양하겠단 사람은 나타나지 않았다.

팅커벨 프로젝트는 단지 불쌍하다고 마구 구조하진 않는다. 체계적인 시스템이 있다. 우선 입양센터 내 보호하고 있는 동물들이 새 가족을 만나서 자리가 나야 한다. 한 자리가 나면 한 아이를, 두 자리가 나면 두 아이를 더 데려올 수 있다. 누군가 구조하고자 하는 유기동물이 있다면 카페에 글을 올린다. 그러면 정회원(정기적으로 후원하는 회원)들이 구조할지 말지 댓글로 뜻을 밝힌다. 50명 넘게

동의하면 한 아이가 살 수 있게 된다. 대신, 구조 요청자는 책임 분담금 30만 원, 동의하는 회원들도 각각 1만 원 이상씩 내야 한다. 십시일반 모은 후원금은 병원비와 입양센터 운영 등에 쓰인다. 이렇게 하면 자금 문제를 해결하면서, 각자 관심을 더 쏟을 수 있다.

'알콩이'를 안고, 300킬로미터를 달렸다

서서울 톨게이트를 나설 때쯤, 팔목에 보송보송한 감촉이 느껴졌다. 알콩이였다. 작은 턱을 내 팔목에 가만히 올려놓더니 눈을 지그시 감았다. 움직이면 깰까 싶어, 그대로 얼음이 됐다. 오른손은 알콩이 몸에 가만히 댔다. 흔들리지 않도록. 기분 좋은, 따스한 온기가 느껴졌다. 자그마한 생명이 숨을 쉬느라 들썩이는 움직임이 고스란히 전해져왔다. 가야 할 거리가 300킬로미터가 넘으니, 품에서 잘 쉬었음 싶었다.

"그 녀석 사람 참 좋아하죠?" 뚱아저씨가 다 알고도 남는다는 듯, 말을 건넸다. 맞장구를 쳤다. "사람을 진짜 좋아하네요. 늘 이렇게 데리고 다니시나 봐요." 세상 해맑고 밝아 보였는데, 유기견이었단다. 경기도 파주에 갔을 때, 알콩이가 도로변에서 방황하고 있었다고. 차에 치일 뻔한 순간에, 황 대표가 구했단다. 그 당시 그는 노견 '순심이'를 떠나보낸 뒤 상심이 커 새벽 2시만 되면 잠을 깨던 시절이었다. 매일 밤잠을 설쳤다. 그래서 깜빡 졸음운전을 하기도 했다. 하지만 선물처럼 만난 알콩이를 입양한 뒤엔 거짓말처럼 푹 자게 됐다고 한다. 황 대표는 "아빠 졸음운전 위험할까봐, 순심

'알콩아, 잘 자.' 강릉으로 가는 길, 품에서 편히 잠든 녀석. 그대로 얼음이 됐다. 잠 깨울까봐.

이가 알콩이를 보낸 깃 같다"고 했다.

뚱아저씨 사연이 더 궁금해지던 찰나, 그가 유기견 구조를 시작한 이야기를 들려줬다. 2012년 겨울로 거슬러 올라갔다. 12월 12일, 하얗고 작은 강아지를 골목길에서 구조했단다. 차가 쌩쌩 지나다니는 위험한 거리를, 홀로 돌아다니고 있었단다. 보호소로 갔고, 보호 기간이 끝날 때까지 입양 희망자가 나타나지 않아 임시 보호를 받기도 했다. 어떻게든 좋은 주인을 찾아주려 했다. 요정처럼 예쁘게 살라고 이름도 '팅커벨'이라 지어줬다. 머리엔 예쁜 리본도 묶어줬다.

그러던 어느 날, 팅커벨이 갑자기 설사하기 시작했다. 불안한 예감에 병원에 갔다. 파보 바이러스에 걸렸다고 했다. 항체도 없고 연약했던 팅커벨은 열악한 보호소 환경을 버텨내지 못했다. 어떻게든 살려야 했다. 후원금 112만 원을 모아 수술을 해주기로 했다.

6년간 유기동물 600마리를 구조한 '팅커벨 프로젝트'. 그 계기가 된 건 유기견 '팅커벨'이었다. 안타깝게도, 치료도 못 받고 숨졌다.(ⓒ팅커벨 프로젝트)

하지만 약해질 대로 약해진 아이는 결국 이겨내지 못하고 무지개 다리를 건넜다. 그 아픈 와중에도 폐를 안 끼치려 무거운 몸을 이끌고 화장실에 가서 마지막 설사를 했다고. 후원금 중 병원 치료비와 화장 비용 20만 원을 제외한 92만 원이 남았다. 이를 안락사 위기에 놓인 유기견을 살리는 데 쓰기로 했다. 그래서 '팅커벨 프로젝트'라 이름 붙였다. 그렇게 6년간 구한 반려동물이 벌써 600마리가 넘었다.

"차라리 깨물지" 꼬리 흔들던 녀석들

서울에서 세 시간 정도를 내리 달렸다. 낮 12시쯤 좁다랗고 구불구불한 산길을 지나 강릉 유기견보호소에 도착했다. 강아지들이 짖는 소리가 서서히 가까워졌다. 사람이 온 걸 눈치챈 모양이었다. 엎드려 코 잠들어 있던 알콩이가 눈을 떴다. 친구들이 가까이 있는 걸 아는지 좌우로 두리번거렸다. 차창 밖으로 녹색 펜스가 보였다. 그 안엔 분홍색 지붕의 강아지 집들이 곳곳에 있었다. 그리고 아이들이 바깥에 나와 있었다. 시선은 모두 차로 향한 채, 꼬리를 살랑살랑 흔들고 있었다.

"이제 내릴까요?" 황 대표 말에 차 문을 철컥 열었다. 짖는 소리가 더 커졌다. 가까운 곳부터 먼 곳까지, '월월', '멍멍', '깽깽' 하는 다양한 소리가 화음처럼 들렸다. 한 걸음씩 다가가자, 강아지들의 눈길이 모이는 게 느껴졌다. 나도 철창 너머 아이들을 하나하나 둘러봤다. 크기도 종류도 다 달랐지만 처지는 같았다. 바로 앞에 보이는 녀석들에게 다가가 무릎을 굽혀 앉았다. 그리고 손등을 보여 냄새를 맡게 해줬다. 처음 강아지들에게 인사할 때 쓰는 방법이다.

순식간에 대여섯 마리가 모여 킁킁거리며 냄새를 맡았다. 앞발을 뻗는 아이도, 아예 뒷발로 서서 철창을 긁는 녀석도 있었다. 방식은 달랐지만 한 가지는 확실히 느껴졌다. 무척 반가워한다는 것. 꼬릴 흔들고 귀를 젖히고 다가오는 마음이 뭔지, 잘 알았다. 17년 동안 강아지(아롱이)를 키워봤기에. 바깥에 나갔다가 집에 돌아온 식구를 반길 때 하는 행동이었다. 아롱이는 가족이 나가면, 현관에 엎드린 채 몇 시간이고 기다렸다. 들어오라 해도 말을 안 들었다. 그러다 가족이 돌아올 때쯤이면, 어찌 아는지 복도에서 나는 발걸음 소리만 듣고도 꼬릴 흔들기 시작했다.

그때 봤던 모습을 보호소에서 보고 있었다. 그런 아이들을 누군가 비정하게 버렸다. 유기견보호소 소장은 "여기 백여 마리 정도

강릉까지 차를 타고 가서 기르던 강아지들을 버리는 이들이 있다고 한다. 같은 인간이라 미안하다.
(ⓒ팅커벨 프로젝트 2015년 일러스트 달력)

강아지와 처음 인사할 땐 손등을 보인다. 냄새를 맡더니 아예 철창에 매달린 강릉 유기견보호소의 멍뭉이. 좋은 주인 만났으면… 꼭 새로운 삶 살기를….

강릉 유기견보호소의 까망이. 이 녀석, 좋다고 정말 과격하게 달려들었다. '넌 대체 왜 여기에 왔니?' 하는 생각에 뭉클했다.(ⓒ팅커벨 프로젝트 대표 황동열)

있는데, 강릉까지 데리고 와서 버리는 사람들도 있다"고 했다. 유기견들은 길바닥에서 생사를 오가는 아픔을 겪었을 것이다. 그럼에도 아이들은 날 반겼다. '차라리 깨물었으면 덜 속상할 텐데.' 가슴이 먹먹해졌다. 황 대표에게, "얘네 여기 있으면 어떻게 되느냐"고 물었다. 그는 "입질하는 아이, 아픈 아이부터 안락사를 시키기 시작한다"며 "놔두면 결국 다 죽는다"고 했다. 그 순간, 누렁이 한 마리가 다가와 손을 핥았다. 그러고 고개를 들어서 날 물끄러미 올려다봤다. 나도 모르게 시선을 피했다.

'버리는 X' 따로, '살리는 분' 따로

강릉 유기견보호소에서 모두 세 마리를 구해 차에 태웠다. 그리고 다시 길을 재촉했다. 생후 1개월 된 새끼강아지 두 마리를 더 구해야 했다. 어린 아가들이라, 팅커벨 프로젝트 회원이 임시 보호를 하고 있다고 했다. 강릉 유기견보호소에 있는 아이들을 많이 입양 보낸 회원이었다. 그와 함께 점심식사를 한 뒤, 강아지 두 마리를 데리고 가기로 했다.

10여 분 남짓한 거리에 있는 약속 장소에 좀 빨리 도착했다. 차가 멈추자, 알콩이는 자꾸 뒤쪽 좌석으로 움직이려 했다. 친구들에게 관심이 가는 모양이었다. 가까이 가도록 해준 뒤, 떨어지지 않게 몸을 잡아줬다. 알콩이는 켄넬 쪽으로 다가가더니, 킁킁하며 냄새를 맡았다. 마치 그 마음을 다 알고 있다고 위로하려는 듯, 이제 괜찮아질 거라고 알려주려는 듯. 켄넬 안에서 웅크리고 있던 세 아이도 알콩이와 인사를 했다. 그리고 남는 시간엔 인근 공원에서 알콩이에게 바람을 쐬어줄 겸 산책을 시켜줬다.

강아지들을 '살리는 분' 셋이 식당에 모였다. 점심으로 온메밀국수와 비빔막국수, 만두 한 접시를 먹었다. 자연스레 대화 주제는 강아지를 '버리는 X'들에 대한 이야기로 갔다. 지난 일요일, 누가 저수지에 강아지를 버렸다는 이야기로 시작됐다. 발견된 강아지는 다리가 부러지지도, 다치지도 않았단다. 아마 저수지 물속에 죽으라고 던진 것 같다고, 헤엄을 쳐서 산 것 같다고. 인간이 너무 잔인하다며 숙연해졌다. 어린 강아지들을 집에 방치한 뒤 도망간 이들 얘기도 나왔다. 꼬물거리는 녀석들이라, 개장수도 너무 작아서 못 데려간다고 했단다. 어쩌면 다행이라고 다들 쓴웃음을 지었다. 이들은 강아지를 좋아해서 이 일을 하는데 기쁨과 슬픔이 왔다 갔다 한다고 했다.

식사를 마친 뒤, 드디어 구조할 꼬물이들을 만날 시간이 됐다. 임시 보호자 차에 강아지 이동 가방이 있었다. 그 안엔 하양·까망 강아지들이 고개를 빼꼼 들고 있었다. 한 손에 다 차지도 않는 앳된 아기들이었다. 손가락 두 개로 쓰담쓰담 해줬다. 아이들을 차 뒷좌석에 태웠다. 황 대표는 "좌석을 뒤로 젖혀달라"고 했다. 그래야 뒤쪽 켄넬이 흔들리지 않아, 애들이 덜 힘들 거라고. 강아지들을 챙기는 그의 마음이 느껴졌다.

낑낑거리던 꼬물이, 토하던 바둑이… "조금만 힘내"

다섯 마리를 모두 태우고 나니, 오후 2시 50분쯤 됐다. 이제 300킬로미터 넘는 먼 길을 다시 돌아갈 시간이었다. 뒤를 돌아 구해 온 바둑이 켄넬을 보니 구토를 한 흔적이 있었다. 차멀미를 하느라 힘든 모양이었다. 황 대표와 강릉으로 향할 땐 농담처럼 "바다도 가볼까요?" 했었다. 하지만 녀석들을 보는 동안 그 말은 기억조차 나지 않았다. 한 30분 달리고 나서야, 그가 불현듯 "우리 아까 바다 얘기 했었죠?"라고 말했다. 그리고 그냥 웃고 말았다. 서로 말은 안 해도, 아이들이 힘들어하니, 차 막히기 전에 빨리 올라가자란 생각을 하고 있었다. 그래서 휴게소도 들르지 않기로 했다. 그러고 보니 강릉에 갈 때도 휴게소를 안 갔었다. 구하러 가는 마음이나 구하고 오는 마음이나 똑같았다.

뒤쪽에 앉은 강아지들이 잘 있는지 마음이 쓰여 자꾸 돌아봤다. 그러면 알콩이도 같이 껴서 참견했다. 하얀 스피츠 믹스견 두 마리는 여전히 서로 기대고 있었다. 눈물 자국이 있는 녀석이, 앞을 보지 않고 뒤쪽으로 좀 더 웅크려 있었다. 더 예민하고 소심한 녀석이라고 했다. 바둑이는 구토하다 지쳤는지 길게 늘어져 있었다. 하얀 꼬물이는 얌전히 있는데, 까망 꼬물이는 망으로 된 가방 문을 계속 긁었다. 그것도 잠시, 조용해진 걸 보니 잠든 모양이었다. 그 마음을 다 알고 있다는 듯, 황 대표가 "니들 고생 다 했다. 조금만 참아라" 하고 토닥였다. 흔들리는 켄넬 소리가, 강아지들의 대답처럼 차 안을 울렸다.

서울에 가기 전 마쳐야 할 일이 있었다. 구해 온 아이들의 이름을 짓는 일이었다. 이미 황 대표가 새벽 6시 28분에 회원들에게 이름을 지어달라고 글을 올려놓았단다. 그새 카페엔 스물다섯 개가 넘는 회원들 댓글이 달렸다. '슈슈·샤샤·보니·하니', '다란·도란·해피·데이', '숲·나무·열매·잎새', '별이 빈짝·빛나·꽃별' 등. 다양한 이름 아이디어에 미소가 지어졌다. 그리고 뭉클했다. '누군가 이름을 불러줬을 때 꽃이 됐다'던 시 구절이 떠올랐다. '길바닥에서 생사를 오가던 이 아이들도 새 이름을 갖고 새 삶을 살게 되겠지.' 그런 생각을 하니, 잊지 못할 순간으로 다가와 만감이 교차했다. 그래서 황 대표에게 감사 인사를 했다. 아이들을 구해줘서 정말 감사하다고, 대단한 일을 하고 계신 거라고.

그때, 문득 내 손등에 할퀸 자국이 보였다. 아까 강릉 유기견보호소에서, 누렁이가 좋다고 손을 붙잡다가 긁힌 흔적이었다. 두고 올 수밖에 없었던 아이들 생각이 났다. 새삼 깨닫게 된 상처보다 마음이 더 쓰렸다. 애써 구해 온 아이들을 보며 속상함을 달랬다. 그걸 본 황 대표가 "간식 하나 줄까?" 하며 말을 걸었다. 차 서랍에서 오리고기 하나를 꺼내, 먹기 좋게 죽죽 찢었다. 그리고 아직 먹기 힘든 꼬물이들을 뺀 나머지 아이들에게 건넸다. 스피츠 믹스견 두 마리는 맛있게 먹어치우곤 서로 더 먹고 싶다고 난리였다. 황 대표는 그래도 간식 먹는 걸 보니, 이제 긴장이 좀 풀린 것 같다며 안도했다. 다만 바둑이는 힘없이 다가오는 듯하더니, 이내 고개를 돌렸다.

오후 5시 50분쯤 날이 어둑어둑해질 무렵, 병원에 도착했다. 황 대표는 그래도 퇴근길 정체를 피해 빨리 왔다며 안도했다. 도착하자마자 아이들 상태부터 확인했다. 겉보기에 별다른 이상은 없어 보였다. 켄넬을 들고 서둘러 병원에 들어갔다.

하양이와 까망이, 두 꼬물이들부터 검진하기로 했다. 간호사가 아이들 이름을 물었다. 황 대표는 "슈슈와 샤샤"라고 했다. 하양이가 슈슈, 까망이가 샤샤였다. 아이들과 썩 잘 어울리는 이름이었다. "슈슈야, 샤샤야" 하고 이름을 부르며 품에 안아봤다. 기분이 묘했다. 성별도 확인했다. 각각 여아와 남아였다. 몸무게는 똑같이 1.4킬로그램, 크기도 비슷했다. 같은 배에서 나왔지만, 성격은 정반대였다. 슈슈는 참을성이 많고 의젓했다. 샤샤는 귀엽고 애교가 많았다 (조금 엄살쟁이). 검진하기 위해 진찰대 위에 올렸다. 슈슈는 얌전히 있고, 샤샤는 낑낑거리며 발버둥을 쳤다.

검사 항목엔 총 네 가지가 있었다. 기생충·코로나·파보·홍역. 황 대표는 기생충과 코로나는 걸려도 치료할 수 있지만, 파보와 홍역은 사망할 확률이 높다고 했다. 한 번은 네 마리를 구해 데려왔는데, 그중 세 마리가 파보 탓에 죽은 적도 있다고 한다. 특히 다른 강아지들이 감염될 수 있는 바이러스들이 있기에, 그 경우 비상이 걸린다고 했다. 이 얘기를 들으니 긴장됐다. '여기까지 어렵게 온 아이들인데 제발 아무 일 없기를⋯' 하며 두 손을 모았다(이럴 때만 기도함). 기다리는 5분 남짓한 시간이, 무척 초조했다. 1분이 한 시간 같았다. 황 대표도 같은 마음인지, 좁다란 병원 안을 이리저리 서성였다.

"결과 나왔어요"란 말에 진료실로 들어갔다. 검사 결과를 보는 수의사 표정이 아리송했다. 슈슈는 건강이 양호한데, 샤샤가 코로

서울에 거의 도착할 때쯤, 구조한 스피츠 믹스견 두 마리에게 간식을 건넸다. 킁킁거리며 냄새 맡는 아이들.

동물병원서 검진을 기다리고 있는 스피츠 믹스견 보니와 하니. 눈물이 많은 녀석이 하니, 다른 녀석이 보니다. 다행히 검진 결과가 좋았다.

병원에 도착해 검진을 받는 하양이 슈슈. 결과는 괜찮았지만 파보 바이러스에 감염되어 결국 하늘의 별이 되었다.

슈슈, 이때까지만 해도 밥을 잘 먹었는데.

나 양성이라 했다. 변이 나쁘지 않으면 실제 안 걸렸을 가능성이 있고, 걸렸어도 약을 먹으면 된다고 했다. 생명에 지장이 없단 생각에 안도의 한숨을 내쉬었다.

구조해온 다른 세 마리도 이름을 지었다. 스피츠 믹스견 두 마리 중 눈물 자국이 없는 아이(여아)가 '보니', 있는 아이(남아)가 '하니'였다. 바둑이(남아) 이름은 '포리'로 지었다. 보니·하니·포리는 건강검진을 해달라고 맡겼다. 결과는 추후 듣기로 했다. 유리벽 너머로, 아이들과 인사를 나눴다. 아무 일 없길 간절히 바라면서. 나중에 들었지만, 다행히 세 마리 모두 건강했다. 검진이 끝난 뒤, 중성화 수술도 함께하기로 했다.

입양센터 간 아이들, 그제야 밥을 먹었다

저녁 6시 30분쯤, 슈슈와 샤샤, 두 꼬물이를 가방에 넣어 차에 태웠다. 인근에 있는 팅커벨 프로젝트 입양센터로 간다고 했다. 이곳에서 보호하고 있는 애들은 강아지와 고양이를 포함해 모두 30여 마리. 황 대표는 시간이 오래 걸리더라도, 입양될 때까지 보호한다고 했다. 얼마 전엔 보호한 지 5년 정도 된 녀석 두 마리를 입양 보내서 얼마나 행복했는지 모른다고. 보통은 2~3개월 안에 다 새 주인을 만나는데, 아이들 품종과 나이에 따라 입양 시기가 조금씩 다르단다. 통상 2주 정도 지켜본 뒤(잠복 바이러스가 있는지 확인), 이상이 없으면 입양 공고를 낸단다.

입양센터에 들어서니 네댓 마리 정도 되는 아이들이 먼저 보였다. 도착하기 전 황 대표가 "우리 아이들 보면 때깔(상태)이 너무 좋아서 놀라실 것"이라고 자랑했던 게 생각났다. 그 말을 하는 그의 얼굴이 자식 자랑하는 부모처럼 보여 뭉클했다. 먼 길을 마다하지 않고 달려가 살리고, 앞으로 잘 살아갈 수 있도록 해주는 것. 그보다 고귀한 게 있을까. 아이들과 인사하고 싶어 달려가려는데, 황 대표가 신발 벗고 실내화로 갈아 신어야 한다고 했다. 그제야 센터 곳곳에 붙어 있는 주의사항이 보였다. 손 세정제로 손도 깨끗하게 소독했다. 옷 먼지 등을 뗄 수 있도록 돌돌이 테이프 클리너도 준비돼 있었다.

강아지 방은 총 네 개, 각각 네댓 마리 정도를 보호하고 있었다. 그러니 뛰어놀 공간도 충분했다. 들어가서 한 녀석씩 안아봤다. 펄쩍펄쩍 뛰고, 좋다고 난리가 났다. 상태는 누구랄 것 없이 모두 좋았다. 사랑받은 티가 났다. 털과 발톱 상태도 적당했다. 코를 비벼 보니 좋은 향기가 났다. 방도 무척 깨끗했다. 곳곳엔 강아지들이 여름에 덥지 않도록, 에어컨도 설치돼 있었다. 목욕 후 털을 말릴 수 있는 드라이룸도, 클래식 음악을 들려줄 CD플레이어도 있었다.

슈슈와 샤샤는 방 네 개 중 회복실로 배정됐다. 이곳엔 깨끗한 공기를 공급하는 공기청정기가 있었다. 먼저 와 있던 샤넬이(포메라니언)가 동생들을 반겨줬다. 10개월 된 샤넬이는 강릉 보호소에 있다가 안락사 직전 구조됐다. 소형견들의 고질병인 슬개골 탈구 수술까지 모두 마쳤다. 슈슈와 샤샤도 배변 패드와 방석이 깔린 회복실로 들어갔다. 물과 사료를 주자, 녀석들은 장시간 여행에 배고

팅커벨 프로젝트 입양센터에서 필자를 보고 좋아서 깡충깡충 뛰는 아이들.

팠는지 허겁지겁 먹었다. 오줌도 누었다. 이제야 좀 안심이 됐구나 싶었다. 이리 사랑스러운 아이들이 죽을 뻔했다니. 종일 계속되는 일정에도 피로가 전혀 느껴지지 않았다.

견주들 '양심'에 호소하려던 생각은 순진했다

그렇게, 꼬박 열두 시간에 걸친 구조가 모두 끝났다. 그날 저녁 8시 30분쯤 집에 돌아오는 길, 마음이 내내 복잡했다.

당초 취재하려던 이유는, 반려견을 내다 버린 이들에게 알려주고 싶어서였다. 당신이 아무렇게나 던지고 온 그 강아지·고양이가 얼마나 비참하게 연명하고 있는지. 버린 뒤엔 생각에서 지워버리거나 '그냥 누군가 살렸겠거니' 할 테니까. 구체적으로 알려주고 싶었다. 그리고 혹시 강아지들을 버리려는 이들에게도 미리 알려주고 싶었다. 그렇게 쉽게 버리면 안 된다고. 반려동물에겐 삶의 끈이 끊어지는 너무 가혹한 처사라고. 그렇게 양심에 호소하고 싶었다. 지푸라기라도 잡는 심정으로.

강릉 유기견보호소에 다녀온 뒤, 그게 참 순진한 생각이란 걸 깨달았다. 그곳에 있던 백여 마리 중, 살린 건 다섯 마리(5퍼센트)였다. 물론, 600여 킬로미터를 달려 데려온, 슈슈와 샤샤, 보니와 하니, 포리에겐 삶 전부가 바뀐 일이다. 그 가치를 따질 수는 없었다. 그럼에도 자꾸 남겨진 애들 생각이 났다. 그들이 짖고, 꼬리 치고, 손을 부둥켜안고 할퀸 자국이, 며칠이 지나도록 생생하게 떠올랐다. 집에 놀러 온 똘이에게, "너 지금 친구들이 얼마나 힘들게 지내는 줄 알아?" 하면서 말을 걸었다. 똘이는 알아들으려는 듯, 고개를 갸우뚱했다. 괜히 끌어안고 온기를 나눴다. 그렇게라도 죄책감을 좀 씻고 위로를 받고 싶었던 것 같다.

농림축산검역본부 통계를 살펴봤다. 혹시나 했더니, 역시나였다. 2017년 새로 등록된 반려동물 개체 수가 10만 5,000마리인데, 그해 버려진 애들이 10만 2,600마리라고 했다. 2016년엔 등록된 반려동물이 9만 2,000마리, 버려진 아이들이 8만 9,700마리에 달했다. 누군가는 열심히 데려와 키우고, 또 다른 누군가는 그에 못지않게 부지런히 버리고 있었다. 그렇게 버려졌다가 보호소에 오게 된 유기동물 중 27.1퍼센트는 자연사하고, 20.2퍼센트는 안락사를 당한다. 절반 정도는 어떻게든 숨을 거두는 것이다. 버려졌다는 이유 하나로.

양심에 기대기엔 문제가 심각해 보였다. 황 대표도 생각이 같았다. 그는 반려동물을 쉽게 생산하고 분양하는 시스템이 문제라고 꼬집었다. 예를 들면, 연인끼리 충무로에 갔다가 펫샵을 구경한다. 그리고 "와, 예쁘다" 하면서 큰 고민 없이 데려온다. 예쁜 소품을 사듯. 그 강아지들은 사람처럼 나이도 먹고, 모습도 달라진다. 그러면 생각보다 크다고, 관리하기 힘들다고, 병원비가 든다고, 나이를 먹었다고, 버려버린다. 사람만 바라보고 살던 녀석들을 안고, 도저히 찾아올 수 없는 곳으로 간다. 그 녀석은 산책 나가는 줄 알고 좋아했을 것이다. 쫓아가려 해봐도 그럴 수가 없다. 한 자리에서 주인만 기다리다 대부분 길바닥에서 생을 마친다. 운이 좋아 보호소에 와도 열흘이 지나면 안락사를 당한다. 이 모든 게, 견주가 단지 마음이 바뀌었단 이유로 생기는 일이다.

사람 좋아 보이던 뚱아저씨도 이 부분만큼은 강하게 얘기했다. '강아지 공장'에 대한 허가와 처벌을 엄격하게 해야 한다고, 특히 가정에서 아무렇게나 마구잡이로 길러내 팔고, 안 팔리면 개소주 집에 파는 이들이 있다고 했다. 해결책으로 분양하기 전부터 강아지들에게 칩을 심어야 한다고 했다. 주인이 누군지, 어디서 와서 어떻게 버려졌는지, 이력을 추적할 수 있도록 해서 동물 유기를 막아야 한단 의미였다. 그 말에 전적으로 공감했다. 하지만 그의 말에 비해, 현행법과 제도는 너무 허술하다. 갈 길이 멀어 보였다.

하양 꼬물이 슈슈는 2019년 3월 8일 오전 9시 40분, 결국 무지개다리를 건넜다. 파보 바이러스였다. 건강검진 땐 이상이 없었는데, 잠복기였다. 투병 기간 그 작은 몸에 항혈청 주사와 인터페론 주사를 맞으며 병마와 싸웠다. 힘없이 누워 있다가도, 병문안 온 이들을 보면 몸을 일으키며 반가워했다. 하지만 결국 이겨내지 못했다.

슈슈를 버린 비정한 견주가 꼭 알게 되기를. 작고 하얀 강아지가 50여 일 남짓한 짧은 삶을 그리 끝냈다는 걸, 680킬로미터를 달려 어떻게든 살리기 위해 애썼지만, 끝내 하늘의 별이 됐다는 걸. 당신이 젖도 채 떼지 못한 아이를 쓰레기더미에 버린 탓에 말이다. 이것이, 당신이 슈슈를 버린 뒤 외면한 이야기다.

그래도 그 작은 생명은 마지막까지 기다렸을 거다. 태어나 처음 본 당신을. 언젠가 돌아와 자기를 데려가주리라 믿으면서.

강릉에서 서울까지 긴 구조 여정을 마치고 회복실에서 쉬고 있는 슈슈. 하지만 파보 바이러스를 이겨내지 못했다. 이제 힘들지 않은 곳에서 편안하길, 행복하길.

폐지 165킬로그램 주워
1만 원 벌었다

영하 4.4도, 찬바람이 두 뺨을 치던 아침 9시. 담벼락 앞에 섰다. 햇살이 닿지 않는 그 너머를, 까치발 들고 들여다봤다. 혹시나 했던 기대가 들어맞았다. 빛바랜 갈색 상자들이 있었다. 아직 배고픈, 두 발 달린 주황색 손수레가 바삐 움직였다. 상자엔 포장 테이프가 덕지덕지 달라붙어 있었다. 손톱으로 긁어도 잘 안 떼어졌다. 주먹으로 상자 옆면을 "쿵쿵" 치자, 그제야 순순히 벌어졌다. 테이프를 "죽" 뜯었다. 그러곤 상자 위아래, 여덟 면을 활짝 벌렸다. 네모났던 상자는 보기 좋게 납작해졌다. 그대로 손수레 행. 그렇게 차곡차곡 쌓았다.

뒤이어 만난 과일상자는 강적이었다. 호락호락 뜯기지 않았다. 네 모서리에 굳게 박힌 스테이플러 철침 때문이었다. 바닥에 내팽개친 뒤, 상자를 두 손으로 잡았다. 오른발로 한쪽 면을 밟고, 반대쪽으로 잡아당겼다. "북" 하는 소리와 함께 상자 한쪽이 뜯겼다. 그

최진철 씨(왼쪽)와 필자(오른쪽)가 폐지가 모인 손수레를 붙잡고 있다. 폐지를 최대한 많이 쌓으면서 쏟아지지 않게 하는 게 관건. 수레에 쌓은 상자 한쪽이 밑으로 쏟아지려 해, 필자가 재빨리 붙잡고 있다. 비만이지만, 움직임이 빠르다.

렇게 네 번을 반복하니 반듯이 펴졌다. 이것도 곧장 손수레로. 무게가 좀 더 나가겠단 생각에 뿌듯해졌다. 상자는 하나하나 꾹꾹 눌렀다. 많이 담길 수 있도록. 손수레는 그렇게 조금씩 높아졌다.

'폐지'를 줍고 있었다, 살면서 처음으로. 지금까지 폐지는 늘 빨리 처리해야 할 대상이었다. 특히 상자는 쌓일수록 골치였다. 부피가 커서 베란다를 오가기 여간 불편한 게 아니었다. 그럴 때면 매주 목요일을 손꼽아 기다렸다. 재활용 분리수거 날, 양팔에 상자를 가득 안고 내려가 있는 힘껏 던져버렸다. 그러고 나면 그리 개운할 수 없었다. 텅 빈 베란다를 보면 속이 다 시원했다.

그러다 지난여름, 동네에서 한 할머니를 만났다. 더워서 땀이 줄

줄 나던 날이었다. 키가 145센티미터 남짓, 몸무게는 40킬로그램이나 될까. 깡마른 할머니가 키를 훌쩍 넘는 손수레를 끌고, 힘겹게 지나가고 있었다. 그 안엔 폐지가 가득 담겨 있었다. 다가가 말을 걸었다. "할머니, 제가 도와드릴게요." 그는 희미하게 웃으며 손잡이를 넘겼다. 동네를 벗어나 길 건너 오르막길 몇 번, 내리막길 몇 번을 지났다. 몸무게 85킬로그램(비만), 건장한 30대 남자가 끌기에도 벅찼다. 땀이 비 오듯 흘렀다. 도착하자 할머니는 고맙다며 어찌할 줄 몰라했다. 그때부터였다. 상자가 다르게 보이기 시작한 건.

그리고 몇 달 뒤, 한 사건을 접했다. 경남 거제에서 20대 청년이 폐지 줍던 할머니를 때렸다고 했다. 청년은 키가 180센티미터, 할머니는 130센티미터라고 했다. 무려 40분간 주먹질과 발길질이 이어졌다. 이유도 없었다. 그냥 때렸다고. 그날 새벽, 할머니가 숨졌다. 기사를 보고, 잔혹함에 치가 떨렸다. 동네에서 만난 할머니와 그 사건의 상이 겹쳐 며칠간 마음 한구석이 무거웠다. 잠깐이지만 할머니를 만나 치열한 생존의 기운을 느꼈었다. 연민과 존경의 마음이 뒤섞인. 그렇게 함부로 짓밟힐 삶이 아니었다.

그들의 삶을 깊이 들여다보고 싶었다. 폐지를 주워보기로 했다. 전국고물상연합회를 수소문해 고물상 몇 군데 연락처를 얻었다. 그리고 연락을 했다. 하지만 대부분 꺼렸다. 폐지 줍는 분들이 싫어할 것이라 했다. 이유를 물었더니 기사에 나오면 자녀들이 보고 부끄러워해서라고 했다. 다행히 서울 송파구 쪽 고물상 도움을 받았다. 폐지 줍는 이와 동행할 수 있다고 했다. 장애가 있는 분이었다. 그렇게 그를 찾아갔다.

잘나가던 '주방장'이었다

고물상을 찾아갔다. 지하철 9호선 삼전역에서 15분 거리였다. 기온이 뚝 떨어진 날씨라 온몸이 얼얼했다. 큰길을 돌아 작은 골목으로 들어가니 폐지가 산처럼 쌓인 곳이 보였다. 한편에 한 남자가서 있었다. 오늘 함께할 최진철 씨였다. 그는 몸이 다소 불편해 보였다. 천천히, 엉거주춤 걸었다. 취재에 응해줘서 감사하다고 인사를 건네자, 그가 말이 어눌해 알아듣기 힘들 것이라며 미안해했다. 괜찮다고 했다. 못 알아들은 건, 한 번 더 물어보면 될 일이었다. 최씨는 "형처럼 편하게 하라"고 했다. 열아홉 살 많은 형님, 그렇게 생각하니 마음이 좋았다.

그는 세발자전거에 몸을 실었다. 두발자전거는 타기 힘들다고 했다. 동네 공원 인근에 폐지를 주워 싣는 손수레를 세워두었다고 했다. 집 앞에는 못 세우게 한단다. 자전거를 타면서도 그는 빠르지 않냐고 계속 물었다. 걸어가는 나를 배려한 말이었다. 괜찮다고 했다(사실 좀 빨랐다). 그래도 서서히 몸도 풀 겸, 경보로 걷다가 가벼운 뜀박질을 하며 따라갔다. 추위가 조금씩 가셨다.

가는 길, 궁금했던 얘길 조심스레 물었다. 어떤 사연이 있었느냐고. 그는 8년 전 얘길 꺼냈다. 솜씨 좋은 중식 주방장이었다. 잘나가던 시절이었다. "그땐 TV에도 나왔다"며 웃었다. 불행은 어느 날 갑작스레 찾아왔다. 일하다가 쓰러진 것이다. 뇌경색이었다. 분초

세 발 자전거를 탄 최진철 씨가 손수레를 묶어둔 곳으로 이동하고 있다. 인근 동네 주민들이 그의 손수레에 폐지를 조금 모아 뒀다. 이는 큰 힘이 된다. 몇몇 비非양심 수거인들은 손수레 안에 있는 폐지도 몰래 주워 간다고 했다(벼룩의 간을 내먹어라).

를 다퉈 병원에 갔어야 했는데, 타이밍을 놓쳤다. 후유증이 남았다. 몸 오른쪽은 재활로 다소 회복됐지만, 왼쪽은 맘대로 안 됐다. 그래서 장애가 생겼다. 걷는 것도, 말하는 것도 힘들어졌다. 하루아침에 삶이 달라졌고, 주방장 일은 꿈도 꿀 수 없었다.

일을 그만두자 밥줄이 끊겼다. 기초생활보장 수급자가 됐다. 정부 지원금이 있지만, 고등학생 딸과 중학생 아들을 키우느라 생활비조차 빠듯했다. 벼랑 끝에서 시작한 게 폐지 줍는 일이었다. 최 씨는 "유일하게 할 수 있는 일"이라고 했다. 몸도 마음도 고된 일이었다. 처음엔 제대로 모으지도 못했다. 폐지가 많이 나오는 가게는, 이미 다 임자가 있었다. 걷기만 해도 체력이 부쳤다. 하지만 조금씩 모아가며 시작했다. 주말도 없이, 매일 부지런히 다녔다. 그렇게 8년, 고마운 이들이 생겼다. 그에게 폐지를 챙겨주는 이웃들이다.

이야기를 나누는 새 손수레가 있는 곳에 도착했다. 자물쇠로 묶인 손수레 속엔, 이미 상자가 서너 개 담겨 있었다. 벌써 일해ㄴ냐 물으니, 아니라고 했다. 손수레를 이곳에 놔두면, 동네 주민들이 폐지를 담아놓는다고 했다. 일은 보통 오전 10시에 본격적으로 시작한단다. 이유가 있었다. 너무 빨리 돌아다니면 사람들이 상자를 내어놓지 않는다는 것이다. 오전 7시 이전에 일어나, 아이들 학교 보내고, 상자가 쌓이길 기다렸다 시작한다고 했다.

일단 묵묵히 돕기로 했다. 일하는 것도 힘들 텐데, 말을 계속 거는 게 미안했다. 옆에서 돕다 보면 그를 알게 되겠지, 했다.

상자 해체가 관건이었다. 대부분 상자 형태 그대로 버리는데, 이를 쭉쭉 펴는 일이었다. 최대한 많이 담기 위한 작업이다. 상자를 둘러싼 테이프와 상자 귀퉁이에 박힌 스테이플러 철심을 뜯었다. 처음엔 잘 안 뜯겼다. 손톱으로 기를 써봐도 오랜 시간 들러붙은 테이프가 애를 먹였다. 최씨의 능숙한 손길을 지켜봤더니 요령이 있었다. 상자 한쪽을 주먹으로 '탁탁' 친 뒤, 테이프 틈새가 벌어지면 죽 뜯는 것. 옆에서 보고 따라 했더니 잘 됐다.

두꺼운 상자는 더 쉽지 않았다. 단단해서 주먹으로 치는 것도 아프고 저 방법도 안 먹혔다. 마음이 앞서서, 상자를 과격하게 뜯다 아스팔트에 두 손이 긁혔다. 왼쪽 검지와 오른쪽 주먹에 상처가 났다. 피가 조금 흘렀다. 찬바람이 파고들자 쓰라렸다. '장갑을 낄걸' 하는 후회가 들었다. 폐지 줍기를 만만히 본 탓이었다. 이를 지켜

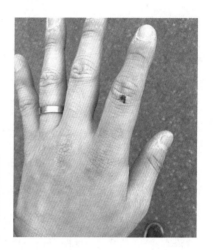

박스를 분해하다 아스팔트에 긁혀 왼쪽 검지에 생긴 상처. 장갑을 끼고 왔어야 했는데, 만만히 봤다가 큰코 다쳤다. 넷째 손가락을 잘 보면, 살쪄서 반지가 작아진 걸 확인할 수 있다(TMI).

보던 최씨가 단단한 상자는 발을 쓰라고 했다. 그를 따라 철심이 박힌, 네 귀퉁이를 발로 밟았다. 그러니 찢어지며 분해가 됐다.

이따금 테이프가 다 뜯긴 채로, 차곡차곡 펴진 상자도 있었다. 그건 그대로 담았다. 그렇게 반갑고 고마울 수가 없었다. 아파트 분리수거 날, 상자 테이프를 떼서 버리라던 경비아저씨의 말이 생각났다. 그땐 '귀찮은데 왜 떼라고 하지' 하며 투덜거렸었다. 그제야 이해가 됐다. 상자 테이프를 떼고 분해해서 차곡차곡 넣는 것, 그건 누군가의 생계를 위한 작은 도움이기도 했다.

최씨는 손이 시리지 않냐고 몇 번이나 물었다. 걱정하는 눈빛이었다. 괜찮다고 했지만, 사실 괜찮지 않았다. 손이 얼얼했다. 상처난 쪽 감각이 무뎌질 정도였다. 12월의 매서운 바람이 계속해서 맨살을 때렸다. 그런데도 몸을 계속 움직이니 땀이 줄줄 났다. 허리를 몇 번씩 굽혔다 폈다를 반복해야 했다. '상자는 곧 돈'이란 생각 뿐이었다. 열심히 주워, 최씨 하루 생계에 보탬이 되고 싶었다.

목숨 건 '손수레 끌기'

상자를 쭉 펴고, 차곡차곡 쌓고, 또 다른 상자를 그 위에 올렸다. 책은 따로 분류해야 했다. 파지보다 훨씬 더 가격이 나간다고 했다. 운 좋게, 차곡차곡 쌓인 책이 버려진 걸 보고 뛸 듯이 기뻤다. 찢어지지 않은 상자에 책들을 고이 담았다.

손수레는 점점 묵직해져갔다. 내가 끌겠다고 나섰더니, 최씨가 만류했다. 그가 하겠다며, 뇌경색 재활을 하는 거라고 했다. 그게 곧 운동이라고. 알고 보니, 걷는 게 불편해 손수레 무게에 몸을 지탱해 걷고 있었다. 그렇게 한 걸음씩 뚜벅뚜벅 걸었다. 양발 속도가 안 맞아도, 우직하게 갔다. 무게를 덜어주려 손수레를 힘줘 밀었더니, 그러지 말라고 했다. 무게를 더는 게 도리어 방해가 됐단다. 그래서 오르막에서만 힘을 보탰다. 걷는 것도 리듬을 맞췄다. 오른발은 천천히, 왼발은 빠르게. 그렇게 걸었더니 호흡이 잘 맞았다.

골목길엔 차들이 쉴 새 없이 오갔다. 위태로운 상황이 이어졌다. 큰 트럭, 승용차, 버스 등이 바로 옆에서 쌩쌩 달렸다. 좁은 골목에서 차들이 연달아 지나가는 통에, 부지런히 피해야 했다. 길이 울퉁불퉁해 손수레가 기울어져 상자가 떨어지기도 했다. 위험하다고 그의 몸을 잡아끌고, 반대로 조심하라고 그가 날 잡아 끌기도 했다. 평소엔 혼자 견뎠을 길이었다. 그래도, 차들은 전반적으론 손수

손수레를 끌고 가는 최진철 씨 오른편으로 흰색 트럭이 지나가려 하고 있다. 좁다란 도로라 피할 공간이 별로 없었다. 그래서 늘상 위험에 노출돼 있다. 실제 최씨는 오토바이 사고로 허리뼈가 부러졌다고 했다.

레를 배려하는 모습이었다. 빵빵거리지 않고 기다렸다.

아무리 조심해도 곳곳에 사고 위험 요소가 가득했다. 도로 위에서 오랜 시간 손수레를 끄니, 어쩔 수 없는 일이었다. 최씨는 몇 년 전 오토바이 사고로 허리뼈 두 개가 부러졌다고 했다. 오토바이가 갑자기 돌진해, 손수레를 끌고 가던 최씨를 들이받았다고 했다. 그 순간 기절해서 쓰러졌고 정신을 차려보니 병원이었단다. 치료비가 많이 들어 치료도 제대로 못 받았다고 했다. 후유증으로 아직도 허리가 몹시 아프다고 했다. 오래 걷기가 힘들다고. 기침을 하고 거친 숨을 내쉬다 정 힘들면 잠깐씩 앉아 쉬는 일이 반복됐다.

위험한 순간은 내게도 예외가 아니었다. 굵직한 상자가 안 쪼개져, 발로 밟을 작정으로 상자를 바닥에 내려놨다. 발을 올려놓고 힘껏 밟으려던 찰나, 상자 바로 옆으로 차가 쌩 지나갔다. 불과 몇 센티미터 차이로 차에 발을 밟힐 뻔했다. 찬바람에 상기돼 있던 얼굴이, 아찔함에 더 확 달아올랐다.

함께 사는 이웃, 뺏어가는 이웃

그래도 함께 사는 세상이었다. 최씨를 돕는 이들이 있었다. 한 편의점에 들어갔더니, 점주 부부가 그를 반갑게 맞았다. "어제는 왜 안 왔어?", "안 오긴 왜 안 와, 어제는 늦게 왔지" 등의 대화가 이어졌다. 점주 부인이 1964년생, 최씨와 '동갑'이라 했다. "친구야 친구"하며 서로 웃었다.

편의점 안엔 상자가 잔뜩 쌓여 있었다. 물건을 받고 나온 것들이다. 부부는 최씨에게만 상자를 준다고 했다. 그의 사정도 잘 알았다. 이렇게 열심히 사는 사람도 없는데 안타깝다며 용기를 줬다. 횡재한 듯 상자를 열심히 뜯고 모았다. 점주는 "이렇게 깔끔하게 치워주니 우리도 좋다"고 했다. 다 정리하자, 커피 한잔하고 가라고 했다. 정겨운 믹스커피였다. 다디단 커피를 마시며 잠시 숨을 골랐다. 잊고 있던 땀이 그제야 보였다.

또 다른 상점에 갔다. 가게 뒤편에 폐지를 모아 놓은 공간이 있었다. 그곳엔 상자가 잔뜩 쌓여 있었다. 주인이 모아준다고 했다. 그런데 폐지 주위를 어깨높이 정도 되는 철망이 둘러싸고 있었다. 최씨에게 직접 만든 것인지 물었더니 그렇다고 했다. 문을 잠가두

홀로 버티는 이들에게도, 함께하는 이웃은 있었다. 폐지를 줍다 들른 한 편의점 점주 부부에게 받은 믹스커피 두 잔. 잠시 쉬면서 마시는 따뜻한 커피에 몸과 마음이 다 녹았다.

지 않으면, 다른 이들이 가져간다고 했다. 그것을 손수레에 실으려는데 바로 앞에 차량 한 대가 주차돼 있었다. 간신히 사람 하나 들어갈 공간이라 손수레 댈 곳이 없었다. 전화를 걸어 차를 빼달라고 했다. 그제야 손수레를 가까이 댈 수 있었다.

최씨는 파란색 플라스틱 의자를 바닥에 놓았다. 한쪽 모퉁이가 깨져 있었다. 그는 아랑곳하지 않고 상자 해체 작업을 시작했다. 부피가 크거나 무게가 무거운 상자를 들 땐 힘겨워했다. 그땐 재빨리 가서 눈치껏 도왔다.

정리를 다 끝내고 손수레를 다시 잡으려 하자, 그가 잠시 기다리라고 했다. 구석에 놓인 긴 호스를 집더니 물을 틀었다. "치워줘야 한다"며 더러워진 곳을 깨끗하게 정리했다. 시원한 물줄기가 이곳저곳을 씻겼다. 바닥이 금세 말끔해졌다.

돕는 이웃만 있는 건 아니었다. 뺏으려는 이웃도 있었다. 정리에 집중하느라 잠깐 마음을 놓고 있을 때였다. 한 아주머니가 오전에 정리해둔 상자 속 책들을 가져가려 했다. 다행히 내가 이를 눈치챘다. "그거 가져가시면 안 돼요"라고 재빨리 말했다. 그러자 "가져가도 되는 줄 알았지" 하고 태연하게 대꾸한 뒤 가버렸다. 최씨는 일하고 있을 때 그렇게 가져가는 사람들이 있다고 했다. 오전 내내, 찬바람에 땀 흘려가며 모은 것들이었다.

165킬로그램 모아 1만 1,000원 벌었다

폐지는 계속해서 쌓여갔다. 어깨높이까지 올라오자 밧줄이 필요했다. 상자가 떨어지지 않도록 한쪽에서 다른 쪽으로 둘러 단단히 묶었다. 차곡차곡 쌓인 상자들이 고정됐다. 그리고 그 위에 무거운 상자를 올려놓으니 손수레를 움직여도 불안하지 않았다. 끌어보니 몸이 휘청거릴 만큼 무거웠다. 무게 중심을 맞추는 게 또 다른 난관이었다. 최씨는 묵직한 상자를 손수레 앞과 뒤에 골고루 분산시켜달라고 했다. 그의 말대로 상자를 부지런히 옮겼다. 그러고 나서 손잡이를 다시 잡으니 중심이 잡혀 움직이기가 훨씬 수월했다.

이제 고물상으로 향할 시간이었다. 손수레가 위태롭게 굴러갔다. 최씨는 무겁다며, 손잡이 안에 들어가 앞에서 끌겠다고 했다. 그렇게 하라고 했다. 세 시간 가까이 부지런히 담은 파지들이 수북이 쌓인 채 손수레가 뒤뚱뒤뚱 굴러갔다.

최씨는 오늘은 많이 모았다며 6,500원 정도 받겠다고 했다. 귀를 의심해 다시 물었다. 많이 모았는데 6,500원밖에 안 되냐고. 그

첫번째 폐지 수집을 마친 뒤 손수레의 모습. 총 무게는 165킬로그램. 최진철 씨가 받은 금액은 1만 1,000원이었다. 세 시간 넘게 열심히 모았으니, 시간당 약 3,500원 정도 번 셈이다.

랬더니 평소엔 4,000원 정도밖에 안 된다고 했다.

고물상에 도착했다. 무게 재는 시간을 간절한 마음으로 기다렸다. 폐지를 와르르, 책더미도 다 같이 쏟았다. 잠시 후, 고물상 사장이 최씨에게 1만 1,000원을 건넸다. 무게가 얼마냐고 했더니 파지는 110킬로그램, 책은 55킬로그램이 나왔단다. 총 165킬로그램이었다. 저울이 어딨느냐고, 언제 쟀냐고 물었다. 바닥에 있는 철판이 저울이라고 했다. 큰 철판이 큰 저울, 작은 철판이 작은 저울이었다. 내가 직접 올라가 보니 94킬로그램이란 숫자가 떴다. 고물상 관계자가 "가방이 무거운 것 같다"고 말해줬다. 나는 내 몸이 원래 무겁다고 양심 고백했다.

그것도 많이 받은 거라고, 최씨는 만족해했다. 고물상 사장에게 왜 이렇게 가격이 싸냐고 했다. 파지는 1킬로그램에 50원, 책은 110원이란다. 폐지 가격이 점점 내려가는 추세라고 했다. 예전엔 중국에서 많이 수입해 갔는데, 지금은 깨끗한 것만 가져가려고 한다고. 고물상도 한땐 잘됐다고 했다. 1998년 IMF 땐 망하는 가게들이 많아서, 또 경기가 좋을 땐 건물을 많이 지어서 폐기물이 많이 나왔다고 했다. 그런데 지금은 상황이 어렵다고 한다.

점심시간 10분, 식사는 우유 하나

오후 1시, 다시 시작이었다. 최씨가 걸음을 재촉했다. 아직 들르지 못한 곳이 많다고 했다. 하루 두 번 정도 동네를 돈다고 했다. 그 이상은 체력이 안 따라줘서 못 한단다. 때마침 고물상에 들어오는 또 다른 폐지 줍는 할머니와도 인사했다. 나를 보곤 "아들이야?"라고 물었다. 내 소개를 했더니 고생이 많다며 격려해줬다.

오후에도 같은 일이었다. 텅 빈 손수레를 보고 있자니, 언제 또 채우나 싶었다. 그래도 오전보단 훨씬 업무가 수월해졌다. 최씨가 손수레를 끌고, 난 그보다 한발 앞서가며 상자가 있는 곳을 구석구석 물색했다. 최씨는 "이걸 하다 보면 정말 상자밖에 안 보인다"고 했다. 정말 그랬다.

오후 2시쯤, 편의점 앞에서 최씨가 쉬다 가자고 했다. 그제야 첫 끼니를 때우려던 거였다. 아침도 못 먹었다고 했다. 편의점에 함께

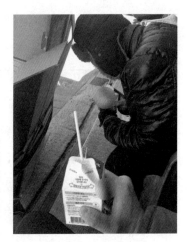

아침도 안 먹은 필자와 최진철 씨의 첫 끼니는 다름 아닌 우유였다. 편의점 플라스틱 의자에 앉아 같이 우유 한잔했다. 치아가 안 좋은 최씨는 음식을 잘 못 먹는다고 했다. 실제로 보니, 누렇게 변한 치아는 반토막이 나 있었고, 어금니도 몇 개 없었다. 치과 치료를 받을 돈이 없다고.

들어갔다. 우유를 먹겠다고, 내게도 고르라고 했다. 최씨는 500밀리리터짜리 흰 우유를, 난 250밀리리터짜리 딸기 우유를 골랐다(초딩 입맛). 가격은 2,750원. 최씨가 본인이 사겠다고 하는 걸 한사코 말렸다. 차마 사라고 할 수가 없었다. 파지 55킬로그램 가격과 같았다. 최소한 두세 시간은 모아야 가능한 돈이었다.

플라스틱 의자 두 개를 나란히 놓고, 편의점 앞에 앉아 같이 우유를 한잔했다. 점심을 제대로 먹지 그러냐고 물으니, 시간이 없단다. 최씨는 빨대를 가져오며, 이렇게 안 마시면 힘들다고 했다. 치아도 안 좋다고 했다. 유심히 보니, 맨눈으로 봐도 상태가 심각했다. 치아가 전부 누렇게 변한 데다 대부분 반 동강이 났고, 어금니 여러 개도 없었다. 치과 치료를 안 받았냐고 물었다. 예상했던 대답이 나왔다. "파지 주워서 치과 치료를 어떻게 받겠어요." 말문이 막혔다. 둘 다 허리를 굽힌 채 남은 우유를 끝까지 마셨다.

마지막 손수레가 차고, 손을 맞잡았다

부지런히 다니니, 두 번째 손수레도 가득 찼다. "여기까지만 채우자"고 해놓고 서로 욕심을 냈다. 상자가 보일 때마다 '여기까지만'을 반복했다. 그렇게 조금씩 더 얹었다. 몇 번을 반복한 뒤에야 손수레가 굴러갔다. 햇살을 가득 받으면서. 만선滿船이었다. 앞에서 손수레를 진두지휘하며 끄는 그는 선장 같았다. 덧없이 삶이 무너졌지만 풍파에도 흔들리지 않고 우직하게 항해를 이어가는. 그런 마음으로 보니, 뒷모습이 커 보였다. 두 번째 손수레 무게는 80킬로그램, 그 대가로 최씨가 손에 쥔 건 4,000원이었다. 많이 쌓았다고 생각했는데, 내 몸무게도 못 넘었구나. 만감이 교차했다.

최씨가 별안간 내 오른손을 잡았다. 그러더니 오늘 몇 번이나 반복한 말을 또 건넸다. 손 시리지 않았냐고. 그의 손은 삶의 잔상이 고스란히 박여 있었다. 투박하고 거칠고 두터웠다. 나도 종일 했던 대답을 또 했다. 괜찮다고. 그러면서 최씨 손 위에 내 손을 얹었다. 평소에 낯간지러워 잘 못 하던 일인데 자연스레 그렇게 됐다. 그의 양손이 더 차가웠다. 낡고 다 해진 장갑이 영하 추위를 얼마나 막았을까 싶었다. 왜 이렇게 차갑냐고 했더니, 혈액순환이 잘 안 돼 그렇다며 얼버무렸다. 손을 꼭 잡고 다시 따뜻해지길 기다리고 있었다. 차가운데 온기가 느껴졌다.

그가 말했다. "덕분에 제가 오늘 편했어요. 폐지도 많이 줍고, 평소보다 많이 받았어요, 힘들었을 텐데, 고생했습니다. 빨리 들어가세요, 어떻게 가세요, 전철역은 저쪽이에요"라고. 짧고, 세련되진 않았지만, 최대한 잘 들을 수 있도록 또박또박 전한 말 몇 마디. 더없이 따뜻했다.

돌아오는 길에 든 생각들. 그가 폐지를 줍는 건, 그의 잘못이 아니라 정말 우연히 그렇게 됐다는 것. 인생이란 게 얄궂어서 누구든 그렇게 될 수 있다는 것. 그러니 이들을 외계에 사는, 별나라 사람 쯤으로 볼 게 아니라 이웃으로 보면 좋겠다는 것. 관심을 두는 것만으로 이들의 삶을 지탱하는 큰 힘이 될 수 있다는 것도.

예를 들면, 상자 하나를 내놓을 때도 테이프를 모두 뜯어 납작하게 접어놓는다든지 이런 소소한 일들 말이다. 느릿느릿 차도로 가는 이들을 충분히 기다려주거나, 무거워 휘청거릴 때 말없이 조금 밀어준다거나, 돈 안 드는 따뜻한 말 한마디 정도 건넨다거나, 그런 것들.

하루 일과를 마치고, 손수레를 끌고 돌아가는 최진철 씨 머리 위로 햇살이 떨어졌다. 뒷모습이 커 보였다.

그리고 또 하나. 술 취한 이가 목숨을 함부로 뺏을 만큼, 이들 삶이 존중받지 못해선 안 된다는 것. 자신만의 방식으로, 하루하루를 지탱하며 치열하게 살고 있다는 것. 우리가 부지 못하는 더 많은 사회적 약자들도 그렇다는 것. 또 너무 오래 홀로 버티다 쓰러지지 않게 손을 내밀어줘야 한다는 것도.

불편한 몸으로 200킬로그램이 넘는 손수레를 끌고, 정직하게 흘린 땀으로 1만 5,000원을 벌고, 자녀들에게 용돈을 줘야 한다며 그 돈을 꼬깃꼬깃 지갑에 넣고, 밥을 차려주러 간다며 부지런히 세발자전거를 타고 홀연히 사라지는 최씨의 뒷모습이 눈부시게 빛났다.

집에 돌아오는 길, 그제야 허기가 느껴졌다. 분식집이 눈에 밟혔다. 메뉴판을 봤다. 떡볶이 3,500원, 김밥 3,000원, 치즈김밥은 4,000원. 평소 같으면 김밥 한 줄 정도는 사 먹었을 텐데, 어쩐지 발걸음이 쉽게 떨어지질 않았다. 오늘 최씨가 번 돈이 떡볶이 2인분에 김밥 세 줄 가격 정도. 혼자 일하는 날엔 그마저도 못 번다. 떡볶이 2인분에 김밥 한 줄을 사 먹으면 사라질 돈이다. 평소 1만 원도 못 번다고 했으니까. 그래서 못 사 먹고 그냥 지나쳤다. 그리고 이런 물음이 잔상처럼 남았다. 진정 괜찮은 걸까, 이들의 삶이 말이다.

홍대의 중심에서
토사물을 쓸었다

어스름한 어둠이 드리운 새벽 5시. 홍대 한 술집 앞에 청춘 남녀
가 주저앉아 있었다. 여성의 머리는 자꾸 길바닥에 수렴하고 있었
다. 취한 듯 보였다. 불안한 예감은 적중했다. 그들이 떠난 자리엔
'부침개(고통의 은유적 표현)' 두 장이 곱게 부쳐져 있었다. 토사물이
었다. 빈 생수통 여러 개도 굴러다녔다. '저건 어떻게 치우지?' 하
고 고민하는 순간, 환경미화원 이종석 씨가 말했다. "모래를 뿌리
면 돼요." 이씨는 다행히 많지 않다며 빗자루로 토사물을 쓸어 담
았다. 같이 거들었다. 그때 "우에엑" 하는 찰진 소리가 골목 안쪽에
서 들렸다. 또 다른 여성이, 그날 먹은 안주가 잘 소화됐는지 확인
하고 있었다. 이씨는 골목 안쪽은 청소 구역이 아니니 치우지 않아
도 된다고 했다. 가슴을 쓸어내렸다.

　클럽 앞쪽으로 발걸음을 옮겼다. 시끄러운 음악이 쿵쿵 울리고
있었다. 도로 경계석 아래는 쓰레기투성이였다. 찢긴 비닐 속 술병,

새벽 5시, 홍대 번화가에서 쓰레기를 쓸고 있는 필자. 빗자루가 빠르게 움직이는 것처럼 나왔지만, 사실 버벅대고 있다. 다리가 좀 짧게 나왔지만 실제는 더 길다. 바지가 커서 내려온 탓이다.(ⓒ마포구 청소행정과 관계자)

에너지 음료 캔 등이 나뒹굴었다. 깨진 유리 파편들은 차도까지 굴러다녔다. 버려진 담배꽁초도 수십여 개는 됨직했다. 치우고 있자니 이씨가 "차 조심하라"고 했다. 등 뒤로 차들이 쌩쌩 달리는데, 미처 몰랐다. 이씨는 환경미화원은 뒤에도 눈이 달려 있어야 한다고 했다. 작업복이 '형광색'인 이유도, 밤에 눈에 잘 띄게 하기 위한 것. 운전자가 조심하겠지 하고 생각하다간 큰일난다고 했다.

　그동안 쓰레기는 늘 내 손을 떠나면 그만이었다. 가끔 길바닥에 버려진 심한 쓰레기(남긴 음료수 더미 등)를 볼 때 눈살을 찌푸리는 정도였다. 누군가 치우겠지 하며 별 관심 없던 게 사실이다. 그러던 지난여름 어느 날, 한 광경을 마주했다. 아이가 과자 봉지를 흔들자 우르르 쏟아졌는데, 아이 엄마가 한 번 보더니 쓱 가버렸다. 떨어진 과자 조각들은 행인들 발에 밟혀 난리가 났다. 다음 날, 그곳은 흔적도 없이 깨끗해져 있었다. 그때 처음 '치우는 사람'에 대해 생각했다. 우리도 모르는 새 조용히 치우고 사라지는, 환경미화원 말이다.

이 고마운 이들의 노동 환경은 열악하다 했고, 최근엔 사고도 잇따랐다. 서울 용산구 도로에선 쓰레기 수거 차량의 컨테이너 교체 작업을 하던 환경미화원이 유압 장비에 끼여 숨졌다. 광주에선 쓰레기를 수거하는 과정에서 후진 차량에 치이는 등 환경미화원 두 명이 숨졌다. 없어선 안 될 존재지만 실상 고단하고 위험한 노동환경이었다.

그래서 그들의 하루를 체험해보기로 했다. 기왕 하겠다고 마음먹으니 '쓰레기 많은 대표적인 곳'이 떠올랐다. 홍대 번화가다. 강북 유동 인구 1위, 하루 10만 명 넘게 오가는 곳이다. 그곳을 깨끗이 책임지는 환경미화원이 돼보기로 했다. 새벽 5시부터 오후 3시까지, 다른 환경미화원들과 똑같은 하루였다.

기상 시간 새벽 4시, '출근'도 힘들었다

기상은 새벽 4시, 평소보다 두 시간 빨랐다. 못 일어나면 어쩌나 걱정돼 알람을 다섯 개나 맞췄다. 새벽 3시 50분, 3시 52분, 3시 55분, 3시 57분, 4시. 하나는 듣겠지, 하며 전날 밤 10시에 누웠다. 잠이 안 왔다. '아직 잘 시간이 아닌데?'라고 몸이 거부했다. 밤 11시가 넘어 간신히 잠들었다. 다음 날 새벽, 네 번째 알람이 울린 뒤에야 겨우 일어났다. 창밖이 칠흑같이 어두웠다. 찬물 세수를 여러 번 하고 집을 나섰다. '호오오' 부니 입김이 길게 새어 나왔다. 차디찬 새벽 공기를 맞으니 그제야 잠이 좀 깼다.

약속 장소인 홍대에 가는 것부터 문제였다. 평소 근검절약하는 터라(사실 돈이 없어서) 택시비가 아까웠다. 차를 가져가자니 주차가 마땅찮을 것 같았고, 버스를 타려고 보니 차고지 출발 첫차가 새벽 4시 20분이었다. 버스를 기다렸다간 5시까지 못 갈 것 같았다. 아쉬운 마음에 버스 정류장을 서성이다 택시를 탔다. 택시비는 6,000원 정도 나왔다. 매일 어떻게 출퇴근하나 하는 생각이 들었다. 나중에 들은 얘기지만, 이른 출근 탓에 근무 지역 근처에 많이 산단다. 아니면 오토바이를 타고 다니기도 한다고.

새벽 5시 정각에 환경미화원 '휴게실'에 도착했다. 홍대 번화가에 있었다. 지나다니며 가끔 봤던 컨테이너였다. 안에 들어가 형광 초록색 작업복(105 사이즈)으로 갈아입었다. 작업반장이 새벽이라 추울 수 있다며, 겨울용으로 준비해줬다. 바지를 갈아입고, 반소매 티셔츠 위에 두툼한 겉옷을 입었다. 이어 보호용 헬멧을 쓴 뒤, 작업용 목장갑을 꼈다. 빗자루와 쓰레받기를 챙기자 준비가 끝났다.

환경미화원 업무 중 '가로청소(걸어 다니며 청소하는 것)'를 하기로 했다. 그 외에도 생활 폐기물과 음식물, 재활용, 대형 폐기물 수거 등이 있다. 작업은 하루 총 세 번에 걸쳐 이뤄진다고 했다. 새벽 5시부터 오전 8시까지 1차 작업, 8시 45분까지 아침 식사 후 휴식, 오전 9시부터 낮 12시까지 2차 작업, 오후 1시까지 점심 먹고 휴식, 오후 3시까지 3차 작업을 한다고 했다. 1차 작업은 홍대 상상마당 인근 좌우 인도, 2차 작업은 합정 일대 거리, 3차 작업은 1차 작업 구간을 다시 치우는 순서였다.

'전단지 · 명함' 폭격, 다섯 번 비질에 겨우 쓸려

첫 작업 장소는 홍대 상상마당 좌우로 펼쳐진 로데오거리. 환경미화원 3년차 이종석 씨가 함께했다. 손수레를 끌고 도착하자마자 잠이 확 깼다. 무단투기한 쓰레기가 가관이었다. 원색적인 색감의

홍대 번화가에 각종 유흥업소 전단지들이 널브러져 있다. 이 같은 전단지들이 길 건너까지 즐비하게 뿌려져 있었다. 비질 한두 번엔 잘 쓸리지도 않았다. 무심코 뿌리는 건 순간인데, 그 때문에 환경미화원들의 고단함은 배가 된다.

유흥업소 광고 전단지가 바닥에 쫙 깔려 있었다. 자주 다니는 길이 었지만 처음 보는 '민낯'이었다. 청소를 끝낸 도로만 봐서 몰랐던 거였다. 사이사이 담배꽁초는 사이드메뉴였다. 이씨는 목요일이라 평소보다 적은 편이라며 일요일엔 이것보다 세 배 많다고 했다.

한쪽으로 쓸어낸 뒤, 한꺼번에 담기로 했다. 야심 찬 첫 비질부 터 실패했다. 전단지는 생각보다 잘 안 쓸렸다. 서툰 내 비질을 비 웃듯 바닥에 찰싹 들러붙어 있었다. 최소 서너 번, 많게는 다섯 번 까지 비질해야 쓰레받기에 겨우 안착했다. 양손으로 더 힘차게 비 질을 했다. 마음처럼 안 되자, 빗자루를 점점 짧게 잡게 됐다. 그럴 수록 허리도 점점 숙었다. '이거 뿌린 X 누굴까'를 계속 생각했다. 씨름하는 모습을 본 이씨가 그렇게 하면 허리가 너무 아플 거라고 조언했다. 허리를 펴고 비를 길게 잡으라고 했다. 하지만 자세를 고쳐 잡아도 자꾸 되돌아갔다.

이씨는 상당히 능숙했다. 한 손으로 비질해도, 전단지가 척척 들 어갔다. 뭔가 비법이 있는 것 같아 묻자, 비법을 알려줬다. 빗자루 솔 부분이 한쪽은 길고, 다른 한쪽은 짧은데 '긴 쪽'으로 전단지를 툭 쳐서 넣으라 했다. '스냅'이었다. '탁' 치니 촤르르, 한결 수월했다.

전단지에 적응하자, 새로운 복병이 등장했다. 유흥업소·대출 등 광고 명함이었다. 쪼그매서 더 안 쓸렸다. 이씨의 비법을 적용해도 잘 안 됐다. 아예 안 쓸리거나, 쓸려도 쓰레받기 밑으로 쏙쏙 빠져 나갔다. 약이 바짝 올라 손을 뻗어 명함을 움켜쥐었다. 허리를 반 복해서 숙이니 더 힘들었다. 기진맥진, 땀방울이 줄줄 떨어졌다. 청소 시작 20분 만에, 그것도 기온이 20도가 안 되는 새벽에. 이렇게 땀 흘린 건 폭염 이후 처음이었다. 반소매만 입고 일해도 될 만큼 더웠다.

떡볶이 국물, 남은 음료수, 뱉은 침까지

쓸어낼수록 천태만상이었다. 아무렇게나 버려진 쓰레기엔 치우는 사람에 대한 '예의'가 전혀 없었다. 그냥 '누군가 치우겠지' 하고 되는 대로 버린 것들이었다.

담배꽁초는 차도 인도 가릴 것 없이 수북했다. 피운 뒤 아무렇게나 던진 것들이었다. 도로 전체에 걸쳐 있으니 치우기 쉽지 않았다. 심지어 쓰레기통 바로 옆에도 담배꽁초가 버려져 있었다. 보도

길 한쪽에 버려진 쓰레기들. 누군가 먹다 남긴 떡볶이 국물, 물병, 꼬치 막대기 등이 마구잡이로 버려져 있었다.

블록 사이사이나, 가로수 보호판에 박힌 꽁초를 빼내는 건 그야말로 고역이었다. 버릴 거면 차라리 맨바닥에 버려주면 치우기 편하겠단 생각까지 들었다. 보다못해 결국 꽁초를 손으로 줍기 시작했다. 이씨는 환경미화원 일을 하기 전엔 담배꽁초를 길에 버렸는데, 이젠 쓰레기통 없는 곳에선 아예 안 피운다고 했다. 치우는 이들의 마음을 알기 때문이었다.

음식물 쓰레기도 만만치 않았다. 폐기물로 따로 처리해야 함에도, 그냥 내다 버린 것들이 많았다. 특히 먹다 남은 음료수 병이 가장 많았다. 그나마 어딘가에 세워두는 건 매너 있는 경우였다. 음료가 바닥에 흘러서 엉망이 된 곳도 많았다. 일일이 뚜껑을 열어 내용물을 버린 뒤 치워야 했다. 먹다 남은 배달음식을 비닐에 한꺼번에 싸서 쓰레기통 옆에 둔 경우도 있었다. 먹다 남은 떡볶이 그릇도 바닥에 놓여 있었다. 남긴 게 아까워서, 다음 날 다시 와서 먹기라도 하려던 걸까.

토사물과 침은 뭣보다 비위가 상했다. 유흥가라 길에 구토한 흔적이 종종 보였다. 대학 시절 '구토의 추억'이 떠올랐다. 그걸 치웠을 환경미화원은 지금의 내 기분이었겠지. 15년 만에 진심으로 사과드린다. 특히 바닥에 뱉은 침과 쓰레기가 만나니 '찰떡궁합'이었다. 쉬 떨어지지 않아 비질하는 데 애먹었다. 치우는 순간에도 행인들이 침을 아무렇게나 찍찍 뱉는 게 보였다. 대학생으로 추정되는 한 남성이 바로 앞에서 침을 뱉는 것도 목격했다. 순간 빗자루를 쥔 손에 힘이 들어갔다. 하지만 화를 다스렸다. 환경미화원에게

홍대 거리에 불법 주차돼 있는 차량. 이는
경계석 밑 쓰레기를 치우는 데 큰 걸림돌
이 됐다.

'단속 권한'이 있으면 좋겠다고 생각했다.

사람도, 차도 같이 치워야 했다

단순히 쓰레기 치우는 게 다가 아니었다. 쓰레기를 치우려니 행인
은 물론, 서 있는 사람과 불법 주정차한 차량이 '걸림돌'이었다.

최대 번화가인 만큼, 새벽 5시에도 행인이 많았다. 관광객과 외
국인도 많았다. 오전 7시 45분까지 1차 작업을 끝내야 해서 마음
이 바쁜데, 마음껏 쓸지 못했다. 쓰레기를 쓸다가도 사람이 지나가
면 비질을 멈추게 됐다. 먼지가 날릴까봐 걱정돼서였다. 서서 얘기
하는 이들도 작업하는 데 불편한 존재였다. 알아서 비켜주는 사람
도 있지만, 대부분 그러지 않았다. 여성들에게 '작업' 거는 듯 보이

던 한 외국인은 쓰레기 근처에서 한참을 웃고 떠들었다. 어쩔 수 없이 주위를 돌며 천천히 치웠다. 빗자루로 그 친구 'X꼬'를 찌르는 상상을 했다. 하지만 못 이길 것 같아 참았다.

가장 골치 아픈 건 불법 주정차한 차량이었다. 특히 손님을 기다리는 택시가 다수였다. 도로 경계석 아래 그득한 쓰레기를 치워야 하는데 택시 때문에 난감했다. 이씨는 몇 번이고 "차량 좀 이동해주세요"를 외쳤다. 이동해봤자 잠깐 앞으로 간 뒤 다시 정차했다. 차량 치우는 게 일이었다. 차들이 갑자기 불쑥 움직이는 터라 위험하기도 했다. 긴장한 상태로 작업하다 보니 몇 배는 더 힘들게 느껴졌다.

50분 일하고 10분 휴식이 원칙이라 중간중간 쉬었다. 그제야 온몸이 땀에 젖은 게 느껴졌다. 상쾌한 아침 공기에 땀을 말리며 한숨 돌렸다. 그리고 지나온 자리를 돌아보니, 더럽던 도로가 깨끗해져 있었다. 아침을 시작하는 시민들은 쾌적하겠지, 생각하니 말로 표현하기 힘든 뿌듯함이 있었다.

7시 30분쯤 1차 작업을 끝낸 뒤 상상마당 인근 널찍한 구역으로 갔다. 이씨는 각자 구역이 끝나면, 힘든 구역을 도와주러 간다고 했다. 다른 환경미화원들도 삼삼오오 모여 같은 구역을 쓸었다. 사람도 부족하고 서로 힘든 걸 잘 아는, 환경미화원들의 우애가 막 떠놓은 어묵 국물처럼 따뜻했다. 그새 동이 터서 거리가 밝아져 있었다.

'낙엽'은 가을 낭만이 아니라 '원수'

아침 식사는 비빔밥에 우거지국이었다. 시장이 반찬이라더니, 별 것 아닌 메뉴가 정말 '꿀맛'이었다. 평소 아침을 잘 먹지 않던 습관이 무색하게 한 그릇을 뚝딱 비웠다. 20분 남짓한 시간 동안 푹 쉬었다. 다들 약속한 듯 불을 끄고 자리에 눕고, 나도 누웠다. 안 쓰던 근육을 사용한 탓인지, 온몸이 두들겨 맞은 것처럼 뻐근했다. 특히 힘을 많이 썼던 오른쪽 허리가 뻐근하고 아팠다. 휴게실은 이내 고요해졌다. 새벽부터 깨끗한 거리를 위해 싸운 이들의 땀내와 고단함, 코 고는 소리가 어둑한 방안을 메웠다.

다디단 휴식을 끝낸 뒤 2차 작업이 시작됐다. 작업 장소는 홍대에서 합정역 방향으로 가는 700~800미터 남짓한 2차선 도로로, 가로수가 좌우로 쫙 들어서 있었다. 드디어 '가을 낙엽' 차례였다.

가을 낙엽은 쓰레기가 되기 전엔 낭만이었다. 바스락거리는 낙엽을 밟으며 이문세 음악을 듣는 게 좋았다. 하지만 빗자루를 든 순간, 떨어지는 낙엽은 원수가 됐다. 쓸고 돌아서면 또 떨어져 있었다.(ⓒ이종석 환경미화원)

좌우 도로를 하나씩 맡아서 쓸기로 했다. 이씨가 쓰레기가 더 많은 오른쪽을 맡겠다고 했다.

낙엽은 여기저기에 떨어져 있었다. 일단 인도 위 낙엽을 차도 쪽으로 다 몰았다. 슥슥 쓸고 있는데 낙엽 하나가 툭 하고 떨어졌다. 또 쓸어내니 다른 데 툭, 또 쓸다 보면 툭 하고 떨어졌다. 이씨가 그렇게 하다간 밤새도 다 못 한다며 한쪽으로 모아뒀다가 쓸고, 또 모아뒀다 쓸라고 조언했다. '사각사각' 낙엽 소리가 낭만은 무슨, 원수였다. 돌아서면 또 떨어져 있었다. 비질이 점점 바빠졌고, 땀이 쉴 새 없이 주르륵 흘렀다.

특히 도로변의 큰 플라타너스 잎이 가장 난감한 숙제였다. 쓸려고 하면 바스러지고, 워낙 커서 쓰레받기에 넣어도 자꾸 튀어나왔다. '알록달록 쓰레기야, 그만 떨어져라' 속으로 외쳤다. 섬세했던 내 가을 감수성은, 그날 그렇게 파괴됐다.

낙엽과 씨름하는 그 순간, 지나가던 한 남성이 "수고하십니다"라고 말을 건넸다. 감사하다 하고 돌아서는데, 그 말 한마디에 불끈 기운이 났다. 그동안 그 말에 왜 그리 인색했을까 싶었다.

2차 작업을 마친 뒤 오전 햇볕을 쬐며 쉬었다. 몸은 고단했지만 땀을 한껏 흘려서인지 머리는 개운했다. 길을 깨끗하게 만든다는 자부심도 느껴져 좋았다.

3차 작업 끝, 온몸이 욱신거렸다

점심을 먹고, 쉬었다가 오후 1시부터 3차 작업을 시작했다. 한 번

전단지로 폭격 맞았던 새벽과 달리 깨끗해진 거리. 이 위를 시민들이 걸어다니는 걸 보는 게 참 뿌듯했다. 고단함이 씻겨나가는 듯했다.
(ⓒ이종석 환경미화원)

쓸었던 길이라, 아직은 상태가 양호했다. 하지만 여기저기 쓰레기가 다시 버려져 있었다. 담배꽁초도 많았다.

오전까지 헤매던 비질은 제법 익숙해졌다. 힘을 덜 주고도 시원스레 쓸어낼 수 있었다. 요령이 필요했다. 한 손으로 쓱쓱 쓸고, 다른 손으로는 쓰레받기를 쥔 채 받아냈다. 쓰레기 양이 많을 땐 쓰레받기를 발로 고정한 뒤, 두 손으로 비를 잡고 한 번에 쓸어 넣었다. 쓰레기를 한 번에 많이 쓸어야 할 때는 대大비를 이용한다고 했다. 이씨가 대비로 시원스레 쓸어내는 걸 구경했다. 초짜가 넘볼 아이템이 아니었다.

오후 3시쯤 드디어 일과를 마쳤다. 이씨는 몸살 나는 것 아니냐며 걱정했다. 괜찮다고 하자, 정년을 앞둔 한 환경미화원이 "내일 돼봐야 알지"라며 웃었다. 이씨도 환경미화원 일을 시작할 무렵, 일주일간 찜질방을 다녔다고 했다. 어르신 말대로 다음 날, 온몸이 두들겨 맞은 듯 아팠다. 비를 쥔 엄지손가락부터 손목과 팔다리, 어깨, 허리가 온통 욱신거렸다. 전신 근육통이었다.

이씨도 고단한 삶을 이기고 있다. 그는 몸은 힘들지만 익숙해지면 괜찮다며 좋은 마음으로 하고 있다고 했다. 무슨 일이든 그렇지 않냐며. 건강한 기운이 느껴졌다. 그러면서 자신의 이야기를 들려줬다. 출판업에 몸담고 있다가, 3년 전 환경미화원 공고를 보고 지원했다고 했다. 한 주는 주간, 한 주는 야간이 반복되는 일상이었다. 이씨는 새벽 출근은 힘들지만, 대신 업무가 빨리 끝나 좋다고 했다. 두 딸내미와 놀아줄 시간이 늘어나서였다. 피곤하지 않냐고 묻자 웃으며 괜찮다고 했다. 아빠의 무게를 이기게 하는 건 가족에 대한 사랑이었다.

아직 갈 길 먼 '환경미화원' 노동 환경

체험을 마친 뒤 환경미화원의 노동 환경을 다시 들여다봤다. 국내 환경미화원 수는 총 86만 2,000여 명(통계청 지역별 고용조사, 2018년), 나아지곤 있지만 여전히 열악하다.

청소하느라 도로 위의 수많은 분진에 노출돼 있다. 바깥에서 일하는 특성상 미세먼지도 피할 수 없다. 무거운 걸 계속 다루기 때문에 근골격계 질환과 피부질환 등 업무상 질병에 걸릴 위험이 크

환경미화원 휴게소에는 자그마한 주방도 딸려 있어 이곳에서 휴식을 취하고, 식사도 할 수 있었다. 다만 공간이 협소해 좀 더 나은 환경이 됐음 했다. 하지만 주민 기피시설이라 공간 마련이 쉽지 않다고 했다.

다. 교통사고 등 안전 문제도 심각하다.

극심한 취업난에 지원자가 몰리지만, 사회적 인식은 여전히 낮다. 정부와 지자체에서는 '단순노무종사자'로 분류하고 있다. 직접 고용과 민간위탁 차별도 여전하다. 내가 체험한 건 '가로청소'지만, 밤 10시부터 오전 7시까지 종량제봉투를 수거하는 건 '민간위탁' 환경미화원들의 일이다. 마포구청 청소행정과장은 밤에 일하는 이들의 업무는 더 위험하고 힘들다고 했다.

인력도 부족하다. 홍대 일대를 맡은 가로2반 인력이 총 스물세 명. 쓰레기가 훨씬 많은 주말엔 그마저도 인력이 없어 열다섯 명이 업무를 한단다. 한 환경미화원은 다른 동료들이 더 고생하기 때문에, 편히 쉴 수도 없다고 토로했다.

휴게실 등 환경미화원들 복지도 열악하다. 고된 업무를 마친 뒤,

20여 명에 달하는 인원이 몸을 누일 공간도 부족해 다닥다닥 붙어 있어야 했다. 베개도 두세 개밖에 없었다. 하지만 휴게실을 늘리긴 커녕, 그나마 있는 휴게실도 눈치가 보인단다. '주민 기피시설'이라서.

깨끗한 거리를 보면 그러려니 했었다. 그냥 당연하게 여겼다. 원래 그랬었던 것처럼. 하지만 요즘엔 보인다. 그 거리에 머물렀을 환경미화원들이, 그들이 내뿜었을 하얀 입김이, 소매로 쓱 훔쳤을 땀방울이.

길을 걷다 보니 담배꽁초가 또 떨어져 있었다. 하나씩 주웠다. 눅눅한 촉감이 별로였지만, 괜찮았다. 그냥 쥐고 걸었다. 500미터쯤 더 걸어가 쓰레기통에 버렸다. 내일 비질 몇 번 덜 하시겠지, 생각하니 좋았다.

손으로 주운 담배꽁초. 각자 쓰레기만 잘 버려도 환경미화원들의 코고는 소리가 크게 줄어들 것이라 믿는다.(ⓒ필자 오른손)

눈 감고
'벚꽃축제'에 갔다

오른뺨에 무언가 사뿐히 스치는 게 느껴졌다. 간지러운 감촉에 놀라 멈칫했다. 뒤이어 비슷한, 살가운 촉감이 왼뺨에도 느껴졌다. "와아, 눈 오는 것 같다!" 12시 방향에서 누군가 탄성을 내질렀다. '아, 벚꽃잎이구나' 그제야 짐작할 수 있었다. 그 자리에 잠시 섰다. 적당히 기분 좋은 봄바람이 온몸을 감쌌고, 등 뒤로 오후 햇볕이 따스하게 쏟아졌다. 곁을 스치던 한 여성의 웃음소리에 마음이 같이 들떴다. 코끝을 찌르는 고소한 군밤과 번데기 냄새가 잊고 있던 허기를 돋웠다.

낭만은 그리 오래 못 갔다. 발걸음을 옮기니 다시 오감이 곤두섰다. 사람들 말소리는 어디에서랄 것도 없이 사방에서 들려왔다. 위치를 가늠하기 어려웠다. 앞을 살펴야 할 흰 지팡이(시각장애인용 보행 도구)는 누군가의 발에 계속 걸렸다. 죄송하다며 연신 고개를 숙였다. 벚나무나, 노점상 리어카로 추정되는 장애물도 피하느라 곤

홀로 벚꽃을 보러 가기 전, 아
내와 함께 여의도 윤중로 벚
꽃축제를 찾았다. 미리 연습
을 하고 사전에 동선을 파악
하기 위해서였다. 아내가 옆
에 있음에도 발걸음을 떼기
어려웠다.(ⓒ벚꽃보다 아름다운
필자의 아내)

혹스러웠다. 혹여나 넘어질까, 부딪칠까, 살금살금 걸었다. 그러다
갑자기 '쿵' 하고 뭔가에 머리를 박았다. 만져보니 벚나무였다. 얼
굴 높이에 있는 가지라 미처 알아채지 못했다. 부딪쳐 고개가 뒤로
꺾이는 순간, "아이고!" 하는 주위 사람들의 안타까운 탄성이 들렸
다. 이마도, 마음도 쓰려왔다.

　눈을 감고 '벚꽃축제'에 갔었다. 벚나무가 1,000그루나 된다는
여의도 윤중로로.
　'벚꽃을 못 보는데, 뭐 하러 가냐' 반문할 수 있다. 실제 나도 비슷
한 물음을 던졌었다. 다름 아닌 시각장애인에게. 그랬더니 이런 대
답이 돌아왔다. "집에서 뉴스로 '벚꽃이 폈다, 봄이 왔다'고 듣는 거
랑 축제에 가서 사람들과 어울리며 맑은 공기를 쐬는 건 다르다"고.

그리고 또 다른 얘기가 이어졌다. 혼자서 가는 건 엄두를 못 낸단다. 활동 보조인하고 가야 한단다. 가는 길이 험해서, 홀로 갈 생각 자체를 하기 쉽지 않다고 했다. 도와줄 사람이 있으면 편하다면서도 "근데 뭘 하나 하더라도 꼭 누군가와 함께해야 해서…"라며 말 끝을 흐렸다.

어렴풋이 짐작됐다, 어떤 얘기인지. 편의점에 캔 맥주 하나를 사러 가도, 집 앞 분식점에서 떡볶이 한 접시를 먹으려 해도, 누군가의 도움이 필요하단 얘기였다. 하물며 벚꽃 구경을, 혼자 가면 안 되냐 했으니 헛웃음이 나오는 게 당연지사. 그런 얘길 듣자 마음이 씁쓸했다. 만물이 소생하는 봄에 봄바람 한번 쐬러 가는 게 그리 큰 욕심을 부리는 것일지.

그런 생각을 거쳐 흰 지팡이 하나를 손에 쥐었다. 노원서울시립 시각장애인복지관에서 일주일 동안 빌린 지팡이였다. 지팡이를 받으며 "혼자 다니면 위험하다"는 얘길 들어서, 의욕에 넘쳤던 마음이 쪼그라들었다. 그래도 용기를 내 도전해보기로 했다. 위험하다면 위험한 이유를 밝혀야 조금이라도 바뀔 테니까.

집이 낯설어졌다

바깥에 나가기 전, 충분한 교육과 연습이 필요했다. 한국시각장애인연합회가 제작한 영상들을 봤다. 보행 기초 기술, 지팡이 기술 지도, 실외 보행 기술 등에 관한 내용이었다. 머리로는 이해했지만, 몹시 낯설었다. 사실 좀 긴장됐다. 앞이 안 보이는 채로 다니는 건,

시각장애인이 보행할 때 기본자세. 앞에 장애물이 있어도 부딪치지 않도록 오른쪽 팔꿈치를 가슴 높이로 들고 걷는다. 집 안은 손바닥 보듯 훤한데도 눈을 감으니 긴장됐다.(ⓒ필자 아내)

한 번도 상상해본 적 없는 일이라서.

집에서 먼저 연습하기로 했다. 눈 감고도 다닐 만큼 익숙한 공간이라 생각했다. 근데 막상 눈 감으니 그 생각은 착각이었다. 보행 기본자세를 먼저 취했다. 영상에서 배운 대로 팔을 어깨높이까지 들어 올린 뒤, 팔꿈치를 직각으로 꺾었다. 그 자세로 걸었다. 그리고 그게 왜 필요한지, 이유를 금세 알게 됐다. 세 발짝 만에 콘크리트 벽에 "쿵"하고 부딪쳤다. 하마터면 얼굴을 박을 뻔했다. 몸 다치지 않게 보호하기 위한 거였다. 한 번 부딪치고 나니 두려움에 휩싸였다. 고양이처럼 살금살금 걷게 됐다. 이미 내가 잘 알던 편안한 공간이 아니었다. 그만큼 방향과 거리를 가늠하기 힘들었다.

방에서 거실까지 단 몇 발짝을 나가는 것도 힘들었다. 걸어 나오다가 방 입구에서 아내가 아끼는 화분을 발로 찼다. 놀라서 황급히 눈을 떴다. 다행히 아내가 눈치채지 못한 듯해 얼른 흙을 주워 담았다. 생존이 걸린 일이었다. 다시 눈을 감고 거실을 걷는데 앞에 무언가 있을 것 같고, 자꾸 부딪칠 것 같은 기분에 온몸이 뻣뻣해졌다. 한 시간 정도 연습하고 나니 그래도 조금 익숙해진 듯했다.

동네는 더 무서웠다

그다음 날엔 동네로 나갔다. 현관문이 닫힌 뒤 눈을 감았다. 엘리베이터를 타고, 손으로 더듬어 1층 버튼을 눌렀다. 공동현관 출입문으로 엉거주춤 나갔다. 공기가 달라지는 게 느껴지자, 긴장이 배가됐다.

침착하게 흰 지팡이를 펼쳤다. 오른쪽·왼쪽을 번갈아가며 터치하듯 짚었다. 양쪽 어깨 폭보다 조금 넓게 짚으라고 했다. 집에서 연습했으니 적응됐으리라 생각했는데, 시작부터 머리가 새하얘졌다. 바깥은 더더욱 어디가 어딘지 가늠이 전혀 안 됐다. 방향도, 거리도. 몇 발짝 떼다 그대로 멈췄다. 망망대해에 버려진 기분이었다. 긍정적인 성격이라 지금껏 웬만한 난관도 잘 헤쳐왔다. 근데 이번엔 이 체험을 어떻게 해나가야 하나, 이 생각밖에 들지 않았다. 이리 막막한 기분은 오랜만이었다.

점자블록 읽는 법을 배워뒀지만 소용없었다. 동네 점자블록 자체가 엉망이었다. 아예 없는 곳이 대부분이고, 끊긴 곳도 많았다. 동네를 그리 많이 다녔으면서도 그걸 처음 알았다. 관심이 없었으니까. 유일하게 의지할 건 흰 지팡이와 감感뿐이었다. 어디까지 왔는지, 여기가 맞는지 생각해야 하는 통에 앞으로 나아가기가 영 힘

눈을 감으니 인도 위 많은 것들이 걷기 힘
들게 하는 장애물이었다. 평범한 보행조
차 이렇게 힘들 줄 몰랐다.

방향을 잃고 걷다가 인도에서 차도로 나
갈 뻔한 위험한 상황이 자주 생겼다.

들었다. 10분을 헤맨 뒤 눈을 떠보니, 고작 아파트 한 동 끝에서 반대쪽 끝까지 와 있었다. 30여 미터 거리였다.

평소 다닐 땐 몰랐는데 길이 참 불친절했다. 폭도 일정치 않고 쭉쭉 뻗은 직선도로도 아니었다. 같은 방향이라도 자주 틀어야 했다. 잘 가고 있나 싶으면, 흰 지팡이 끝에 뭔가가 계속 걸렸다. 오토바이인지, 자전거인지, 뭐가 뭔지 모를 장애물투성이였다. 도로 경사와 굴곡도 민감하게 느껴졌다. 몸이 기우뚱할 때마다 불안했다. 또 흰 지팡이로 알아챌 수 없는 사각지대가 많았다. 가령 가슴 높이로 삐져나온 나뭇가지 같은. 매번 부딪칠 때마다 놀라서 눈을 번쩍 떴다.

한 시간 뒤엔 몸이 통나무처럼 딱딱해져 있었다. 목 뒤는 뻣뻣하고, 허리는 욱신거렸다. 발엔 온 신경이 곤두서고, 입은 바짝바짝 마르고, 숨이 가빠왔다. 흰 지팡이를 하도 꽉 쥐어서 손목도 아팠다. 솔직히 포기하고 싶은 마음까지 들었다. 하지만 '이건 체험이 아니라, 누군가의 삶'이란 생각에 견뎠다. 쥐똥만큼이라도 나아지려면, 짐작하고 이해하고 공감해야 했다. 동네를 꾸역꾸역 한 바퀴 돌고 나니, 등이 흥건히 젖었다. 이제는 흰 지팡이를 툭툭 놓으며 앞으로 나갈 수 있게 됐다.

어디선가 달려오던 '괴물'들

마침내 벚꽃을 보러 가기로 한 날이 왔다. 벚꽃이 만발한 여의도 윤중로로 갈 참이었다. 버스를 타고 다시 지하철을 타고 또 1킬로미터에 달하는 거리를 걸어야 했다. 긴 여정을 예상하니 긴장이 됐다. 아침 7시, 알람 소리에 눈을 떴다가 다시 감았다. 이젠 정말 시작이었다.

최대한 간소한 차림으로 바깥으로 나왔다. 날씨가 참 좋았다. 동네는 그간 보행 연습을 했을 때와 달라진 게 있었다. 사람과 차車였다.

주로 밤에 연습해 한적했었는데, 하루를 시작하는 아침엔 모습이 달랐다. 분주히 움직이는 사람이 많았다. 멈춰 있는 것들은 조심조심 피하면 됐는데, 움직이는 것들엔 대비가 잘 안 됐다. 그 소리가 들릴 때마다 적잖게 예민해졌다. 갑자기 뛰어오는 소리에 흠칫 놀라 멈춰 섰다. 어디선가 자전거가 튀어나왔을 땐 바람을 가르는 소리에 더 놀랐다. 스스로 가둔 어둠 속에서, 차가 내는 소리는 굉음처럼 들렸다. 조심조심 가다가, 12시 방향에서 '쌩' 지나가는 소리를 듣고 그대로 얼음이 됐다.

그나마 인도를 걸을 땐 안전하다고 마음을 놨는데, 그마저도 깨졌다. 버스를 타러 정류장으로 향하는 길, 옆으로 오토바이가 스쳐지나갔다. 일상에서 자주 접한 풍경인데도 주저앉을 만큼 놀랐다. 분명 인도가 맞는데, 주차해놓은 듯한 자동차 소리가 들려 의아하고 불안했다.

눈을 감고 보니, 상식에서 벗어난 거리 광경들이 뚜렷이 다가왔다. 그리고 어둠 속에서, 그것들이 마치 위협적인 '괴물'처럼 느껴졌다.

타야 할 버스가 왔는데, 그게 몇 번 버스인지 알 길이 없었다. 눈을 감고 찍었다.(ⓒ버스 열 대 보내고 추위에 떠는 필자)

버스 열 대를 그냥 떠나보냈다

아파트 단지를 가까스로 벗어났다. 버스 정류장에 도착했을 땐, 길 위에서 씨름하느라 이미 지쳐 있었다. 그 와중에 얼굴에 쏟아지는 햇살이 자그마한 위로가 됐다. 까만 어둠보단 노랗게, 빨갛게 일렁이는 것들이 좋았다. 그 속으로 그림자가 드리울 땐, 무언가 앞에 다가왔다는 것도 가늠할 수 있다.

"잠시 후 도착 버스는…" 멀리서 버스 안내 멘트가 들려 그쪽으로 향했다. 정류장에 가까워질수록 소리가 조금씩 커졌다. 지하철역으로 가는 버스 번호를 떠올리고 안내 멘트에 귀를 기울였다. 차들이 오가는 소리에 묻혀 아주 가까이 다가가야 겨우 들렸다. 애써 집중하려 하니 미간이 나도 모르게 찡그려졌다. 약 5분 뒤 버스 여러 대가 온다는 안내 멘트가 들렸다. 지하철역으로 가는 버스도 포함돼 있었다.

하지만 버스가 도착해도 정작 탈 수 없었다. 지하철역으로 가는 버스와 그렇지 않은 버스가 동시에 오니 어떤 버스를 타야 하는지 분간이 안 됐다. 당황해서 고개만 갸우뚱거렸다. 생각지도 못한 상황이었다. 버스 문이 열리는 소리가 들리고, 다시 닫히는 소리가 들리고. 그렇게 버스를 열 대도 넘게 떠나보냈다. 아직은 서늘한 아침 날씨에, 봄바람에, 몸이 차갑게 식어갔다. 괜한 자존심에 사람들에게 "몇 번 버스가 왔냐"고 물어보지도 못했다. 사실 사람이 어딨는지도 잘 몰라 물어보기 힘들었다. 먼저 물어봐주길 기다렸지만, 그런 이는 아무도 없었다.

시간이 얼마나 흘렀을까. 더 이상 이렇게 있을 수만은 없단 생각이 들었다. 이러다간 버스 정류장에서 오늘 체험이 끝날 것 같았다. 그래서 작정하고 용기를 냈다. 버스가 도착하고, 문이 열리는 소리가 들리자마자, "○○○번 버스가 맞냐"고 크게 소리쳤다. 그러자 1시 방향에서 "네, 맞아요" 하는 중년 남성의 목소리가 들려왔다. 버스 기사였다.

그리로 걸어가 가까스로 버스에 올랐다. 교통카드를 어디에 찍을지 몰라 헤매자, 버스 기사가 오른팔을 당겨서 찍게 해줬다. 고맙다고 인사한 뒤 그제야 마음 놓고 한숨이 쉬어졌다. 자리에 앉을 생각도 못 하고, 앞문 근처에 그냥 서 있었다. 버스 안 따스한 기운이 온몸을 감쌌다. 긴장이 풀리며 나른해졌다. 졸음이 밀려왔다. 그 자리에 주저앉고 싶어졌다.

그때 버스 라디오에서 가수 성진우의 〈포기하지 마〉 노래가 흘러나왔다. "다 포기하지 마. 또 다른 모습에. 나 살기 위해 몸부림치는걸." 마음을 파고드는 가사에, 눈물이 왈칵 나올 것 같았다.

버스에서 내려 지하철역으로 향했다. 친절한 버스 기사는 내릴 때도 왼팔을 끌어당겨 교통카드를 찍게 도와줬다. 재차 감사하다고 고개를 숙였다.

길에서 이동할 때 그나마 의지가 되는 건 '점자블록'이었다. 평소 어딨는지도 몰랐는데, 도로 한가운데에 있었다. 세로로 길게 나 있는 건 그 길로 가라는 뜻이고, 동그랗게 여러 개 있는 건 방향을 바꾸거나 멈추라는 뜻이다. 발 감각을 곤두세웠지만, 바닥을 느끼는 게 쉽지 않았다. '신발창이 좀 더 얇은 걸 신고 올걸' 하는 후회가 들었다.

지하철역 계단을 하나씩 내려갔다. 역 안에서도 점자블록을 따라갔다. 개찰구에서 교통카드를 찍고 들어가는데, 목소리가 50대쯤 돼 보이는 남성이 뒤에서 등과 팔을 붙잡더니, 지하철 타실 거냐고 물었다. 그렇다고 하니 도와주겠다며 내 몸을 이끌었다. 그러더니 성큼성큼 걷고, 예고 없이 방향을 휙 틀었다. 순간 어지러워 휘청거렸다. 흰 지팡이는 공중에 붕 떴고, 난 따라다니기 바빴다. 마치 놀이 기구를 타는 기분이었다. 도와주려는 마음은 정말 감사했지만, 몹시 불안했다.

'시각장애인을 안내해주면 무조건 안심하겠지', 그것도 앞이 보이는 사람들의 생각이었다. 안내에도 요령이 필요했다. 앞이 안 보이는 상태로 그리 급히 따라다니는 건 힘들었다. 차라리 방향만 잡아주면 좋겠다 싶었다. 가끔 지하철에서 시각장애인을 봤을 때 어떻게 할지 몰랐던 게 떠올랐다. 경험해보니 이젠 어떻게 해야 할지 알 것 같았다.

이윽고 지하철이 도착했다. "승강장 발 빠짐에 유의하라"는 안내가 나왔다. 갑자기 두려움이 엄습했다. 흰 지팡이로 아래를 여러 번 짚었지만, 구멍이 어디쯤인지 가늠이 잘 안 됐다. 찰나의 순간, 긴장도가 엄청나게 올라갔다. 몇 번을 망설이다, 거의 뛰듯이 점프를 해서 겨우 탔다. 지하철 안에서도 계속 불안에 사로잡혔다. '내릴 때 발이 빠지면 어떡하지? 살짝 눈을 뜰까? 다시 점프를 할까?' 승강장 안전발판이 있었다면, 그러지 않아도 됐을 텐데. 다행히 내릴 때도 무사히 내렸다.

윤중로로 가는 1킬로미터, '미로'를 헤맸다

여의나루역에 도착했다. 1번 출구로 나가 윤중로까지 약 1킬로미터 남짓한 거리를 걸어가야 했다. 벚꽃 철마다 왔던 곳이지만 이제는 낯선 곳이나 다름없었다. 예상했던 대로 '길 찾기'가 고난이었다. 점자블록은 길을 헤매지 않게만 해주지, 어디로 가는지 알려주진 않았다. 그나마 동네에선 어림짐작이라도 하고 다녔는데, 여긴 아니었다. 무작정 걸어가긴 하는데, 어디가 어딘지 전혀 알 수 없었다. 막막했다.

도시 거리의 민낯은 갈수록 고스란히 드러났다. 시각장애인들에게 몹시 불친절한 모습이었다. 모든 설계를 아무 불편도 모르는 비장애인들이 했다는 게 여실히 느껴졌다. 인도 위는 흰 지팡이에 걸리는 것투성이라 몇 번씩이나 부딪치고 넘어질 뻔했다. 코앞이 횡

여의나루역 1번 출구로 나와 걸었다. 여의도공원 근처 벤치에 스마트폰을 놓고 사진을 찍었다. 여기까지 올 수 있었던 건 도와준 사람들 덕분이다.

단보도인데 이를 몰라 도로를 그냥 건너갈 뻔했고, 차가 지나가는 소릴 듣고서야 깜짝 놀라며 겨우 멈췄다. 횡단보도 음성 안내기는 어디 붙어 있는지 몰라, 누군가 눌러주길 간절히 기다려야 했다. 녹색불로 바뀐 줄도 모르고 멍하니 서 있었다. 사람들 속에 있었지만, 홀로 떨어져 있는 기분이었다. 외로웠다.

이상한 길로 한참 가다가, 지나가는 이에게 물어보고 겨우 알아차렸다. 다시 흰 지팡이에 의지한 채 한참을 되돌아갔다. 점심시간인지 직장인들이 웅성거리는 소리까지 들리니 더 진땀이 났다. 마음을 다잡고 발걸음을 옮겼다. 빠져나올 수 없는 '미로' 같았다.

도착 장소를 말하면, 안내를 음성으로 해주는 앱 같은 게 있으면 좋겠다 싶었다. 내비게이션처럼 "여긴 ○○○입니다. 윤중로까진 100미터 남았습니다. 앞쪽에 횡단보도가 있으니 조심하십시오. 12시 방향으로 계속 가십시오." 이렇게 말이다. 그런 기술을 만들어줄 고마운 이는 없을지.

"여기가 윤중로가 맞나요?"

"네, 맞아요. 이쪽으로 쭉 가세요."

지나가는 이에게 물어 목적지에 도착한 사실을 알았다. 시간도 같이 확인했다. 낮 12시 30분쯤이라 했다.

잠시 서서 숨을 돌렸다. 그제야 봄날 한낮의 풍경이 느껴졌다. 포근한 햇살이 내리고 적당한 바람이 불어와 마른 땀을 식혀줬다. 사람들 웃는 소리, '찰칵찰칵' 사진 찍는 소리, 소풍을 왔는지 아이들 떠드는 소리, 고소한 번데기 냄새, 새가 지저귀는 소리, 이런 것들이 봄나들이 기분을 충분히 느끼게 해줬다.

벚꽃은 눈으로만 보는 게 아니었다. 마음으로 보고 느낄 수 있었다. 또 상상하는 즐거움도 있었다. 세상의 소리에 귀 기울여, 하얀 백지에 내 마음대로 그림을 그렸다. 수많은 인파는 좀 줄이고, 한적한 윤중로를 걷는 모습으로. 벚꽃은 지금쯤 사선으로 흩날리겠지, 저 목소리를 낸 아이는 장난꾸러기겠네, 저 연인은 사귄 지 얼마 안 된 것 같은데, 군밤은 노랗게 잘 익어 고소할 거야. 눈으로 보듯 마음속에서 생생히 살아 움직였다. 시각장애인에게도 벚꽃놀이는, 봄에만 느낄 수 있는 소중한 시간이었다.

사진 한 장을 남기고 싶어 허공을 향해 "죄송한데, 사진 좀 찍어주실 수 있나요?"라고 물었다. 누군가는 대답하겠지 싶었다. 20대 후반 정도 된 듯한 여성이 "제가 찍어드릴게요"라고 흔쾌히 응했다. "어떻게 하면 멋지게 나올까"라고 혼잣말을 하며 찰칵, "뒤를 완전히 돌아보세요" 하며 또 찰칵, 그렇게 두 장을 찍어줬다. 나중에 사진을 보니, 전신이 아닌 가슴 위부터 찍혀 있었다. 흰 지팡이가 마음에 걸렸던 것일까. 그의 마음이 느껴졌다.

불친절한 점자 안내판, '음식점' 표기만

몹시 허기가 져서 인근 대형 복합 쇼핑몰로 향했다. 그 과정도 앞에서 겪은 것과 마찬가지로 험난했다. 건물 내부로 들어서자 다행히 점자블록이 있었다. 이를 따라가니 '점자'로 된 안내판이 나왔다. 집에서 연습을 좀 했던 터라 단어 정도는 읽을 수 있었다. 내용은 이랬다. '5시 방향에 엘리베이터가 있다', '지하 3층엔 영화관이 있다' 정도. 어떤 음식점이 있는지 궁금해 점자를 계속 더듬었지만, 그냥 '음식점'이라고만 쓰여 있었다. 그밖엔 설명이 없었다. 그냥 아무 데나 들어가서 먹으란 뜻인지.

음식점이 있는 지하 3층으로 갔지만, 다음엔 어디로 가야 하는지 몰라 잠시 서 있었다. 바닥엔 점자블록도 없었다. 이 쇼핑몰에 햄버거 가게가 있다던 게 생각났다. 간단히 그냥 때워야겠다 마음먹고, 물어물어 찾아갔다. 도착해선 점원 안내를 받았다. 주문하며 시간을 물으니 오후 3시, 첫 끼니였다.

햄버거를 기다렸다 받은 뒤, 빈자리를 찾아 앉았다. 거의 처음 앉는 거였다. 허겁지겁 햄버거와 감자튀김을 먹어치웠다. 손에 잔뜩 묻는 것도 아랑곳하지 않았다. 그만큼 배가 고팠다.

대형 복합 쇼핑몰 지하 푸드코트. 어느 음식점으로 가야 할지, 어디가 어딘지. 눈 감으면 아무것도 모른다. 바닥엔 점자블록도 없다.(ⓒ배고픈 필자)

다 먹고 나니 갑자기 눈물이 왈칵 고였다. 지독하게 몰랐다. 시각장애인으로 산다는 게 이렇게 힘든지. 갑자기 오래전 돌아가신 할머니 생각이 났다. 녹내장을 앓다 시력을 잃었다. 앞을 못 본 채, 수십 년 세월을 견뎠다. 유일한 낙이 라디오였다. 중2 때인가 하모니카를 샀었는데, 할머니 방에 들어가면 가끔 불어드렸다. 〈고향의 봄〉, 〈오빠 생각〉 같은 동요들을. 그때 할머니가 왜 그리 좋아했는지, 그걸 너무 늦게 알았다.

우리 집도 못 들어가게 하는, 디지털 기술의 그늘

집으로 돌아오는 버스에선 축 늘어져서 뻗었다. 덜컹대는 버스에 고단한 몸을 맡긴 채 단잠에 빠졌다.

집 앞에 도착해 또 한 번 당황했다. 현관문 도어락이 터치스크린에 비밀번호를 누르는 방식이었기 때문이다. 미리 카드 키를 챙

터치스크린은 시각장애인에겐 최악이다. 아무것도 가늠할 수 없다. 집에 온 손님에게 문을 열어줄 수도 없었다.(ⓒ필자 아내)

겨 왔어야 했는데 미처 생각하지 못했다. 눈 감은 채 몇 번을 시도했더니 "삐비비비" 하며 경고음이 계속 울렸다. 어쩔 수 없이 눈을 뜨고 번호를 누른 뒤 들어왔다.

디지털 기술은 편리함만 주는 줄 알았지, 이처럼 예기치 못한 쪽으로 시각장애인들이 소외될 줄은 몰랐다.

집 안에서도 난처한 게 많았다. 싱크대 앞에 붙어 있는 TV도, 인터폰도 모두 터치스크린 방식이었다. 누군가 공동 현관 벨을 누르면 집에서 열어줘야 하는데, 그마저도 못하는 처지가 됐다. 단지 앞을 볼 수 없다는 이유로 우리 집 방문객도 못 맞아주는 것이다.

스마트폰 화면도 터치스크린이라, 눈을 감은 뒤엔 전혀 확인할 수 없었다. 메시지 소리를 듣고, 연락이 왔다는 것 정도만 짐작할 뿐.

눈을 감고 다음 날 한 번 더 찾은 햄버거 가게도 그랬다. 입구에 들어서니 가게 안을 가득 메운 듯한 손님들의 웅성거림이 들렸다.

흰 지팡이로 주위를 살핀 뒤 키오스크(무인 주문기)로 향했다. 매끄러운 화면만 만져졌다. 터치스크린이었다. 혼자선 아무것도 주문할 수 없었다.

시각장애인들이 실제 겪는 현실이라고 했다. 선천적으로 앞을 못 보는 이준범 씨는 "신축 아파트엔 온도조절기도 터치스크린으로 돼 있어서 집에서 일상생활하는 것조차 너무 어렵다. 새벽에 추워서 온도를 올리려 해도 몇 도인지 알 수가 없다. 겨울에 실수로 다른 버튼을 눌러 추위에 떤 적도 있다"고 했다.

열악한 환경, 그걸 메워준 건 '사람'뿐

체험이 끝난 뒤 지쳐서 쓰러지듯 잠들었다. 그간 평범하게 누려왔던 걷는 일 그리고 어딘가를 찾아가는 일이 누군가에겐 이렇게까지 힘든 일인 줄 몰랐다. 그리고 알게 됐다. 시각장애인 수가 25만 2,132명(보건복지부 통계, 2018)이나 되는데, 주위에서 왜 찾아보기 힘든지. 바깥에 나오지 않는 게 아니라, 나오고 싶어도 못 나오는 거였다.

사실상 홀로 어디를 간다는 건 거의 불가능해 보였다. 그만큼 모든 환경이 열악했다. 점자블록은 엉망이었고, 다니기 쉽게 곧게 뻗은 직선도로도 몇 안 됐으며, 그마저도 곳곳에 장애물이 있어 불안한 것들 천지였다. 지팡이 끝은 고르지 않은 보도블록에 계속 걸렸고, 울퉁불퉁한 탓에 점자블록과 구분도 잘 안 됐다. 자전거며 오토바이는 인도 위로 질주했고, 불법 주·정차된 자동차도 골칫거리

걷는 일이 이리 힘든 줄 몰랐다.

였다. 여긴 어디인지, 어디로 가면 되는지는 고사하고, 당장 내 앞에 뭐가 있는지도 알 수 없었다.

불편함을 메운 건 오직 '사람'이었다. 여의나루역에서 1번 출구를 찾아 헤맬 때, 20대 혹은 30대로 추정되는 한 여성이 다가와 자기도 그쪽으로 나가니 함께 가면 된다며 안내해줬다. 그는 천천히 내 왼편에서 걸으며, 몇 발짝 앞에 계단이 있는지, 손잡이는 어딜 잡아야 하는지, 따듯이 알려줬다. 출구로 나간 뒤엔 "어디까지 가세요?"라고 물어서, 미안한 마음에 "혼자 갈 수 있어요"라고 답했다. 그리고 진심으로 감사하다고 인사했다. 횡단보도를 건널 땐 한 아주머니가 "신호 바뀌었어요. 건너가세요" 하며 건너가는 동안에도 "41초 남았어요" 하고 소리쳐 알려주기도 했다. 지긋한 목소리의 한 외국인 여성은 영어로 횡단보도를 건너는 걸 친절히 알려주더니, 헤어질 땐 "Good luck(행운을 빌어요). God bless you(그대에게 행운이 있기를)"라고 했다.

평소 무심코 스쳐갔던 이들의 정을 느낄 수 있어 감사했다. 그리고 좋았다. 하지만 그건 정말 운에 달린 일이었다. 좋은 이를 만나면 도움을 받고, 그렇지 않으면 도로에서 한참 헤맸다. 시각장애인의 삶이 운에 따라 편하고 불편할 순 없는 일이다. 그리고 이들도 각자 삶을 오롯이 누릴 권리가 있다. 누군가의 도움 없이도 맛있는 걸 먹고 원하는 걸 누릴 수 있어야 한다.

내겐 하루였지만, 시각장애인들은 매일 겪을 일이다. 그리고 누구나, 어느 날 갑자기 시각장애인이 될 수 있다. 그들이 뭔가를 잘못해서 그리된 것도, 지독하게 운이 나빠서 그리된 것도 아니다. 그냥 어쩌다 그리됐을 뿐이다. 그렇다면 남 일로 여기지 않고, 혹여나 내게도 닥칠지 모를 불행에 대비하기 위해서라도 더 나은 환경을 만들면 어떨지. 그런 가정이 아니더라도, 그냥 서로 보듬어 함께 살아갈 수 있다면.

벚꽃을 보러 윤중로를 다시 찾았다. 시각장애인들이 상상할 수 있도록 마음에 날개를 달아주고 싶었다. 세밀하게, 생생하게, 그곳에서 본 것들을 기록했다. 그리고 녹음했다. 벚꽃이 핀 봄 풍경을 들을 수 있도록, 그리고 짐작할 수 있도록. 작은 선물을 주고 싶었다. 눈을 감고 다닌, 그날 하루 내 마음이 그랬다. 다음은 그때 남긴 기록들이다.

...

윤중로에 간다면, 어느 벤치 하나에 앉으세요. 햇살에 얼굴이 따스해지는 좋은 자리에. 그럼 마음이 좀 편안해져요. 그리고 고개를 0.5초 정도만 살짝 뒤로 젖혀요. 그럼 벚꽃이 가장 잘 보여요. 하늘도 한눈에 들어오고요. 온통 연분홍빛인데, 사이사이가 언뜻 파래요. 마치 꽃들이 파도 소리를 품은 것처럼. 연분홍빛은 뭐라 설명하면 좋을까요. 촉감으로 치면 마시멜로랑 비슷해요. 말랑말랑한데 그렇다고 흐물흐물하진 않은. 음악에 비유해본다면 지금 흐르는 〈조금씩 천천히 스며들어〉란 피아노 연주곡이 그런 색일 거예요. 향기는 아무래도 복숭아를 닮았어요.

벚나무는 몸통이 두꺼운 건 팔로 다 못 안을 만큼 굵어요. 굵다란 나뭇가지가 서너 갈래로 뻗어 있고요. 마치 '브이' 하는 손가락처럼 갈래갈래 갈라져 쭉쭉 위로 뻗어 있어요. 나뭇가지가 엄지손가락 정도로 얇아지면 꽃이 매달려 있어요. 열다섯 개 정도 되는 꽃들이 한데 모여 동그랗게 피어 있어요. 벚꽃 하나엔 꽃잎이 다섯 개씩 달려 있어요. 가운데 부분은 노란빛을 띠고 있는데, 뭐랄까 여러 갈래의 팽이버섯처럼 솟아 있어요. 꽃잎은 새끼손가락 손톱 정도 크기예요. 동그란데 위아래가 길고, 바깥 끝부분이 살짝 갈라져 있어요.

꽃잎은 앞구르기를 하듯 빙그르르 돌면서 떨어져요. 봄에 눈이 내리듯이. 떨어지는 속도는 초속 5센티미터래요. 눈길에 닿을 때부터 땅에 내려올 때까지, '벚꽃'을 발음하면 시간과 얼추 비슷해요. 차도 위에 떨어진 꽃잎들은 차들이 지나갈 때마다 졸졸졸 따라가요, 어찌 그리 달리기나는 듯. 바람이 살짝 불면 벚꽃이 소나기처럼 내려요. 혹시 우산 없이 비를 맞아본 적 있나요? 그 느낌하고 비슷해요. 저마다 사진기를 들고 그걸 찍기 바빠요. 자주 오는 기회가 아니거든요.

벚꽃 앞에서 사람들은 설레 보여요. 대부분 입꼬리가 엄지손톱만큼 올라갔어요. 누구나 주인공이라서 그래요. 새삼 어색한 포즈도 취하고, 바람에 헝클어진 머리도 다시 만져보고요. 다리도 살짝 들어보고, 엄지와 검지를 교차시켜 손으로 하트도 만들고. 남자 친구는 여자 친구를 위해 기꺼이 무릎을 굽히고요. "이게 뭐야" 하거나 "잘 나왔네"라는 소리가 들릴 땐 서로 사진을 보고 있단 뜻이에요. 둘 다 웃는 건 똑같아요. 50대로 보이는 어떤 아저씨는 벚꽃잎 하나를 주워 스마트폰 투명 케이스에 넣어가네요. 봄이 가는 게 아쉽나봐요.

꽃잎은 누구에게나 똑같이 떨어져요. 젊은이에게도, 할아버지 할머니에게도, 솜사탕을 파는 아저씨에게도, 군밤을 파는 아주머니에게도.

그리고 세상의 빛을 잃었지만, 마음은 누구보다 눈부신,

당신에게도.

'35킬로그램 방화복' 입고 계단 오르니 온몸이 울었다

"화재 출동, 화재 출동!"

오후 1시 15분쯤, 소방서 전체에 사이렌이 울렸다. 첫 출동이었다. 심장 박동이 거칠어졌다. 앉아 있던 소방관들은 총알처럼 뛰어나갔다. 동물적 반응 속도였다. 이들을 따라 황급히 뛰었다. 무작정 가는데 누군가 외쳤다. "방화복 챙겨야지!" 방화복·헬멧·두건·산소통·신발을 다시 챙겨 구조대 버스에 탑승했다. 화재진압조 소방관 네 명은 이미 다 타고 있었다. 평균 30초 안에 다 탄다고 했다. 내가 꼴찌였다.

차량은 서울 송파구 방이동 쪽으로 빠르게 움직였다. 차 안 공간은 발을 뻗기도 힘들 만큼 좁았다. 그 와중에 소방관들은 방화복을 입기 시작했다. 보통 1분 만에 다 입는단다. 부지런히 따라서 입었다. 몸이 이리저리 흔들렸고, 몇 번이나 자빠질 뻔했다.

신발을 신고 방화복 바지를 올렸다. 두건을 쓰고 방화복 윗옷을

소방관들이 입는 방화복 무게는 25킬로그램 남짓, 땡볕에 그냥 입고 있어도 괴로움이 상당했다. 땀 흘리며 괴로워하는 필자 모습.(ⓒ서울 송파소방서 신용철 소방사)

서울 방이동의 한 주택가에서 화재가 발생해 직접 출동해봤다. 다행히 인명 피해는 없었고 피해 규모도 크지 않았다. 화재를 진압하는 소방관들.

입었다. 땀 줄기가 온몸에서 흘렀다. 산소통까지 멘 순간, 옆에서 도와주던 임재식 소방사가 물었다. "면체(얼굴에 쓰는, 산소통과 연결해주는 호흡보조장비)는 어딨어요?"

정신없이 타느라 놓고 온 터였다. 총 놓고 전쟁터에 가는 거나 마찬가지였다. 이렇게 멍청할 수가, 자책감이 밀려왔다.

현장에 도착하니 매캐한 연기가 코끝을 찔렀다. 먼저 도착한 소방대가 이미 불을 끄고 있었다. 주택 화재였다. 나중에 들었는데 김치냉장고 누전이 원인이었다. 다행히 큰불은 아니었고, 집 안에는 사람도 없었다.

야속한 오후 햇볕에 숨이 턱턱 막혀왔다. 이날 기온은 섭씨 33도, 체감온도는 36도에 가까웠다. 방화복 안 온도는 45도는 되는 것 같았다. 화재 현장 입구에서 가만히 서서 보기만 하는데도 어질어질, 정신이 아득해졌다. 소방관들은 일사불란하게, 부지런히 움직이며 불길을 잡았다. 방화복을 입은 그들의 모습이 새삼 커 보였다.

어설프게나마 소방관이 돼보고 싶었다. 그들 가장 가까이에서 똑같은 하루를 보내려 했다. 취객에게 맞아 숨지고, 화재 현장에서 끝내 나오지 못하고, 훈련을 받고 집에 가 영영 잠들어버리는 이들. 오죽하면 '소방관'이라고 검색하면 '순직'이 자동으로 완성될까. 그럼에도 숭고한 삶이라며 치켜세울 뿐 바뀌는 것 하나 없는 현실에서 동분서주하는 이들이 안타까웠다. 가만히 있어도 숨이 턱턱 막히는 폭염 속에서 화염에 뛰어드는 건 어떤 힘듦일까. 감히 짐작해보고 싶었다. 체험을 위해 송파소방서를 찾았다. 주간조(오전 9시~저녁 6시)와 함께 근무해보기로 했다.

"빤쓰 두 개 챙겨라."

체험 하루 전날 밤, 평소 친분 있던 이강균 소방관에게 연락이 왔다. "빤쓰(팬티) 두 개 챙겨와요. 애들(동료 소방관들)한테 남 기자 반죽여도 된다고 했어, 그래야 소방관들이 왜 죽는지 알 테니까." 농담 반, 진담 반 한마디에 간담이 서늘해졌다. 그래도 설마 속옷까지 다 젖겠나 싶어 따로 안 챙겨갔다. 후회할 짓이었다.

다음 날 오전, 송파소방서에 도착했다. 친절한 신용철 소방사와 통성명을 한 뒤 이정희 송파소방서장 그리고 다른 소방관들과도 인사를 나눴다. 활동복으로 주황색 상의, 감색 바지를 받아 들었다. 사이즈가 비슷한(XL) 류동열 소방위의 옷이었다. 가슴팍엔 명찰, 양쪽 어깨엔 태극 한 개, 육각수 여섯 개의 계급장이 달려 있었다.

신 소방사는 그 옷에 달린 건 관리자급 계급장이라며, 모르는 사람이 보면 새로 온 높은 사람인 줄 알 것이라고 귀띔했다. 혹시나 오해할까 싶어 만나는 사람마다 연신 고개를 숙여 인사했다.

활동복은 통풍이 잘 되고 가벼웠다. 입고 나니 잠시나마 소방관이 된 실감이 났다. 이제 방화복을 입어볼 차례였다. 소방서 주차장에서 연습해보기로 했다.

방화복 안은 불타는 듯

장화처럼 생긴 신발을 신고, 바지를 끌어 올린 뒤 어깨끈을 맸다.

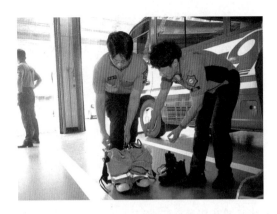

필자(왼쪽)가 소방관 도움을 받아 방화복을 처음 입어보고 있다. 활동복 안에 방화복을 입는다. 시간이 없기 때문에 방화복 바지 안에 신발을 끼워서 한 번에 입는다.(ⓒ서울 송파소방서 신용철 소방사)

그다음 두건을 쓰니, 목 부위가 다 가려졌다. 신 소방사가 화재 현장에서 목 부위 화상을 막기 위한 것이라고 설명했다.

두툼한 윗옷은 느낌이 꼭 패딩 같았다. 양손을 넣고 잠그니 순식간에 몸이 달아올랐다. 방화복이 아니라 발화發火복 같았다. 열기로 온몸에서 불이 나는 듯했다.

두건을 내리고 면체를 썼다. 얼굴이 찌부러지며 갑갑했다. 그리고 산소통을 멨다. 여기에 압축 공기가 들어 있다고 했다. 산소통 속 압축 공기가 호스를 타고 면체로 들어오는 방식이다. 화재 현장에서 소방관을 유독가스로부터 보호해주는 필수 장비다.

아래쪽 마개를 열어 '대기호흡'에서 '양압호흡'으로 바꾸고, 숨을 '흡' 하고 세게 들이마시니 시원한 느낌의 압축 공기가 들어왔다. 버티는 시간은 개인 호흡에 따라 다르지만 통상 30분이다. 공기가 100메가파스칼MPa 이하로 떨어지면 "삐" 하고 길게 소리가 난다. 그러면 소방관들은 재빨리 현장을 빠져나와야 한다. 생명을 ~~지켜주는~~ 사이렌이ㅣ 띠킨기기다.

거기에 딱딱한 소방모를 쓰고 묵직한 소방장갑까지 끼니 죽을 맛이었다. 총 무게는 25킬로그램 남짓. 발이 땅에 붙은 듯, 중력이 한층 높아진 듯, 몸을 움직이는 것조차 쉽지 않았다. 고개를 숙이자 무게가 앞쪽으로 쏠렸다. 몸이 무거워 괜스레 뛰어다니자 신 소방사는 "화재 현장에선 뛰지 않고 빨리 걷는다"고 알려줬다.

소방호스까지 메니 35킬로그램, 온몸이 울었다

그게 다가 아니었다. 한 소방관이 펌프차에서 큰 배낭을 꺼냈다. 안에는 소방호스 등 장비가 들어 있었다. 유사시 불을 끄기 위해 동원하는 장비다. 무게는 10킬로그램 남짓, 방화복과 합치면 35킬로그램에 달한다. 이를 메고 소방관들은 고층건물 화재 시 계단을 오른다고 했다. 화재 시엔 엘리베이터를 못 쓰기 때문이다.

이를 똑같이 체험해보기로 했다. 4층짜리 송파소방서 건물 옥상까지 올라갔다 내려오는 거였다. '이런 게 기자 정신'이라며 호기롭게 도전했지만, 과정은 참혹했다. 2층 계단을 올랐을 때 이미 온몸에서 눈물이 흘러내렸다. 턱까지 찬 숨소리는 면체 내부에 부딪혀 귓가를 수없이 때렸다. 3층에선 양말까지 축축해졌고, 옥상이 보였을 때 의식은 이미 영화 〈인터스텔라〉의 5차원 어딘가를 떠돌고 있

소방배낭(10킬로그램 남짓)을 메고 송파소방서 4층 건물 계단을 오르자 숨이 턱끝까지 올라와 어질어
질했다.(ⓒ서울 송파소방서 신용철 소방사)

소방관들이 입는 방화복 장비 일체(왼쪽부터 두건, 방화복 상의, 방화복 하의와 신발,
압축산소통, 면체).

방화복을 입고 있는 것만으로도 폭염에는 고역이었다. 빨리 벗고 싶단 생각이 간절했다.(ⓒ서울 송파소방서 신용철 소방사)

소방관들은 출동을 다녀온 뒤에도 관련 행정업무를 하느라 컴퓨터 앞에 앉아 있을 때가 대부분이다. 한 소방관은 현장 업무만 해도 좋을 것 같다고 말했다.

었다. 내려오는 길에는 자아 커뮤니케이션도 시작됐다. 갑자기 이 딴 걸 왜 하냐고, 에어컨 바람을 당장 내놓으라고 울부짖고 있었다.

내려와 새빨리 방화복을 벗자 머리가 흠뻑 젖어 있었다. 불쌍해 보였는지, 고승기 소방사가 오렌지 에이드를 샀다. '전국의 맛'이었다. 얼음까지 다 씹어 먹었다. 고 소방사는 43층 고층건물에 산소통 두 개를 메고 올라간 적이 있다고 했다. 내가 체험한 계단의 열 배 넘는 구간을 지나며, 얼마나 지옥이었을지 짐작이 되고도 남았다. 왜 산소통을 두 개나 멨냐고 하자 그는 "사람을 살리려고 멨다"며 겸연쩍게 웃었다. 절로 고개가 숙었다.

방화복을 대여섯 번 정도 입고 벗는 연습을 더 한 뒤, 대기실로 돌아와 화재 출동을 기다렸다. '출동이 없으면 체험을 못 하는데 어쩌지'란 생각을 하고 있는데, 한 소방관이 "출동을 안 하면 좋은 것"이라며 "사고가 없으면 좋은 거니까"라고 말했다.

방이동 주택 화재 현장에 첫 출동을 나간 뒤 그 마음을 알게 됐다. 소방관들이 진입해 불을 끄고 창문을 열자 매캐한 연기가 솟아 올랐다. 주방이 불탔다고 했다. 현장 내부는 위험해 들어가지 못했다. 임재식 소방사는 "내부로 들어가면 앞이 하나도 안 보인다. 벽을 짚으면서 감으로 들어가야 한다. 그래서 두세 명씩 팀을 이뤄 다녀야 덜 위험하다"고 말했다. 박영선 소방사는 "나오는 탈출로를 확보하는 게 가장 중요한 사항"이라고 설명했다.

오후 2시쯤 돌아와 불을 혼자 다 끈 것마냥 물을 벌컥벌컥 들이

켰다. 그리고 의자에 앉아 에어컨 바람을 쐬며 쉬었다. 몇 년 전까지 에너지 절약 때문에 에어컨도 시원하게 못 쐈다고 했다. 가슴팍에 흥건하던 땀은 한 시간이 지나서야 조금씩 말라갔다.

하지만 다른 소방관들은 돌아온 뒤에도 쉬지 못하고 행정업무를 했다. 화재 진압 상황을 정리하는 등의 일이다. 화재 진압 시에도 영상 기록을 남겨 잘됐는지 모니터링하는 일도 한다.

언제 출동할지 몰라 '조마조마'

첫 출동을 다녀온 뒤 방화복 등 장비들을 아예 구조대 버스에 가져다 놨다. 사이렌이 울린 뒤 이 많은 장비를 챙겨서 움직이기엔 시간이 너무 촉박했다. 버스 내부를 다시 살펴보니 소방관들은 이미 방화복 등 장비를 놔둔 상태였다. 특히 신발엔 방화복 바지가 이미 끼워져 있었다. 바로 입을 수 있도록 시간을 줄이기 위한 것이었다.

그리고 줄곧 묘한 긴장 상태가 이어졌다. 언제 사이렌이 또 울릴지 몰라 불안한 마음이 들었다. 괜히 바깥에 나갔다 들어오기를 반복했다. 출동이 없었으면, 하는 마음도 들었다. 한 소방관은 다른 소방관들을 가리키며 "편한 것처럼 보여도 쉬는 게 아니다. 출동벨이 울리면 몸이 먼저 반응해서 튀어 나간다. 계속 긴장 상태다. 그러니 심장이 버텨나겠나. 이러니 소방관들이 오래 못 살지"라고 헛웃음을 지었다.

땀으로 온몸이 끈적끈적해도 샤워를 바로 하는 이는 없었다. 출동 갔다 돌아오는 도중 또 다른 출동을 하기도 하고, 하루에 많게

화재 출동 사이렌이 울리면 분초에 따라 생명이 좌우되기 때문에 시간이 급박해진다. 그래서 소방관들은 버스에서 방화복을 입는다. 구조 버스에 놓여진 방화복 장비.

는 대여섯 번씩 출동하기 때문이다. 금세 땀범벅이 되기 때문에 아예 일을 마치고 샤워를 한단다.

기력이 조금 회복됐다 싶었던 오후 3시쯤, 두 번째 출동벨이 울렸다. 재빨리 뛰어 구조대 버스에 탔다. 방화복 입는 건 여전히 힘들었지만, 첫 출동 때보단 나았다. 임 소방사는 정신없는 와중에도 "한 번만 더 하면 잘하겠다"고 격려의 말을 건넸다. 방화복을 다입고 기다리는데, 다른 안전센터에서 출동해 화재를 처리했다고 연락이 왔다. 방화복을 다시 벗고 소방서로 복귀했다.

고생하는 소방관들을 힘 나게 하고 힘 빠지게 하는 건 시민들의 한마디라고 했다. 신용철 소방사는 구해줘서 고맙다며 소방서에 찾아온 시민이 있었는데 힘이 많이 났다며 반면 구급 출동을 하는 순간부터 초시계를 재고 "너희가 골든타임 5분을 넘기는지 보자"고 으름장을 놓는 이도 있었다고 회상했다. 신 소방사를 향해 왜 이리 늦게 왔냐고 몹시 나무라며 침을 뱉은, 몰상식한 시민도 있었다고 했다.

소방관으로 보낸 하루 덕분에, 꼭 해야 할 중요한 일들이 생각났다. 한 번도 본 적 없는, 집 앞 소화전 철문을 열어서 안전 상태를 점검했다. 그리고 베란다에 방치돼 있던 소화기 날짜를 다시 한 번 확인했다. 구석에 처박아뒀던 휴대용 소화기도 잘 보이는 곳에 뒀다. 가스 밸브가 잘 잠겨 있는지도 확인했다. 그동안 귀찮아서 미뤄둔 가스 안전점검도 신청해 방문일을 잡았다. 그렇게 해서 단 한 번이라도 화재 출동을 줄이는 것, 그게 고생하는 소방관들을 위해 시민으로서 할 수 있는 최선이라는 생각이 들었기 때문이다.

출동을 나갔다 온 뒤 수박을 먹으며 휴식을 취하는 소방관들. 폭염이 이어지는 날씨엔 땀을 많이 흘려 수분 보충이 필수다.

공원 벤치서 쓸쓸한 죽음,
'마지막 길'을 함께했다

흰 국화꽃 한 송이를 들었다. 하얗고 기다란 꽃잎이 손길에 살며시
흔들렸다. 한 손으로 꽃줄기를 잡고 제대 위에 올렸다. 불그스름한
대추와 따뜻한 촛불 사이, 그 중간 즈음이었다. 꽃은 바깥으로, 꽃
줄기는 안쪽으로 향하게 됐다. 넋이나마 꽃 한 송이 받아들 수 있
도록. 제사상 가운데엔 고인의 이름 석 자가 적힌 위패가 있었다.
고故 윤기환(가명) 그리고 고 김종복(가명). 그걸 바라보다 눈을 감
고 잠시 고개를 숙였다. 그 삶이 어떠했든, 마지막 길은 평안하길
바랐다.

　모르는 이의 장례식에 온 건 처음이었다. 얼굴이 어떤지, 무슨 일
을 했는지, 좋아하는 게 뭔지 아무것도 몰랐다. 둘은 '무연고無緣故
사망자'였다. 죽은 뒤에도, 챙겨줄 사람이 아무도 없다는 의미다.
윤기환 씨는 2019년 9월 30일, 노원구 한 공원 벤치에서 숨졌다.

고시원에서 홀로 살았다고 했다. 김종복 씨는 간세포암으로 동작구 한 병원에서 사망했다. 둘은 서로 아무 관계도 없지만, 우연히도 1963년생 동갑내기다.

살아서도, 죽어서도 홀로인 외롭고 쓸쓸한 삶. 그 마지막 길을 함께해보고 싶었다. 무연고 사망자라 불리는 이들의 장례. 예전엔 이들을 그냥 화장만 하는 정도였다가, 최근엔 장례를 치러줄 수 있게 제도가 생겼다. 이를 '공영 장례'라 부르고 있다. 서울시는 2018년부터 조례를 만들어 지원하고 있고, 다른 지자체들도 하나둘 도입 중이다.

공영 장례에 가서 무연고 사망자들을 함께 떠나보내봤다. 비영리단체인 '나눔과나눔', 상조업체인 '정담의전'의 도움을 받았다.

시든 '들풀'에 마음이 쓰였다

옷장에 고이 모셔둔 검은색 정장을 꺼냈다. 정장 바지를 오랜만에 입었다. 검은 재킷을 걸치고, 검은 구두를 신었다. 처음 만날 고인에 대한 '예의'였다.

수능일답게 한파가 뼛속까지 파고들었다. 나오자마자 코트를 입지 않은 걸 후회했다. 나뭇잎이 바스락거리는 소리에 내려다보니, 이름 모를 풀들이 겨울 추위에 노랗게 바랜 채 바닥에 나뒹굴고 있었다. 장례식장을 향해서인지, 그런 별것 아닌 풍경에도 어쩐지 마음이 갔다. 주위를 둘러보니 표정이 잔뜩 굳은 수험생과 이를 토닥이는 엄마의 모습이 보였다. 그런 거였다. 사랑하는 누군가와 함께

198

경기 안산에 있는 장례식장 전경. 이곳에 있으니 사라져가는 것들에 더 눈길이 갔다. 창밖 풍경을 보며 지각하는 명재익 대표를 기다렸다.

한다는 건.

두 시간 가까이 이동해, 경기도 안산에 있는 장례식장에 갔다. 이날은 장례식도 없는 터라, 입구에서 직원이 "어떻게 오셨어요?" 하고 물었다. 기자라고 밝힌 뒤, 명재익 정담의전 대표를 기다렸다. 텅 빈 빈소들을 보고 있자니, 더 스산했다.

잠시 뒤 하얀 운구차 한 대가 도착했다.

고 이순식(가명), 53세 '무연고자'의 이름

명 대표가 차 트렁크 뒷문을 열었다. 거기엔 시신이 놓여 있었다. 숨진 무연고자인데, 서울 병원에 안치된 분을 데리고 왔단다. 시신은 비닐에 싸인 채, 허리춤이 벨트에 묶여 있었다. 추출물이 나올 수 있어 그렇게 한다고 했다. 그게 뭐냐고 물었더니, 지금 무슨 냄

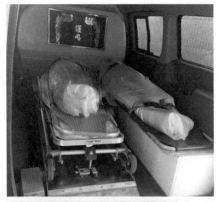

입관식을 한다고 해서 평소 장례식 장서 보던 잘 다듬어진 광경만 생각했었다. 그런데 운구차에 실려온 건 비닐에 싸인 시신이었다.

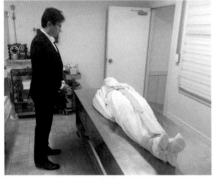

전남 완도가 고향인 이순식 씨는 머나먼 서울에서 홀로 죽음을 맞았다. 사인은 '추락사'라 했다. 누구도 챙겨줄 이 없는 죽음이었다. 그의 마지막 길을 함께했다.

새 안 나냐고 그가 반문했다. 그러고 보니 생전 처음 맡아보는 오묘한 냄새가 주변 공기를 에워싸고 있었다.

명 대표는 내게 장례식장 안내실에 올라가 있으라고 했다. 자신이 어느 정도 작업을 한 뒤 부를 테니 그때 내려오라는 거였다. 괜찮으니 같이 있겠다고 했으나, 그는 한사코 안 된다며 말렸다. 궁금증 반, 걱정 반이었으나 어쩔 수 없이 안내실로 갔다.

40여 분이 흐른 뒤, 명 대표에게 내려오라고 전화가 왔다. 그리고 입관실에서 숨진 무연고자와 처음 마주했다. 얼굴을 봤다가, 나도 모르게 시선을 피했다. 낯빛은 검붉었고, 코 오른쪽엔 상처가 있었다. 머리칼이 검은 걸 보곤 젊으신 것 같다고 하자, 명 대표는 "1967년생, 53세"라고 했다. 그는 개나리색과 하늘색이 섞인 수의를 입고, 반듯하게 누워 있었다.

이름은 '이순식'이라고 했다. 고향은 전남 완도이고, 서울에 올라와 살다가 지난달 13일, 사고로 숨졌다고 했다. '추락사'였다. 다리가 부러졌다고 했다. 그래서 아까 못 보게 한 것이라고 명 대표가 설명했다.

어떤 삶을 살았는진 알 수 없었다. 다만 기초생활수급자라고 했다. 고단했으리라, 짐작만 할 뿐이었다. 돈을 벌기 위해 혹은 꿈을 위해 고향을 떠났으리라. 그리고 험한 삶을 살다가 타지에서 이렇게 홀로 죽음을 맞았을 거라고. 고향엔 가족도 없다고 했다.

"시신이 깨끗해요, 이 분은"

부러졌단 이순식 씨의 다리를 두 손으로 잡았다. 딱딱했다. 그리고 그의 명복을 빌었다. 사느라 조바심내지 않고, 무너질까 불안해하지 않고, 매일 아등바등하지 않는 편안한 곳에서, 오랜만에 천천히 숨 쉬며 산책할 수 있기를.

무연고자의 시신은 대개 험하다고 했다. 명 대표는 그래도 이분은 시신이 깨끗한 편이라고 했다. 이 정도면 상위 20퍼센트란다. 그

반듯하게 누워 있는 이순식 씨의 모습. 원래 수의도 입히지 않았는데, 공영 장례도 점점 나아지고 있다고 했다.

러면서 사진 한 장을 보여줬다. 엊그제 본 무연고 사망자라고 했다.

사진을 보자마자, 나도 모르게 눈을 질끈 감았다. 살은 이미 다 썩었고, 시신엔 구더기가 가득했다. 이미 시신이 상한 채 발견되는 경우라 했다. 모텔이나 여관은 그나마 수시로 청소를 하니 빨리 찾는데, 고시원에 사는 이들은 냄새가 난 뒤에야 발견돼 그렇다고. 이런 분들은 마주하기 힘들지 않냐고 묻자, "힘들죠. 근데 어떻게 하겠어요. 우리가 모셔야지"라고 옆에서 함께 일하던 이 대표의 답이 돌아왔다. 그래서 직원들도 못 시키고, 대표 두 명이 입관을 늘 직접 한단다.

얘길 나누며 이순식 씨의 얼굴을 흰 천으로 한 번, 노란색 수의로 두 번 감쌌다. 그는 한결 편안해 보였다. 다시 한 번 그의 명복을 빌었다.

이제 입관할 차례였다. 두 대표는 머리와 발을, 나는 허리춤을 잡았다. 명 대표가 "한 손은 밑에 놓고, 다른 손은 위에 놓고 안으라"고 했다. '하나, 둘, 으쌰' 하는 구령과 함께 이씨를 안아 들었다. 그리고 그의 양팔을 가운데로 모았다. 관 뚜껑을 닫고, 빨간색 천을 그 위에 올렸다. '고 이순식'이란 이름을 꽃들이 에워쌌다.

마지막으로 흰 인조 실크천 하나를 더 덮었다. 거기엔 '극락왕생(極樂往生: 죽은 뒤 극락정토에서 다시 태어남)'이라 쓰여 있었다. 관을 고이 들어 안치실로 옮겼다. 그는 다음 날 장례를 치르고 화장할 예정이었다.

'벽제 화장터'에서 떠나는 날

무연고 사망자의 다음 여정이 궁금했다. 서울시립승화원으로 갔다. 벽제 화장터라 불리는 곳이다. 이곳의 늦가을은 코끝이 시릴 만큼 쌀쌀했다. 색이 짙어질 대로 짙어진 낙엽이 발 언저리에서 바스락거렸다. 잎이 푸르러지면, 이윽고 바스러지는 게 자연의 섭리였다. 삶과 죽음은 그리 맞닿아 있음이, 여기 오니 새삼 실감되었다.

승화원 앞에 있으니 잠시 뒤 운구차 한 대가 왔다. 명 대표가 내렸다. 뒷문을 여니 관 두 개가 놓여 있었다. 이승에서의 긴긴 삶을 뒤로하고 이제 먼 길을 떠나는, 또 다른 무연고자 두 명이었다.

누구냐고 묻고 싶은 걸 미뤄두고, 관을 먼저 들었다. 남자 네 명이 달라붙었다. '영차' 하는 소리와 함께, 바퀴가 있는 운구 운반 카트에 옮겨 실었다. "아이고, 무겁네"라고 한 명이 웃으며 얘기하자, 또 다른 이가 따라 웃었다. 묵직했을 삶의 무게 때문일지도. 관이

홀로 떠난 이의 마지막 길이 외롭지 않도록
서울시립승화원에 모인 이들.

움직이는 동안, 대한불교조계종 자원봉사단 회원들이 염불을 외웠다. 누군가 관 위에 국화꽃 한 송이를 뒀다.

관을 매만지며 이름 모를 그에게, 속으로 말을 건넸다. '남형도라고 합니다. 처음 뵙겠습니다. 홀로 떠나시지 않아 다행입니다. 그리고 이 길에 함께해서 영광입니다. 그동안 많이 고단하셨지요. 이젠 편히 가십시오.'

가족이 있어도, '시신 인수' 포기하는 이유

1번과 2번, 화장로 두 곳에 관이 들어갔다. 유리창 너머로 이를 지켜봤다. 그 앞엔 이름이 적힌 위패가 각각 놓였다. 이젠 화장이 끝나길 기다릴 시간이었다. 통상 한 시간 넘게 소요된다고 했다.

화장로 1호기에 관이 들어가고 있다.

그제야 무연고 사망자들의 장례를 돕는, 박진옥 나눔과나눔 이사에게 물었다. 두 사람은 어떤 사연이고, 왜 무연고 사망자가 됐느냐고.

고인의 이름은 윤기환 씨와 김종복 씨. 둘 다 57세 동갑내기라고 했다. 두 사람 모두 연고자가 있었다. 가족이 당연히 없으리라 여겨졌는데, 의외의 답이 돌아왔다.

김종복 씨는 형제가 있다고 했다. 하지만 시신 인수를 포기했다. 윤기환 씨는 형과 누나가 있단다. 그의 주소지로 시신 인수를 묻는 우편물을 보냈지만, 아무런 답이 없었단다. 그래서 두 사람은 '무연고 사망자'가 됐다.

가족이 없는 이만 '무연고자'가 아니었다. 한 명당 평균 장례비용이 300만 원, 가족의 죽음조차 부담으로 여길 수밖에 없는 누군가의 삶의 무게를 생각지 못했다. 삶을 위해 죽음을 외면하는 이의 심정은 어떨지 헤아려봤다. 박진옥 이사는 무연고 사망자 대부분이 가족이 있어도 시신 인수를 포기하는 경우라며 비싼 장례비용을 감당하지 못해서라고 설명했다. 어렵게 살다 생을 마감한 이들의 가족 또한 대부분 형편이 어렵단다.

'안녕'이란 안부조차 그리워했을 거라고

화장이 끝나길 기다리는 동안, 2층 빈소엔 제사상이 마련됐다. 마지막 떠나는 이들에게 술 한잔 대접하고, 추모하는 자리였다.

빈소에 들어가니, 조계종 봉사단 회원 10여 명이 있었다. 자그마한 공간이 발 디딜 틈 없이 가득 차 있었다. 방바닥은 따듯했다. 발바닥에 닿은 온기가 마음에도 전해져왔다. 제사상엔 대추, 밤, 감, 배, 사과 등이 놓였다. 이날은 약식이고, 원래는 밥과 음식까지 다 올린다고 했다.

"나무아미타불, 나무아미타불." 청아하고 묵직한 목탁 소리와 함께, 불교식 추모 의식이 진행됐다. 고인을 간단히 소개한 뒤, 향을 피웠다. 그리고 떠나는 이를 위한 마지막 술 한 잔이 채워졌다. "쪼르르륵" 하는 소리가 조용한 방 안을 메웠다.

추모하는 글을 낭독했다. 무릎을 꿇고, 고개를 숙였다. "외롭고 힘들었을 삶의 무게를 내려놓고, 영원히 가시는 길 아쉬워 이렇게 술 한 잔 올려드리겠습니다. 안타깝기 그지없으나 고이 길 떠나소

고인의 마지막 길을 추모하기 위해 마련한 제사상. 이날은 간소화한 제사상이고, 원래는 밥과 음식도 함께 올린다고 했다.

서." 그리고 재배를 했다.

이어 조사(弔辭: 죽은 사람을 기리는 말) 낭독을 했다. 마음이 저렸다.

"살아서도, 죽어서도 혼자인 무연고 사망자의 외로움을 바라보며 우리의 또 다른 모습을 바라봅니다. 이제는 죽음마저 걱정이 되어버린 우리네 삶을 바라봅니다. 우리 주위엔 '잘 지내니?', '안녕?'이란 안부 인사조차 그리워할 이들이 많습니다. 가슴이 아려옵니다."

'유골함'은 따뜻했다

염불까지 마치니, 한 시간 정도 걸린 추모 의식이 모두 끝났다. 내려와 화장로 앞에 섰다. 조금 있으면 화장이 끝날 참이었다. 기다리며 박 이사와 얘길 나눴다. 그는 2015년엔 장례식장을 돌아다니

화장이 끝났다. 남은 건 하얀 한 줌의 가루뿐.

며 무연고 사망자의 장례를 했다고 했다. 그리고 2016년 2월, 서울
시립승화원에서 처음 장례를 치렀는데 그때 기억을 잊지 못한다
고 했다. 그땐 '분골(유골을 부수는 것)'을 하지 않고, 유골함에 유골
을 다 담을 때였다. 박 이사가 유골함을 받아 들었는데, 무척 따뜻
했단다. 그는 죽은 사람이고, 플라스틱 유골함이라 차가울 줄 알았
단다. 따스한 온기가, 마지막 가는 이의 느낌 같았다고, 그걸 아직
도 잊지 못한다고 했다.

두 동갑내기의 화장이 끝났다. 화장로에 드리운 블라인드가 올라
갔다. 흰 가루와 아직 채 가루가 되지 못한 것들이 뒤섞여 있었다.
그걸 마저 분골했다. 57년 기나긴 생이, 한 줌 하얀 가루가 됐다. 그

유골을 뿌리는 '산골'이 진행되고 있다. 장소는 서울시립승화원의 유택동산. 이곳이 고인의 마지막 장소다.

게 다시 유골함에 담겨 바깥으로 나왔다.

살며시 손을 대보았다. 박 이사의 말처럼 따뜻했다. 삶이 추운 겨울 같았던 이가, 마지막으로 내뿜는 따스한 입김 같았다. 꼭 그 만큼의 온기였다.

멀리 어딘가에서, 한 유족의 서글픈 울음소리가 길게 울려 퍼졌다. 그 울음조차 사랑받은 삶의 소리란 걸 새삼 느꼈다. 이들에겐 울어줄 이도, 함께할 사람도 없었다. 하지만 지금은 그렇지 않았다. 유골함을 든 이도, 위패를 든 이도, 이들을 뒤따르는 이도 있었다. 생애 내내 혼자였을지라도, 지금은 혼자가 아니었다.

유골함에 든 유골은 '유택동산'에 뿌린다고 했다. 화장한 유골을 뿌리는 장소다. 이제 고인의 진짜 마지막 길이었다.

고인의 영정과 유골함과 위패를 올려놓고 향 하나를 피웠다. 국화꽃 꽃잎을 하나씩 따서, 그 위에 흩날리듯 뿌렸다. 그리고 유골함에 든 유골을 꺼내, 산골을 위해 마련된 커다란 유골함에 천천히 뿌렸다. 그리고 이름을 쓴 봉투 두 개를 태웠다. 이어 창호지에 싼 5만 원을 함께 태웠다. 그게 뭐냐고 묻자 저승에 갈 때 노잣돈을 하라고 함께 태운다고, '지전'이라 부른다고 박 이사가 설명해줬다.

마지막으로 명복을 비는 묵념을 했다. 옆에선 염불 소리가 들렸고, 천주교 신자인 나는 성호경을 그으며 기도했다. '그의 마지막 길에 이리도 많은 이들의 마음이 담겼으니, 어떤 삶을 살았든 간에, 때론 부족했고 때론 실수했건 간에, 치열한 생을 잘 마쳤으니, 부디 좋은 곳으로 가게 해달라'고.

사느라 참 고생한 것만으로도

장례를 마치고 돌아오는 길이었다. 여느 때처럼 지하철을 탔다. 몸은 천근만근, 눈꺼풀도 무거웠다. 다행히 자리에 앉았다. 출입구 손잡이에 머리를 기대고, 멍하니 주위를 둘러봤다.

건너편에 앉은 젊은 여성은 부지런히 얼굴 화장을 하고 있었다. 눈썹을 그리고, 볼 터치를 하고, 입술을 바르고. 그 옆에 앉은 청년은 공부를 하는지 책을 열심히 들여다보고 있었다. 내 옆에 앉은 할머니는 돋보기를 쓰고 딸에게 서툰 문자를 보내고 있었다. '날이 추어졌다. 건강 챙겨라.' 잠시 뒤엔 이동 노점상 아주머니가 와서, 목청 높여 허리벨트를 팔았다. 그는 자그마한 손수레 하나에 삶을

눈앞의 고통은, 큰 뜻보다 급하다. 고인의 죽음을 추모하는 자리에서, 당장 다리가 저리니 정신이 혼미해졌다. 죽음의 숭고한 뜻도, 삶의 절박함에 밀리는 이유다. 삶의 절박함에 몰리면 타인의 아픔은 작아지는 법. 그러니 죽음권은 개인에게만 맡겨선 안 된다.(ⓒ피가 안 통하는 필자)

기대고 있었다.

퇴근길 지하철은 점점 사람이 늘어 시루떡이 됐고, 사람과 사람이 엉겨 붙었다. 고단한 하루를 보낸 이들은, 몸 하나를 지탱하느라 또 다른 전투를 벌였다. 누군들 편히 택시를 타고 싶지 않겠는가. 워킹맘은 한 손으로 손잡이를 붙들고, 한 손에는 휴대폰을 든 채로 "수아, 저녁 챙겨 먹였어?" 하고 아이 안부를 물었다. 그리 하루가 저무는 순간까지 고군분투했다.

삶은 이렇듯 치열한데, 시신이 한 줌 가루가 되는 걸 보고 나자 다 덧없다는 허무한 기분이 들기도 했다. 그러다 문득 이런 생각이 스쳤다. 이리 사느라, 아니 살아내느라 오래도록 고생한 것만으로도 죽음은 고귀해야 한다고. 존중해야 하고, 대우를 해줘야 한다고.

똑같은 모습으로 왔지만, 삶의 명암은 같지 않아서 말도 안 되는 부침을 겪더라도, 그 마지막 길만큼은 위로를 받고 따뜻했으면 좋겠다고. 그건 삶을 버텨낸 생명의 권리라고.

누군가는 이렇게 말한단다. 죽은 사람이 무슨 대수냐고, 산 사람이나 잘 살아야 한다고, 가족 있는 사람들을 왜 국가가 나서서 세금 내가며 장례를 치러주냐고 말이다.

내가 겪은 상황으로 답을 대신하고 싶다. 추모하는 자리에서 염불을 쉬지 않고 이어가는데, 호흡이 딸려서 혼났다. 양반다리를 오래 하고 앉아 있으려니 다리도 쥐가 날 것처럼 저렸다. 고인의 죽음을 위로하려 해도 쉬이 집중이 안 됐다. 내 고통이 앞섰다. 조금 지나니 배에서 꼬르륵 소리가 났다. 따뜻한 밥 한 숟갈이 간절했다.

이렇게 미약하고 고통에 약한 삶인데, 어찌 살겠다고 피붙이의 죽음까지 외면하는 이들을 탓할 수 있을까. 그들이 어떤 삶을 사는지 감히 짐작할 수 없는 난, 그저 이렇게 얘기하고 싶다. 죽음은, 삶의 아름다운 마무리를 위한 권리라고. 그건 그가 누구이든 최소한은 지켜줘야 한다고. 비싼 솔송나무 관은 아니더라도, 수의 하나쯤은 깨끗하고 구김이 없는 것으로 갖춰 입고 떠났으면 싶다고.

장례를 마치고 정리하는 시간이었다. 다 쓴 국화꽃을 정리하다, 하얀 꽃잎 하나가 바닥에 떨어졌다. 다른 건 꽃에 잘 붙어 있는데, 그 잎 딱 하나만 흙먼지에 뒹굴고 있었다. 가만히 두면 꽃잎은 누군가의 발에 짓이겨질 터였다.

꽃잎 하나가 뭐라고, 마음이 쓰였다. 가까이 가서 엄지와 검지로 조심스레 집었다. 그리고 국화꽃에 고이 꽂아주었다. 하얗고 긴 꽃잎 모양 그대로, 마지막까지 잘 지켜주고 싶었다.

홀로 떨어져 나갔더라도, 그 쓰임이 다했더라도, 이젠 국화꽃이라 불리지 않을지라도 말이다.

떨어진 국화 꽃잎 하나라도, 그 마지막은 아름다웠으면 해서.(© 필자 왼손)

집배원이 왜 죽는지,
비로소 알게 됐다

밤 9시. 시끄러운 소리에 잠을 깼지만 눈은 도무지 떠지질 않았다. 계속되는 소음에 겨우 곁눈질을 하니 아내였다. 여름 습기를 잡겠다며 주문한 제습제를 뜯고 있었다. 소파에 기절해 있던 난, 차마 방으로 들어갈 힘도 안 났다. 축 늘어진 팔과 다리는 뻐근하고 무거웠다. '운동가야 하는데' 하고 생각하다 다시 깊은 잠에 빠졌다.

다음 날 아침 눈을 뜨니 그런 생각이 들었다. '매일 어떻게 그리 보낼까.' 터덜터덜 걷다 회사 앞 광화문우체국에서 오토바이를 타고 출발하는 집배원들을 봤다. 매일 보던 풍경인데, 눈에 들어온 건 그날이 처음이었다. 헬멧을 쓴 뒷모습을 보며 나지막이 응원했다. 오늘은 많이 안 더웠으면 좋겠다고.

'집배원'들이 보내는 하루를 함께했었다. 그래야만 하는 이유가 있었다. 과로사過勞死, 이름 그대로 과중한 업무로 숨지는 일. 지난

오토바이를 처음 타봤다. 집배원들이 배달할 때 타는 거였다. 이걸 타고, 골목골목 누비며 우편물을 누군가에게 전해준다고. 그러니 오토바이 위에 올라야 했다. 조금 무서웠지만, 그들의 노력을 제대로 알기 위해서.(ⓒ문백남 지부장)

10년간 숨진 집배원만 348명이란다. 도대체 어떤 삶을 살고 있을까. 저녁 퇴근길에 우편함에서 쉽게 집어 드는 우편물 한 통은 어떻게 오는 것일까. 직접 해보면 해답을 알 터였다.

그래서 서울 구로우체국으로 향했다. 일이 시작될 때부터 끝날 때까지, 똑같이 하루를 보내기로 했다. 28년 차 집배원 장재선 씨와 함께했다.

집배원들 머릿속엔 '지도'가 있다

오전 8시, 구로우체국 3층에 도착하니 이미 출근한 집배원들 손길이 분주했다. 이들은 택배를 분류하고 있었다. 등기는 노란 플라스틱 바구니에, 택배는 빨갛고 파란 철제 카트에. 공중을 쉴 새 없이

배달을 나가기 전 오토바이에 일반 우편물과 등기 우편물, 택배를 차례대로 쌓고 있다. 나중에 갈 우편물은 밑에, 먼저 가는 곳은 위에 쌓는다. 그래야 빨리 다닐 수 있다.

가르는 택배들을 보니 심장이 괜스레 쿵쿵 뛰었다.

전쟁터 같은 현장을 넋 놓고 보고 있다가, 문백남 지부장(전국우정노동조합 서울구로우체국지부)이 건넨 '하늘색 조끼'를 받아 들었다. 왼쪽 가슴에 새겨진 우체국 상징 '제비' 마크를 보고 정신이 번쩍 들었다. 그제야 집배원이 된 게 실감 났다.

그리고 오늘 함께할 집배원 장재선 씨와도 인사를 빠르게 나눴다. 그는 얘기하는 와중에도 바삐 다녔다. 긴박함이 느껴졌다. '시간이 충분치 않구나', 벌써 짐작이 갔다. 일반 우편물은 2초, 등기는 28초, 택배는 30초 안에 배달해야 한다고 했다. 그만큼 시간이 빠듯했다. 하루 배달 물량이 일반 우편 1,000통, 등기 100통, 택배 50통에 달한다. 그래서 이걸 동선에 맞춰 미리 정리한단다.

장 집배원은 주소만 보고도 여기서 저기로 택배를 놓고, 저기서 여기로 등기를 옮겨 고무줄로 묶고, 착착 정리했다. 배달 지역인 금천구 독산동반 2년 사이에 발로 뛰어다녔던 그에겐, 이미 '머릿속 지도'가 있었다. 얼마나 하면 그렇게 되나 물으니, 3개월 정도면 감이 잡힌다고 했다.

그가 정리를 마치고 배달 오토바이 뒤쪽에 달린 네모난 배달통에 일반 우편 꾸러미와 택배를 차곡차곡 실었다. 그러면 우편물 무게가 통상 20~40킬로그램 정도. 여기에 배달통 무게가 5킬로그램 남짓이라 하니 총 25~45킬로그램 정도 된다고 했다.

그걸 싣고 오토바이로 달려야 했다. 장 집배원은 비 오는 날과 눈 오는 날이 가장 무섭다고 했다. 비 오는 날엔 우비를 입고 달리는 와중에 우편물이 안 젖도록 신경 써야 하고, 눈 오는 날은 살얼음에 미끄러지기라도 해서 한쪽 발이 깔리면 십자인대가 나가기도 한다고.

'우편물 가득' 오토바이로 30분 이동, 그제야 배달 시작

구로우체국에서 장 집배원이 배달하는 지역인 금천우체국까지 가야 했다. 이동 거리가 8킬로미터, 30분 정도 걸린다고 했다. 집배원들이 아침마다 긴 거리를 이동해야 하는 건, 금천구엔 우편 총국이 없기 때문이다. 구로우체국이 구로구뿐 아니라 금천구까지, 배달지역 두 곳을 맡고 있다. '비용이 줄면, 집배원들 땀이 느는구나',

그런 생각이 들었다.

나도 오토바이를 타고 따라가겠다고 하니 문 지부장이 괜찮겠냐고 물었다. 위험하다며 재차 말리는 얘기에 두려워졌지만, 그래도 타보기로 했다. 똑같이 다녀야 제대로 알 것 같았다. 다만 금천우체국까지는 차를 타고, 거기서부터 오토바이를 타기로 했다.

금천우체국에 도착하니 오전 10시쯤. 장 집배원은 이미 도착해 있었다. 이미 반품 택배까지 수거한 뒤였다. 바닥에 열다섯 개 정도 되는 작은 택배 상자들이 있었다. 장 집배원은 빠르게 반품 택배를 체크하며 집배원용 PDA 단말기에 입력했다.

오토바이를 탈 차례였다. 금천우체국 주차장에서 주행 연습을 간단히 했다. 뭣 모르고 무식하게 오른손잡이에 있는 액셀을 확 당겼다가 "부아앙" 굉음과 함께 폭주족이 될 뻔했다. 문 지부장이 걱정스런 눈빛을 하고 다가왔다. 그는 오토바이를 세우는 법, 브레이크 잡는 법, 기어 바꾸는 법, 시동을 켜고 끄는 법 등을 알려줬다.

배달의 속도감은 예상을 훨씬 뛰어넘었다. 장 집배원은 일반 우편물을 우편함에 꽂는 것부터 시작했다. 도통 정신이 하나도 없었다. 오토바이를 타고 그를 뒤쫓아 갔는데, 그는 눈썹이 휘날리게 빨랐다. 골목 구석구석을 돌아, 금세 시야에서 사라졌다. 부지런히 뒤따라가서 오토바이를 겨우 세울라치면, 장 집배원은 이미 배달을 마쳤다. 내가 오토바이 시동을 끌 때, 이미 그는 다시 타고 있었다. 그 정도 속도였다.

실제 장 집배원은 오토바이를 세우고 우편물 10여 개를 다 꽂고

집배원 장재선 씨를 따라 주행하는 필자의 오토바이. 첨엔 어설펐고 마지막에도 어설펐다. 정말 빨리 다녀서 따라다니기 바빴다. 그래도 차츰 익숙해졌다.(ⓒ문백남 지부장)

나오는 시간을 재봤다. 30초 정도였다. 도움은커녕 민폐만 되겠다 싶어 정신이 번쩍 들었다.

　부지런히 30분 정도 오토바이를 타니 겨우 적응이 됐다. 비슷하게 따라가 멈출 수 있는 정도가 됐다. 장 집배원이 오토바이를 처음 타는 게 맞냐며 잘 타는 것 같다고 칭찬해줬다.

엘리베이터 없는 건물 5층, 두 계단씩 '성큼성큼'

장 집배원은 계단을 두 개씩 올랐다. 속으로 몇 번이나 '같이 가요 집배원님'을 외쳤는지 몰랐다. 운동할 때 마음먹고 경보로 걷는 것

계단은 무조건 두 단씩 오른다. 그래도 배
달 시간 내에 다 배달하는 게 빠듯하다.
(ⓒ한 계단씩 쫓아가는, 몸이 무거운 필자)

과 비슷한 속도였다. 계단이든, 언덕이든, 평지든 간에.

엘리베이터 없는 건물이 대다수라, 쉼 없이 오르고 내리는 일이
반복됐다. 2층에 오를 땐 숨을 헐떡거렸고, 3층에선 숨이 턱까지
찼고, 4층에선 헉헉거리는 소리가 귓가를 때리고 심장이 쿵쿵 뛰
었다. 가끔 5층까지 갈 땐 '오장육부伍臟六腑'가 끓어올랐다.

오토바이로 빠르게 이동했다가 멈췄다가, 내려선 뛰어 올라가고
다시 내려오는 일이 반복됐다. 배달을 시작한 지 한 시간 만에 등
산한 것 같은 피로감이 몰려왔다.

덧붙여 얘기하면, 내가 체험한 건 장 집배원의 반에도 미치지 못
한다. 왜냐면 그는 20킬로그램이 넘는 우편물을 신고 오토바이를
주행했기 때문에. 내 오토바이 배달통은 텅 비어 있었다.

배달만 하는 게 아니고 중간중간 전화도
계속 받는다. 그것도 친절하게.

그는 나를 신경 쓸 겨를도 없이 무척 바빴다. 우편물을 꺼내어
보고, 주소를 파악하고, 그곳을 정확히 찾아가고, 가서는 사인을 받
고(등기나 택배), 배달을 마친 뒤엔 PDA에 일일이 정보를 입력하며
이동했다. 그 와중에 이어폰을 꽂고 고객의 전화도 받았다. 다들
한 번쯤 집배원을 재촉해봤을 것이다. "배달 언제 와요?" 이 전화
를 어떤 상황에서 받는지 알게 됐다.

얄궂은 '등기'

또 하나, 괘씸한 복병이 있었다. 바로 '등기 우편물(이하 등기)'이었다.

등기란 '우편물의 안전한 송달을 위하여 우체국에서 우편물을
접수할 때부터 배달될 때까지 기록, 취급하여 분실사고가 없도록

'한 발짝 뒤에, 항상 내가 있었는데 그대, 영원히 내 모습 볼 순 없나요~'가 아니고, 일이 너무 빨라 바라만 보고 있다. 장 집배원이 오갈 때 출입문을 열고 닫아주는 일은 열심히 했다.(ⓒ문백남 지부장)

특별히 취급하는 제도'다. 통상 중요 우편물을 보낼 때 쓴다.

'안전한 송달', 이것 때문에 집배원들이 겪어야 할 수고가 참 많았다. 먼저 가기 전 받는 사람에게 연락해야 했다. 수령은 반드시 본인이 해야 해서, 부재 시엔 안내장을 써서 문 앞에 붙여야 했다. 그리고 다시 방문해야 했다. 두 번 가도 사람이 없을 때만 우체국에 보관할 수 있게 돼 있다.

장씨와 법원 서류를 전달하러 건물 4층까지 올라갔는데, 받는 사람이 없었다. 그래서 '우편물 도착 안내서'에 종류가 뭔지, 언제 다녀갔는지, 담당 집배원이 누구인지, 연락처가 뭔지, 이런 것들을 써서 문에 붙였다. 장 집배원은 내일 또 와서 전달해야 한다고 했다. 이렇게 여러 번 같은 곳을 와야 했다. 고생스럽게도.

그전까지 등기는 그냥 빠르고 좋은 거라고만 생각했었다. 뭔지도 잘 모른 채 우체국에 가서 "등기로 해주세요"라 외쳤었다. 그리고 부재 시에 도착했다고 연락이 오면, 집에 없으니 나중에 와달라고도 했다. 그때 내 모습이 원망스레 떠올랐다. 당연한 게 아니었다. 집배원 손때가 다 묻어 있는 거였다.

배달하며 잠깐 쐬는, 에어컨 바람이 '위로'

정오가 가까워지자 섭씨 30도가 넘는 더위에 숨이 턱턱 막혔다. 정신없이 바쁜 탓에 여름이란 것도 잠시 잊다가, 비 오듯 흐르는 땀에 새삼 알아챘다. 문 지부장이 건넨 스몰사이즈 모자가 도움이 됐다. '장군감'인 내 머리통엔 잘 안 맞아 안 쓰려 했는데, 그랬다간 땡볕에 죽을 뻔했다.

쉬고 싶은 생각이 간절했다. 건물 4층을 한 번, 이어 3층을 한 번, 그리고 5층을 한 번 배달 다녀왔을 땐 '악' 소리가 절로 났다. 엘리베이터가 있는 건물에 가면 안도의 한숨이 나왔다. '대체 언제 쉬는 걸까' 생각하다가도 쉬이 줄지 않는 배달통 안의 우편물을 보며 꾹 참고 따라다녔다.

유일하게 위로가 된 건, 배달지에 도착해서 열린 문틈으로 잠깐씩 쐬는 '에어컨 바람'이었다. 어찌나 달콤한지, 배달 서명을 좀 천천히 해달라는 간절한 눈빛을 수취인에게 보내기도 했다. "갑시다" 하며 바쁘게 걸음을 재촉하는 장 집배원이 야속했고, 발걸음이 차마 떨어지질 않았다.

한 가지 더 힘이 된 건, 꽝꽝 얼린 얼음물 하나. 구로우체국에서 나올 때 문 지부장이 건넨 얼음물인데, 그땐 뭣도 모르고 '이렇게 얼리면 어떻게 먹으라는 거지' 생각했는데, 오전 배달이 끝날 때쯤엔 먹기 좋게 절반 이상 녹아 있었다. 햇볕이 쏟아지니 금세 다 녹았다. 얼음물을 들이켜는데 어찌나 시원한지, 맥주 한잔 들이켜듯 "카아" 소리가 절로 나왔다.

택배와의 전쟁, 참 고맙던 '배송 메시지'

낮 12시 40분쯤, 오전 배달을 겨우 끝내고 점심을 먹으러 갔다. 메뉴는 김치짜글이었다. 가게에 들어서는데 그제야 긴장이 풀린 탓인지, 어지러워서 나도 모르게 휘청거렸다. 장 집배원이 걱정할까 봐 유리문을 붙잡고 아무렇지 않은 척했다. 배가 고파 찬물을 벌컥벌컥 마시고 밑반찬을 허겁지겁 집어먹다가, 찌개가 나온 뒤엔 이성을 잃었다. 순식간에 밥 두 공기를 뚝딱 비웠다. '이건 생존을 위해 먹는 것'이라며 과식을 합리화했다.

그러곤 소화 시킬 틈도 없이 바로 오후 배달 업무를 시작했다. 오전과 대부분 비슷했다. 다만 부피가 큰 택배를 배달해야 했다. 오토바이로 싣고 오기 어려운 택배들을 자루에 담아 금천우체국까지 차로 배송해 오는데, 그걸 배달하는 일이다. 택배 배달도 등기와 비슷했다. 미리 받는 사람에게 연락하고, 집 앞까지 배달한다.

다른 택배업체 배달보단 좀 더 까다로웠다. 받는 사람이 없을 땐, 꼭 전화하게 돼 있었다. 마음대로 문 앞에 두고 갈 수 없단다. 그 일에 시간이 꽤 걸렸다. 초인종을 누르며 장씨가 "우체부예요"

라고 외쳐도, 오후 시간대라 그런지 대부분 집에 사람이 없었다.

그럴 때 고마운 게 '배송 메시지'라고 했다. '문 앞에 놔주세요'라거나 '부재 시 경비실에 보관해주세요'와 같은, 택배를 주문하며 남기는 메시지 말이다. 그게 있으면 사람이 없어도 장씨가 결정할 수 있었다. 문 앞에 놔둔다거나, 보일러실에 넣어둔다거나. 그러면 빨리 처리하고 다음 장소로 이동할 수 있었다.

그런 아주 작은 노력으로도 집배원들이 한결 편해지는 것이다. 장씨는 "배송 메시지 하나를 남겨주는 게, 배달하며 얼마나 큰 도움이 되는지 모른다"고 했다.

오후가 깊어질수록 지쳐 말수가 줄어갔다. 내게 체력 안배를 잘해야 한다며 걱정을 하던 장 집배원도, 오후 2시가 넘어가자 눈이 아프다거나 물이 당긴다는 말을 자주 했다. 나도 기진맥진했다.

기운이 빠질 대로 빠졌을 때 힘이 된 건, 받는 이가 건네는 따뜻한 말 한마디였다. 우유 배달 일을 오래 했다던 한 아저씨는, 왜 이리 오랜만에 왔느냐, 잘 지냈느냐, 더운데 고생이 많다며 차가운 우유를 건넸다. 고단함에 얼굴까지 올라와 있던 열이 시원스레 내려갔다. 한 아이 엄마는 택배를 건네자 "집배원님, 정말 고맙습니다. 안녕히 가세요" 하고 따스한 목소리로 인사했다. 인사를 들을 새도 없이 바삐 뒤돌아서는 순간이었지만, 메아리처럼 귓가에 오래도록 머물러 있었다.

받는 이들의 따뜻한 메시지도 큰 힘이 됐다. 장 집배원이 "우체

집배원에게 보내온 따뜻한 문자들. 보기만 해도 힘이 난다고.

작은 배려 쪽지.

국 택배 현관 앞에 놓고 갑니다. 행복한 하루 되세요" 이렇게 메시지를 남기니, 친절히 답장을 보내준 고마운 사람들이 있었다. "네, 고맙습니다. 날이 많이 더운데 수고하세요." 그 문자를 보여주며 장 집배원이 씩 웃어 보였다. 그런 말 한마디가 힘이 되느냐고 했더니 "당연하죠. 얼마나 기운이 나는데요" 하면서.

어느덧 오후 3시 30분이 넘어갔다. 온몸이 두들겨 맞은 듯 욱신거렸다. 끝내 편의점에 들러 600밀리리터 이온 음료를 두 통 샀다. 뚜껑을 열자마자 그 자리에서 벌컥벌컥 들이켰다. 뚱뚱한 음료수통이 단숨에 바닥을 드러냈다.

그렇게 버티다 3시 53분쯤, 마지막 배달지에 왔다. 만둣국을 파는 음식점이었다. 나도 모르게 사진을 한 장 찍었다. 북한산 정상에 마침내 올라 기념사진을 남기듯.

그게 화요일이었다. 그러니까, 한 주에 4일이나 더 이런 하루를 보낸단 의미다. 그뿐만 아니라 토요일에 근무하는 집배원들도 여전히 많다.

그리고 배달이 끝났다고 끝난 게 아니었다. 만신창이가 된 채 구로우체국으로 돌아가 내일 배달할 일반 우편물을 분류해야 했다. 미리 해놓지 않으면 다음 날 시간 내에 업무를 끝낼 수 없단다. 구로우체국에 도착하니 오후 4시 30분, 분류를 모두 마치니 7시쯤. 그제야 지친 몸을 이끌고 퇴근을 한다.

정신적 스트레스도 만만치 않다. 장씨는 "한 고객에게 내용증명 서류를 전해주러 갔더니, 내 앞에서 쉬지 않고 욕설을 퍼부은 적이 있다"고 했다. 왜 빨리 물품을 안 가져오느냐며 전화를 붙잡고 욕을 한 이도, 또 택배 상자 안에 김칫국물이 터져서 흘렀다며 "와서 닦으라"고 고래고래 소릴 지른 이도 있었다고 했다.

나는 하루로 끝났지만, 집배원들에겐 계속될 매일을 상상했다.

그리고 비로소 깨달았다. 집배원들이 왜 과로사하는지를. 지쳐 잠들어버린 그들이 왜 아침에 못 일어나는지도.

언가 20일 동안 쓴 건 5일, "똥표에게 미안해서"

그들에게 필요한 건 '사람'이다. '인력'이라고 썼다가, '사람'이라고 고쳤다. 그래야 조금이나마 더 와 닿을 것 같아서.

사람은 부족한데 배달할 곳은 늘고 있다. 공사장만 보면 심장이 철렁한단다. 새 건물이 들어서면 그만큼 할 일이 늘어서다. 구로구 항동엔 올해 3월에 5,000세대짜리 아파트가 입주를 시작했다. 다 집배원들 몫이다. 구역이 늘어나면 집배원들 수도 같이 늘어야 하는데, 잘 안 되고 있다. 인력 운용이 빡빡한 탓이다.

정부 예산 지원도 기대하기 어렵다. 우정사업본부가 자체적으로 번 돈으로 운영하기 때문이다. 그래서 일반 공공기관처럼 '일반 회계'가 아니라 '특별 회계'다. 그러니 우체국에 와서 "너희가 세금 받아서 일을 이따위로 하냐"고 하는 민원인들은 정정하길 바란다. 그 돈은 당신 세금이 아니다.

지원은커녕 이익이 생길 때마다 일반 회계로 매년 수천억 원씩 납부해 지금까지 정부 재정에 기여한 돈이 무려 2조 8,000억 원에 달한다고 한다. 우체국은 당연히 공공영역이라 여겼고, 정부가 지원한다 생각했는데, 전혀 그렇지 않았다.

게다가 일반 우편물이 줄면서 적자가 점차 늘고 있다고 했다. 우정사업본부 내 다른 사업인 금융(우체국 보험 등)에선 이익을 내고

하얀색 종이에 이름 하나가 써 있다. 무슨 뜻이냐면, 네가 쉬면 이 친구가 고생한다는 의미다. 전문 용어로 '겸배'라고 한다. 같이 배달한다는 의미다. 그러니, 아파도 쉴 수가 있나.

있지만, 그건 고객 자산이라 쓸 수가 없다고. 이래저래 숨 쉴 구멍이 없다. 여기에 택배 물량은 점차 늘어 업무 강도는 높아간다. 엎친 데 덮친 격이다.

장 집배원에게 지난해 얼마나 쉬었냐고 물었더니, 연가 20일 중 고작 5일밖에 못 쉬었다고 했다. 왜 그렇게 연가를 못 썼나 했더니, 동료에게 미안해서 그렇단다. 그러면서 책상에 붙은 종이를 가리켰다. 거기엔 배달 구역별로 집배원 이름이 하나씩 더 붙어 있었다. 장 집배원이 쉬는 날, 그 구역을 대신 배달해야 하는 동료 이름이다.

그러니 마음 편히 쉴 수 있을까. 같은 처지라서, 누구보다 동료가 고생한다는 사실을 아는 이들이. 이미 목구멍에 찰 만큼 배달 물량이 많은 걸 잘 아는데, 거기에 우편물 한 통이라도 얹고 싶을까.

그렇게 아파도 참고 피곤해도 참고, 참고 또 참는 새, 집배원들은 오늘도 조금씩 죽어가고 있다.

장 집배원과 점심 먹으며 나눈 이야기. 숟가락을 든 뒤에야, 그의 얘기 비로소 들었다.

결혼을 조금 늦게 했고, 5년 만에 어렵게 아이를 가졌다고 했다. 아들이 태어나 이제 집 안 곳곳을 기어 다니기 시작하는데, 물건을 다 집어 던지는 통에 죽을 맛이라고. 집배원 일과 육아 중 뭐가 더 힘드냐고 물으니 "애 보는 것"이라고 칼같이 답했다. 한바탕 같이 웃었다. 아이 얘기를 할 땐 영락없는 아빠 미소가 얼굴에 번졌다. 그는 땡볕에도 두 계단씩 성큼성큼 올라가던 집배원이기 이전에, '사람'이었다. 누군가의 소중한 아빠고, 남편이었다. 과로로 쓰러졌다는 집배원들이 떠올라 건강관리 잘 하시라고 했더니, 장씨가 그렇지 않아도 협심증(심장질환)이 있다고 고백했다. 과로로 세상을 떠난 집배원들이 생각났다.

그러니 도저히 따뜻한 말로 끝낼 수가 없다. '예언' 하나 하련다.

집배원들은 또 죽을 것이다. 혹시나 의심 간다면 하루만 이 일을 직접 해보시라.

하지만 예언이 틀릴 수도 있다. 그러길 나 또한 간절히 바란다.

그건 집배원들이 일하는 시스템을 만드는, 혹 이 글을 보고 있을지도 모르는 '당신'에게 달렸다.

3

나답게 살고 있습니까

'거절당하기' 50번,
두려움을 깼다

첫눈이 올 거라던 어느 날 오후, 청계천 산책로는 을씨년스러웠다. 차가워진 바람이 얼굴을 연신 두드렸다. 이날은 내 서른여섯 번째 생일이었다. 청계천 초입에서 두리번거리는데, 한 중년 남성이 걸어왔다. 다가가 말을 건넸다. 온화한 미소와 함께. "안녕하세요, 오늘이 제 생일인데요." 그 순간 위아래로 훑어보는, 그의 시선이 느껴졌다. 당황하지 않고 말을 이었다. "생일 축하 노래 좀 불러주시겠어요?" 남성은 어이없다는 듯 "네?" 하고 되묻더니, 바쁘다며 도망치듯 사라졌다. 그 뒷모습을 보며 "감사합니다" 하고 외쳤다. 예상대로 잘 되고 있었다.

청계천에서 올라와 한 카페에 들어갔다. 점원이 친절하게 맞았다. 계산대에 다가가니 주문하시겠냐 물었다. 주문 대신 말했다. "안녕하세요, 오늘 첫눈이 온다고 하는데요. 죄송하지만, 코코아 한 잔만 공짜로 주실 수 있나요? 제가 눈 보면서 코코아 마시는 걸

모르는 사람에게 '비타민'을 나눠 주려 두리번거리고 있는 필자. 누가 처음 보는, 낯선 사람이 주는 비타민을 받으려 할까. 당연히 거절당하고 싶어 시작했는데, 막상 해보니 그렇지만은 않았다. 다섯 명은 비타민을 거절했지만, 그보다 두 배 많은 열 명은 고맙다며 받아줬다. 역시 해보는 게 중요하다며, 두려움을 깬 계기가 됐다.

좋아해서요." 눈이 휘둥그레진 점원은 당황한 듯 웃음을 터트렸다. 그러곤 침착하게 공짜로는 줄 수 없다고 거절했다. "죄송합니다, 그리고 감사합니다"를 외친 뒤 재빨리 나왔다. 성공이었다.

보기 좋게 거절당했는데 성공이라니. 엄청 이상하게 들리겠지만, 사실이었다. 최선을 다해 '거절당하기'를 하고 있었다. 태어나서 처음으로.

거절이 두렵고 싫었다. 불안하게 하고 움츠러들게 했다. 그 때문에 시도조차 하지 못할 때도 많았다. 중학교 1학년 때, 학원에 좋아하는 여자애가 있었다. 하얀 달걀 모양 얼굴에, 성격도 활발해 인기가 많았다. 칠판 대신 뒤통수를 빤히 보다, 눈이 마주치면 황급히 피했다. 무관심한 척했던 나와 달리 늘 가운데 가르마를 하는 남자애 한 명은 달랐다. 쉬는 시간마다 그 여자애한테 가서 얼쩡거렸다. 사귀었는진 모르겠지만, 꽤 친했다. 부러웠다, 못나 나는 1년이 다 되도록, 끝내 말 한마디 못 했다. 거절도 당하지 않았지만, 아무 일도 일어나지 않았다.

기자 일도 그랬다. 처음엔 모르는 사람에게 가서 인터뷰하는 것도 어려웠다. "됐어요, 안 해요" 한마디에 말문이 막혔다. 의욕이 넘쳐 동분서주했던 발걸음이 멈췄다. 그리고 왠지 잘 응해줄 것 같은 사람만 찾게 됐다. 전문가 조언도 그랬다. 가장 대안이 괜찮은 사람보다, 말 잘해주는 사람을 선호했다. 발제도 킬(kill: 얘기가 안 돼 기사를 못 쓰게 되는 것) 당하지 않을지, 먼저 생각했다. 연차가 쌓일수록 더 그랬다. 거절에 상처받지 않을, '안전 범위'를 잘 알게 됐다. 불안은 줄었지만, 새로울 것도 크게 없었다. 매너리즘에 빠져갔다.

그러다 우연히 영감을 받았다. 지난해 TV에서 '지아 장'이란 중국인 블로거를 봤다. 그는 다소 기이한 실험을 하고 있었다. 경비원에게 100달러(약 11만 원)를 빌려달라고 하고, 햄버거를 리필해달라고 했다. 터무니없는 부탁이었다. 일부러 거절당했고, 이를 통해 두려움을 극복했다고 했다. 참신했다. 그처럼 거절에 직면해보고 싶었다. 두려움을 깨고 싶었다. 노트에 적어뒀지만, 1년 넘게 생각만 했다. 부끄럽고 엄두가 안 났다. 올해가 가기 전엔 도전해보고 싶었다. 마음을 단단히 먹고, 체헐리즘 발제로 질렀다. 다행히 거절당하지 않았다.

'50번 거절당하기' 프로젝트 도전기

유형		요청사항	결과
1 단계	아는 사람 - 비대면	(친한 동생에게) '꽃등심 스테이크' 먹고 싶다	승낙
	아는 사람 - 비대면	(친구에게) 5,000만 원만 빌려달라	거절
	아는 사람 - 비대면	(후배에게) "내년부터 네가 팀장 할래?"	발각됨, 거절
	아는 사람 - 비대면	(인사팀에) 연봉 1,000만 원만 올려달라	거절
	아는 사람 - 비대면	(교통공사 사장에게) 광화문역에 엘리베이터를 설치해달라	다른 사람에게 문의해라, 거절
	아는 사람 - 비대면	SK 최태원 회장 인터뷰 요청	거절
2 단계	아는 사람 - 대면	(아내에게) "회사 그만둬도 될까?"	거절
	아는 개 - 대면	(반려견 똘이에게) 뽀뽀 시도	거절, 정색
	아는 사람 - 대면	(부장에게) '거절당해봤다' 기사 발제	승낙
3 단계	모르는 사람 - 비대면	(메이크업 가게에) "노인 분장 해주세요"	승낙
	모르는 사람 - 비대면	(고물상연합회에) 폐지 줍기 체험하고 싶다	승낙
	모르는 사람 - 비대면	(청와대 대변인에게) 문재인 대통령 인터뷰하고 싶다	거절
	모르는 사람 - 비대면	(경찰청에) 조두순 신상 알려달라	거절
	모르는 사람 - 비대면	(법무부에) 조두순 신상 알려달라	거절
	모르는 사람 - 비대면	(교통공사 기술팀 처장에게) 광화문역 엘리베이터 문의	승낙, 설치 중이다
	모르는 사람 - 비대면	(서울시에) 버스 운영 대수를 좀 늘려달라	거절
	모르는 사람 - 비대면	(마미손 래퍼 측에) 랩 가르쳐달라고 요청	연락 대기
	모르는 사람 - 비대면	(성형외과에) "강동원하고 똑같이 성형해주실 수 있나요?"	세 번 거절
4 단계	모르는 사람 - 대면	(흡연자에게) 걸어가면서 담배 피우지 말아달라	승낙
	모르는 사람 - 대면	(카페에서) "커피 리필해주세요"	세 번 거절
	모르는 사람 - 대면	(길거리에서) "비타민 드실래요?"	다섯 명 거절, 열 명 승낙
	모르는 사람 - 대면	(미용실에) '겨드랑이털 깎아줄 수 있냐'고 문의	거절
	모르는 사람 - 대면	(옷가게 가서) '원빈'처럼 만들어줄 수 있는지 요청	거절
	모르는 사람 - 대면	(임산부석에 앉은 사람에게) "임산부가 서 계신데, 자리 좀 양보해주세요."	승낙, 세 번 거절
	모르는 사람 - 대면	"100만 원만 기부해주실 수 있나요?"	거절
	모르는 사람 - 대면	"생일인데 축하 노래 좀 불러주실 수 있나요?"	다섯 번 거절
	모르는 사람 - 대면	"생일인데 잘생겼다고 좀 해주실 수 있나요?"	승낙
	모르는 사람 - 대면	(환경미화원에게) "청소 대신해드리겠습니다."	거절
	모르는 사람 - 대면	"생일인데 에어팟 하나만 사주시겠어요?"	다섯 번 거절
	모르는 사람 - 대면	"(오늘 첫눈 온다는데) 코코아 한 잔만 공짜로 주실 수 있나요?"	두 번 거절
	모르는 사람 - 대면	"(제가 팔이 안 닿아서) 등 좀 긁어주실 수 있으세요?"	다섯 번 거절
	모르는 사람 - 대면	(약국에서) "뱃살 10킬로그램 빠지는 약 좀 주세요."	세 번 거절
	모르는 사람 - 대면	(동물병원에서) "손톱 좀 깎아주실 수 있나요?"	거절

'거절당하기 체험'은 사흘간 진행하기로 했다. 총 50번을 거절당하는 게 목표였다. 그래서 일부러 거절당할 만한 부탁 리스트를 정했다. 상대방에게 피해를 주지 않는 선에서 정하고, 거절당한 뒤 '실험'임을 정중히 밝히기로 했다. 난이도는 대상(아는 사람, 모르는 사람)과 방식(대면, 비대면)에 따라 총 4단계로 나눴다.

인사팀에게 말했다, "연봉 1,000만 원만 올려주세요"

거절당하기 첫날, 눈뜰 때부터 마음이 불편했다. 이상한 꿈도 꾸고 잠도 설쳤다. 아랫배가 긴장되는 게, 응가 마려울 때 느낌이었다(TMI). 묘한 불안이 밀려왔다. 자존심 상하진 않을까, 욕먹진 않을까, 초조했다. 어딘가에 숨고 싶어졌다. 심리적 압박과 스트레스가 큰 듯했다. 시작도 안 했는데, 빨리 끝내고 싶단 생각이었다.

쉬운 것부터 시작하기로 했다. 난이도 1단계는 '아는 사람에게, 얼굴 안 보고 거절당하기'였다. 절친에게 "5,000만 원만 빌려달라"고 문자를 보냈다. 대답이 없었다. 다시 보냈다. 또 답이 없었다. 그래서 "왜 답이 없어 XX"라고 보냈다. 그랬더니 "차단했거든, 돈 빌려달라니까 차단 박아야지"라고 답장이 왔다. 기대도 안 했지만, 생각보다 셌다. 그러면서 "5,000원은 빌려줄 수 있다(이자 복리 10퍼센트로)"고 했다. 첫 거절이었다.

거절당하기는 계속됐다. 회사 경영지원실에 연락해 연봉 1,000만 원 인상을 요구하기로 했다. 협상 시즌이 다 지난 터라, 황당한 부탁이었다. 그러면서도 들어주면 좋겠다며 속으로 은근히 기대했

거절당하기 위해 친한 친구 A씨(37세, 남)에게 메신저로 5,000만 원을 빌려달라고 했다. 대답이 없어 재촉했더니, 돈을 빌려달라고 하면 차단한다고 했다. 그래도 거절해줘서 성공이었다.

다. 괜스레 전화기를 들었다 놨다, 10분간 망설였다. '진짜 이상하게 볼 텐데' 하는 불안이 몰려들었다. 뉴스 기사를 뒤적거리며 딴짓을 했다.

그러다 모 과장에게 어렵게 전화를 걸었다. "연봉 1,000만 원만 올려주실 수 있으세요?" 했더니 "네, 뭐라고요?"란 답이 돌아왔다. 놀란 듯했다. 그럼에도 그는 진지했다. "아, 제가 결정할 수 있는 게 아니라 경영진에서 결정하는 것이고…" 등의 설명을 친절히 해줬다. 실험이라 밝히고, 감사하다 한 뒤 끊었다.

난이도를 2단계로 높였다. '아는 사람에게, 얼굴 보고 거절당하기'였다. 퇴근해서 아내에게, 진지하게 "회사 그만둬도 되냐"고 했다. "당연히 안 되지"라고 대답한 아내는 "무슨 일 있냐"고 물었다.

반려견 똘이에게 뽀뽀를 시도했다가 거절당
했다. 그래도 저렇게 리얼하게 싫은 표정을
지을 필요는 없을 텐데. 아내가 찍어줘서 처
음 알았다. 거절 의사가 명확하다는 걸.
(ⓒ필자 아내)

'거절당하기 체험'이라고, 하나 채웠다며 웃었다. '등짝 스매싱(높은
볼을 강하게 때려 넣는 타법)'을 당했다.

'문 대통령 인터뷰'를 요청했다

난이도 3단계, '모르는 사람에게, 얼굴 안 보고 거절당하기'로 넘어
갔다. 기왕 하는 것, 평소 해보고 싶었던 걸 마음껏 해보잔 생각이
들었다. 어차피 거절당하려 하는 거라 생각하니 차라리 두려울 게
없었다.

그래서 문재인 대통령 인터뷰 요청을 하기로 했다. 거절당할 확
률이 컸다. 단독 인터뷰한 국내 언론사는 여태껏 없었으니까. 그러
면서 한편으론 이런 생각도 들었다. 국민을 대신해 묻는 게 기자인
데, '만날 사람'과 '못 만날 사람'이 따로 정해져 있냐고. 어떻게 보

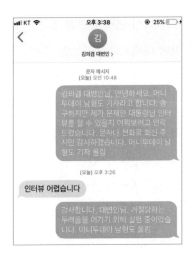

김의겸 청와대 대변인에게 문재인 대통령을 인터뷰하고 싶다고 요청했다. 예상대로 거절 당했다. 어떻게 요청했다면 다른 대답을 이끌 어낼 수 있었을까, 그런 생각을 하게 됐다.

면 두려움이 만든, 마음속 벽이었다. 이를 한번 깨보고 싶었다.

수소문해 김의겸 당시 청와대 대변인 연락처를 구했다. 그리고 전화했다. 모르는 번호라 그런지, 안 받았다. 요청부터 난관이었다. 그래서 이렇게 문자를 남겼다. "문재인 대통령님 인터뷰를 할 수 있을지 여쭤보려고 연락드렸습니다. 회신 주시면 감사하겠습니다" 라고. 다섯 시간 뒤에 김 대변인에게 "인터뷰 어렵습니다"라고 짧게 답장이 왔다. '거절'이었다.

성범죄자 조두순 신상을 공개해달란 요청도 해봤다. 2008년 여아를 잔혹하게 성폭행해, 대국민 공분을 일으킨 범죄자다. 당시엔 관련 조항이 없어 신상 공개가 안 됐다. 2020년 출소 후에야 얼굴 등이 공개된다. 우선 경찰청에 연락해 "조두순 신상을 알고 싶다" 고 했다. 그랬더니 "관리를 법무부에서 한다"며 공을 넘겼다. 법무부에 다시 연락해 같은 질문을 했다. 관계자는 "신상 등록이 된 사람에 대해서만 말씀드릴 수 있다"며 확인하기 어렵다고 했다.

옷가게 가서 "원빈처럼 만들어달라"고 해봤다

최고 난이도에 도전하기로 했다. 4단계, '모르는 사람에게, 얼굴 보고 거절낭하기'였다. "거절 좀 당하고 오겠습니다"라고 보고했다. 그러곤 무작정 회사 밖으로 나갔다. 서울 광화문·명동·종로 일대를 돌며 거절당하기로 했다.

명동의 한 옷가게에 들어갔다. 직원이 힘차게 인사하며 맞았다. 어떤 옷을 찾느냐고 해서, 조심스레 배우 원빈처럼 만들어줄 옷이 필요하다(죄송)고 했다. 직원이 진심으로 웃는 걸 봤다. 그래서 다시 진지하게 얘기했다. 원빈이 정말 잘생겼는데, 그렇게 만들어줄 옷이 필요하다고. 직원은 그런 옷이 뭔지 잘 모르겠다, 죄송하다며 (비)웃었다. 죄송할 필요가 없다고 한 뒤, 가게 밖을 나왔다. 나도 같은 의견이었으니까.

옷가게에서 나와 생전 처음 성형외과에 갔다. 상담 직원에게 혹시 강동원(배우)하고 똑같이 성형해줄 수 있느냐고 물었다. 그러자 수술할 때 참고할 순 있다고 했다. 그래서 참고 정도가 아니라, 완벽하게 똑같아야 한다고 했다. 내 얼굴을 빤히 보던 직원은 그건 (도저히) 어렵다고 거절했다. 제대로 볼 줄 아는, 냉철한 직원이었다. 사리분별력이 뛰어나고, 이치에 맞는 말이었다.

다음으로는 평소 생각만 해봤던 것들을 부탁했다. 카페에 가선

카페에 가서 커피를 리필해줄 수 있느냐고 공손하게 부탁했다가 거절당했다. 어이없는 손님이라 여겼을 것이다. 거절 이유를 물어봤더니, 사이즈 별로 가격이 다르기 때문에 리필이 어렵다고 했다. 이유를 들으니 덜 민망했다. 거절에도 예의가 있었다.

커피를 다 마셨는데, 혹시 리필해줄 수 있냐고 물었다. 햄버거 가게에 방문해선 평소 치즈버거를 정말 좋아하는데, 세 개를 합쳐서 만들어줄 수 있냐고 했다. 둘 다 "그렇게는 안 된다"며 보기 좋게 거절했다. 약국에 가선 뱃살 10킬로그램을 한 달 내에 뺄 수 있는 약이 있냐고 물었다. 진심으로 사고 싶은 약이었다. 약사는 (코)웃음을 짓더니, "그런 약이 있으면 저부터 한 박스 사고 싶다"고 했다. 나와 복부가 같은 상황인 듯했다.

'거절' 속엔 '승낙'도 있었다

당연히 '거절'을 예상했던 부탁이, '승낙'으로 돌아오기도 했다. 이 경험으로 '뭐든 일단 해봐야겠다'는 생각이 들었다.

점심에 친한 동생에게 청첩장 받는 약속이 있었다. "형, 뭐 먹고 싶어?" 하고 연락이 왔다. 그래서 순간 질렀다. "꽃등심 스테이크!"

그랬더니 "그럽시다"라며 승낙했다. 이게 아닌데. 당황해서 "야, 네가 쏘는 건데?"라고 재차 강조했다. 그러니 "까짓거, 언제 볼 수 있을지 모르는데"라며 괜찮다고 했다. '얘가 왜 이러지' 생각했다, 거절당하기 실패였다. "그냥 해본 말이다, 아무거나 먹자"며 점심은 결국 삼계탕을 먹었다.

내 생일날에는 광화문 인근에서 산책하던 시민 두 명에게 이렇게 말했다. "오늘 제 생일인데, 혹시 잘생겼다고 해주실 수 있으세요?" 커피를 마시던 시민은 "뿜을 뻔했다"며 웃었다. 그러더니 "잘… 잘생겼어요"라고 해줬다. 물론 선의의 거짓말인 건 알지만 그래도 괜찮은 생일선물이었다. 유쾌한 경험이었다. 앞서 겪은 여러 번의 상처가, 한 번의 승낙으로 스르르 녹았다.

차일피일 미뤄뒀던 체헐리즘 아이템 섭외도 도전했다. '노인 체험'과 '폐지 줍기 체험'을 하고 싶었다. 노인 체험은 장시간 분장해줄 사람이 필요해서, 폐지 줍기 체험은 어떻게 섭외할지 막막해서 놔뒀었다. 그런데 생각보다 잘 풀렸다. 한 메이크업 가게에 전화해 '노인 분장'을 해줄 수 있냐고 물은 뒤, 체험 취지 등을 설명했다. 거절할 줄 알았다. 하지만 메이크업 가게 대표는 정말 좋은 취지의 기사라며 협조해주겠다고 했다. 폐지 줍기 체험도 관련 기관을 통해 함께할 만한 분들의 연락처를 얻었다.

'마미손'으로 유명한 래퍼 측에도 연락했다. "랩을 배워 사회 메시지를 담은 가사를 쓰고, 직접 해보고 싶다"고 했다. 그간 있었던 체헐리즘을, 올해가 가기 전 랩으로 정리하고 싶었다. 평소 랩을 좋아하기도 했고, 재밌는 방식으로 소통해보고 싶기도 했다. 그런데 생각만 하고, 엄두도 못 냈었다. 당연히 거절당할 것 같아 두려워다 하지만 래퍼 측에선 재밌는 아이디어인 것 같다며 "아티스트도 긍정적으로 생각하고 있다, 검토 후 다시 말씀드리겠다"고 연락이 왔다. 거절당할 걸 무릅썼기에 얻은 소득이었다.

'왜 거절당할까' 고민했다

계속해서 거절당하며 느낀 건, 거절에도 뭔가 이유가 있다는 거였다. 반대로, 합당한 이유를 만드니 거절당할 확률이 줄었다.

비타민을 길거리에서 생판 모르는 사람들에게 나눠 주기로 했다. 제품 하나를 샀더니, 열 포가 들어 있었다. 열 명에게 하나씩 주기로 했다. 청계광장 인근에서 한 시민에게 "혹시 비타민 드시겠어요?" 했더니 괜찮다고 손사래를 치며 사라졌다. 첫 시도부터 실패였다. 횡단보도에 서 있던 또 다른 시민에게 "비타민 필요하시면 드릴까요?" 했더니 필요 없다며 거절했다. 그래서 '이유'를 만들어 봤다. 서울시청 인근에서 직장인에게 세 번째 시도를 했다. "제가 고생하는 직장인들에게 비타민을 나눠 드리고 있습니다. 비타민 필요하실 것 같아 하나 드리고 싶네요"라고 했다. 그랬더니 "감사하다"며 받아갔다. 성공이었다. 버스 기사에게도 "평소 고생 많은 분들에게 비타민을 드리고 싶습니다. 하나 받으시겠어요?"라고 했더니 받았다. 청계광장 관광객 두 명에게도 한국에 온 걸 환영한다며 두 개를 줬고, 길거리를 청소하는 분에게도 길을 깨끗하게 해주서서 감사하다며 드렸더니 받았다.

길에서 담배를 피우는 시민에겐 "죄송하지만 담배를 꺼달라"고 했더니 알았다며 담뱃불을 껐다. 그에게 감사하며 비타민을 줬더니 받았다. 담배를 끈 것에 대한 보답이라는, 무언無言의 이유가 있었다.

'믿을 만한 비타민'이란 걸 보여주는 방법도 썼다. 먹는 거라 수상한 걸로 보일 수 있었다. 그래서 처음엔 주머니에서 꺼내다가, 시민이 볼 때 직접 제품 상자에서 비타민을 꺼냈다. 그 순간 시선이 거기에 머물렀고, 비타민을 받는 확률도 더 높았다. 그렇게 다섯 번만 거절당하고, 열 포를 모두 나눠 줬다.

최악이래봤자 거절당하면 그만

이렇게 체험이 모두 끝났다. 사흘이란 짧은 시간에, 거절만 50번을 당했다. '안 된다', '싫다', '괜찮다', '죄송하다', '어렵다', '됐다', '불가능하다' 등의 말들을 집중적으로 들었다. 평소에 몰랐던 감정들이 올라왔다. 수년 치 거절을 한 번에 당한 느낌이었다.

거절당하기 초반엔 멘탈(정신)이 비스킷처럼 부서졌다. 생각보다 더 힘들었다. 힘차게, 또 멘트를 단단히 준비해 부탁을 했다. 하지만 거절 한마디에 그대로 무너졌다. '당연히 그렇지'란 생각을 하다가도, 거절 한 번이 마음을 후벼팠다. 상처도 받았다. '왜 이런 거절을 당하나' 하며 자존심도 상했다. 그러면 움츠러들고, 자신감이 꺾였다. 부끄럽고 또 숨고 싶었다. 포기하고 싶어지기도 했다. '혹

거절당하는 게 일상이 돼버린 전단지 나눠 주는 아주머니들. 거절을 수없이 당하면 서 느낀 건 거절을 할 때도 '예의'가 필요하다는 것이었다. 보험 영업 전화는 보통 "바쁘다"며 확 끊었는데, 거절을 당해본 이후엔 "제가 들어놓은 보험이 많아서 죄송하다"고 설명을 했다. 더 부드럽게 거절할 수 있었다.

시'란 기대감이, '역시'란 실망감으로 돌아올 땐 더 그랬다. 몸의 피로도 컸다. 부장은 "힘들어 보인다, 멍때리는 것 같다"고 했다. 아내도 걱정했다. 괜히 이상한 체험을 한다고 했나 잠시 후회도 했다. 하지만 포기하기 싫었다. 계속해서 시도했다. 빨리 50번을 채웠으면 좋겠다는 마음으로. 그러다 보니, 거절이 점차 익숙해졌다. 다시 마음을 추스르고 부탁하는 데 걸리는 시간도 점차 줄었다. 처음 거절당했을 땐 한 시간씩 일없이 돌아다녔다. 누구한테 해야 괜찮을까, 상처를 덜 받을까, 또 거절당하진 않을까 하는 안 좋은 생각만 하면서. 두 번 거절당하니 세 번째는 더 나았다. 열 번을 넘어가니, 부탁이 편해졌다. 열다섯 번을 넘어가니 굳은살이 배겼다. 거절 당해도 기분이 크게 상하지 않았다. 서른 번을 넘어가니 거절당한 뒤에도 "감사합니다" 하고 웃으며 외치게 됐다. 놀라운 변화였다.

어느 순간부터는 흥이 났다. 거절당할까봐 두려워서 못했던 일들을, 마음껏 시도할 수 있어서. 갇혀 있던 공간을 깨고 나온 기분이 들었다. '최악이래봤자 거절당하면 그만'이라고 생각하니 뭘 시도하든 자신감이 생겼다. '거절당할까' 긴장했던 두근거림이, '또 뭘 해볼까' 유쾌한 두근거림으로 바뀌었다. 확실히 즐기고 있다는 게 느껴졌다.

언젠가 출근길 지하철을 탔던 기억. 앞에 나이 지긋한 남성이, 그 옆엔 젊은 여성이 앉아 있었다. 남성은 눈을 감고 여성 쪽으로 계속 기댔다. 여성은 불편해 보였다. 최대한 떨어지려 하다가, 결국 일어서서 갔다. 또 다른 여성이 앉았지만, 남성의 기대기는 계속됐다. 여성이 주의를 줘도 소용없었다. 그걸 보는데, 광화문까지 오는 내내 마음이 불편했다. 나 자신에게 화가 났다. 이런 상황을 보고도 아무 말 못 하는 것이. 괜히 내게 뭐라고 할까 싶어 아무 시도도 안하는 것이.

50번을 거절당한 뒤 조금 달라졌다. 체험이 끝난 날 저녁, 지하철을 탔다. '핑크색 임산부석'에 한 남성이 앉아 있었다. 그때, 다른 역에서 여성 한 명이 타더니, 임산부석 앞에 섰다. 가방에 '임산부 배지'를 달고 있었다. 임산부였다. 남성은 눈치를 못 챘다. 고단한지 눈을 감고 있었다. 용기를 내 그에게 다가갔다. 가슴이 뛰었다. 그러곤 말을 건넸다. "어르신, 죄송합니다. 앞에 임산부가 서 계신데 자리 좀 양보해주시겠어요?" 남성은 "아, 미안합니다" 하며 자릴 양보했다. 임산부는 고맙다고 했다. 남성도 "얘기해줘서 고마워요"라고 했다. 멋진 어른이었다.

기분 좋았다. 두려움을 이기고 말을 걸었다는 게. 그 용기로 뭔가를 바꿨다는 게.

격렬하게,
아무것도 안 해봤다

눈 뜨니 아침 6시 30분. 벌떡 일어나 분주히 준비할 시간이었다. 하지만 그날은 달랐다. 수면바지와 목이 늘어진 니트를 그대로 입고, 느릿느릿 일어났다. 머리맡에 뒀던 스마트폰은 전원을 끈 뒤 소파에 휙 던져버렸다. 짜릿한 쾌감이 느껴졌다. 물통에 물 500밀리리터를 넣어 챙겨, 빈방으로 향했다. 그대로 바닥에 대大자로 뻗었다. '최애(가장 사랑하는) 자세'였다. 세수도, 양치질도 안 했다. 떡진 채 까치집이 된 머리도 놔뒀다.

힘을 쭉 뺀 뒤 천장을 응시했다. 초점이 흐려졌다. '매직아이(1980년대 생들은 앎)'처럼 상이 겹쳤다. 갑자기 왼쪽 발목이 간지러웠다. 오른쪽 발가락으로 긁었다. 시계 소리가 째깍째깍, 코끝에 숨만 오갔다. 똑바로 누운 자세가 지루해져, 옆으로 몸을 뉘었다. 한쪽 팔로 머리를 지탱했다. 학창시절, 독서실에서 잘 때 자주 하던 자세다. 계획도, 생각할 것도, 해야 할 것도 아무것도 없었다. 그저

집 방구석에 드러누운 필자가 하루 종일 격렬하게 아무것도 안 하고 있다. 물은 생존해야 해서 떠놓았다. 양말은 가만히 있으니까 추워서 신었다. CCTV처럼 찍어봤지만 사실 삼각대를 창틀에 올려놓고 찍은 것이다.

편안했다. 살짝 졸음이 밀려와 눈을 감았다. 그랬다. 최선을 다해 아무것도 안 하고 있었다.

생각해보니, 살면서 단 하루도 아무것도 안 한 날이 없었다. 유년 시절엔 어린이집과 유치원을 다녔고, 초중고 학창시절엔 학원·학교·독서실을 오가며 공부하느라 바빴다. 대학생 땐 전공·교양 강의에 시험 벼락치기에 연애하느라, 취업준비생 땐 그냥 당연히 바빴다. 일을 시작하고선 밤낮, 평일·주말 없이 더 바빴다. 바쁘다는 말을 늘 달고 살았다.

쉴 때도 뭔가를 했다. 스마트폰을 보거나, 책·영화·드라마 등을 보며 맛있는 걸 먹었다. 여행 가면 더 분주했다. 출발 전부터 어

떤 옷을 입고, 뭘 먹고, 무엇을 하며 보낼지 등을 계획했다. 그러고
는 하나라도 더 눈에 담으려 분주히 움직였다. 그러니 잘 다녀온
뒤에도 피로감이 컸다. 아무것도 안 하며 쉰 적이 없었다.

　머릿속은 더 바빴다. 아무 생각을 안 해본 지 오래됐다. 길을 걸
을 땐 기삿거리가 없나 찾았고, 오늘 뭐 할지, 내일 뭐 할지, 주말에
뭐 할시, 살 살고 있는지 생각했다. 회사에선 기사를 놓치는 게 없
는지, 팀원들이 잘 하고 있는지 고민하느라 피로했다. 벅찬 생각들
에 치이다 퇴근할 때쯤엔 머리가 안개 낀 것처럼 멍멍했다. '생각
할 사思'가 아니라, '죽을 사死' 같았다.

생애 처음, 아무것도 안 하기로 결심하다

그러던 어느 날, '곰돌이 푸'가 영감을 줬다. 주말에 영화 〈곰돌이
푸 다시 만나 행복해〉를 봤을 때였다. 귀여운 푸가 무심한 듯 이
렇게 말했다. "아무것도 안 하는 건 불가능하다고 하지. 난 아무것
도 하지 않았는데 말이야." 또 이렇게도 말했다. "아무것도 안 하다
보면, 대단한 뭔가를 하게 되지." 그렇게 말하는 푸는 정말 아무것
도 안 했다. 그저 꿀을 먹고, 기차를 타고 가며 보이는 것들을 그대
로 외쳤다. 그런데 행복해 보였다. 별 것 아닌 짧은 대사들이 영화
가 끝나고 나서도 계속 맴돌았다. 지친 마음에 위로가 됐다. 그래
서 아무것도 안 해보기로 했다. 37년 만에 처음으로. 그동안 열심
히 살았으니, 이 정도는 괜찮은 선물이지 싶었다.

　월요일 회의 때 이를 발제했다. 부장이 웃더니 물었다. "아무것

도 안 하면 쉬는 거야?" 예상 질문이라 대비하고 있었다. "아, 부장. 쉬는 게 아니고 아무것도 안 하는 겁니다(진땀)." 그리고 기억 속 '곰돌이 푸'를 동원해 설명했다. 부장이 애써 고개를 끄덕였다. 그간 쌓은 신뢰 덕에 통과했지만, 그가 무슨 생각을 하는지 보였다. '뭐지, 이 꿀 빠는 아이템은'이라고.

적극적인 방어가 필요했다. 노는 것처럼 안 보이려 절에서 하겠다 했다. 세 곳의 '템플스테이'를 알아봤다. 하지만 아무것도 안 할 순 없다며 다 거절했다. 예불, 참선, 108배 등을 해야 한단다. 그래서 별수 없이 집에서 아무것도 안 하기로 했다. 계획대로 되고 있었다(씨익).

"정신적 스트레스가 많은 상태네요"

우선 현재 상태가 어떤지 궁금했다. 스스로 느끼기엔 상당히 지쳐 있었다. 집에서 주로 누워 있는 시간이 많았고, 잠을 자고 일어나도 개운치 않았다. 말수가 서서히 줄었고, 표정은 굳어갔다. 웃음도 시원스레 나오지 않았다. 일의 성과를 거둬도, 행복하단 느낌이 예전보다 덜했다. 그냥 좀 쉬고 싶단 생각이 자주 들었다.

더 객관적인 판단이 필요했다. 한국뇌과학연구소 협조로 '뇌파 검사'를 진행했다. 처음 해보는 검사였다. '뉴로피드백(뇌파 정보를 통해 뇌 기능을 강화하는 것)'이란 원리라 했다.

전극 네 개가 달린 머리띠를 한 뒤, 컴퓨터 화면을 봤다. 시키는 대로 눈을 감았다 떴다 했다. 화면에 뇌파 모양이 3D 그래프로 그

한국뇌과학연구소 협조로 '뇌파검사'를 하는 필자. 머리띠에 붙은 전극을 통해 뇌파가 실시간으로 그려졌다.(ⓒ한국뇌과학연구소)

려졌다. 육체적 스트레스(긴장도)는 좌뇌 8.8, 우뇌 10.4로 정상 범위였다. 하지만 정신적 스트레스(산만도)는 좌뇌 1.4, 우뇌 1.6으로 높은 편(1 이하가 바람직)이었다. 이를 본 백기자 뇌과학 박사는 정신적 스트레스가 높은 편이라며 공부는 잘했을 것 같은데(뿌듯), 특히 생각이 너무 많다고 진단했다. '족집게'라며 감탄했다.

자기조절능력도 분석했다. 뇌파가 휴식력, 주의력, 집중력 세 가지인데, 각각 9, 36, 22로 나왔다. 평균 25가 바람직하고, 15 이하는 뇌 기능을 전체적으로 저하시킬 수 있다고 했다. 난 주의력(관계성, 사교성 등)이 높고, 집중력(한 가지에 몰입하는 능력)도 좋은 편인데, 휴식력(심리적 안정성, 정신적 피로도)이 크게 낮았다. 피로에 지쳐 있는 상태였다. 백 박사는 같은 스트레스를 받았을 때 저항하고 회복하는 정도가, 다른 사람에 비해 상당히 떨어지는 것이라고 설명했다.

그리하여 대망의 날이 밝았다. 아무것도 안 하는 날이었다. 열두 시간이 목표였다.

전날 저녁부터 마음이 가벼웠다. 아무것도 안 한다니, 생각만으로도 좋았다. 원칙도 몇 가지 정했다. 아무 생각을 하지 않는다, 움직임을 최소화한다(배변 활동만), 스마트폰과 TV · 오디오 등을 끈다, 음식을 먹지 않는다(물만), 되도록 잠을 피한다(잠만 잘 수 있으므로) 등.

그런데 웬걸, 막상 해보니 쉽지 않았다. 누워서 가만히 천장을 응시했는데, 몇 분 만에 좀이 쑤셨다. 몸이 계속 들썩거렸다. 지렁이처럼 왔다 갔다, 좌불안석이었다. '코코코 XXX', '초특가 XXX' 등 한때 세뇌당했던 광고 음악이 무한 재생됐다. 이어 〈쇼미 더 머니〉에 나왔던 한 랩의 훅(후렴구)도 계속 맴돌았다. '이걸 어떻게 기사로 풀지, 쓸 내용이 없는데, 못 한다고 해야 하나' 하는 생각도 줄을 이었다. 꽤 한참 만에 시계를 봤다. 겨우 30분이 지나 있었다.

안 되겠다 싶었다. 눈을 감고 호흡에 집중했다. 몸과 마음을 가라앉혔다. 쉼 없이 달려온 시간들을 생각했다. 몸 한 곳, 한 곳에 집중해봤다. 뇌는 오래전부터 공부하느라, 시험 보느라, 말하고 생각하느라, 일하느라 늘 수고가 많았다. 심장은 안 뛰면 바로 황천길이니 두말할 것 없었다. 위장은 라면을 많게는 다섯 개씩 먹는 주인을 잘못 만나 고생길이었다. 손을 떠올리니 만원 버스 손잡이가, 발을 생각하니 그간 부지런히 걸었던 수많은 길이 보였다. 허리는 열 시간씩 앉아 있느라 늘 곤욕이었다. 안경도 벗었다. 눈도 쉼이 필요했다.

제대로 푹 쉬게 해주는 게 처음이었다. 언젠가 봤던, 혜민 스님의 명상 영상을 떠올렸다. 몸과 마음에 집중하며 '참 고맙다'고 말을 건네라 했다. 속으로 떠올리며 '고생했다, 고맙다'라고 다독였다(오글 주의). 따뜻한 기운이 온몸에 스며드는 듯했다.

휴대용 심전도기로 맥박을 재봤다. 60에서 65 사이를 맴돌았나. 심전도 파동도 안정돼 보였다. 평소 맥박을 쟀을 땐 70에서 80 사이를 오갔다. 긴장할 때면 파동이 거칠었다. 몸이 푹 쉬고 있는 게 느껴졌다.

잊고 살았던, 그리고 미뤄뒀던 생각들

낮 12시, 해가 남중고도에 떠 있었다. 점심때가 됐지만, 배가 안 고팠다. 아무것도 안 해서 그런 듯했다. 가을바람이 맞고 싶어 거실로 나와 창문을 열었다. 한쪽 벽에 몸을 기댄 뒤 바깥을 봤다. 하늘빛이 이렇게 파랬나 싶었다. 새가 지저귀는 소리도 청량했다. 햇볕을 맞으며 그동안 하지 못했던 광합성을 늘어지게 했다. 이웃집 강아지가 짖는 소리가 들려, 같이 짖기도 했다. 강아지도 어이없는지, 짖는 걸 멈췄다. 내 승리였다. 불현듯, 실소가 터졌다. 모처럼 지어본 개운한 웃음이었다. 고요한 호흡을 느끼고 있자니, 소중하지만 잊고 살았던 것들이 새삼 떠올랐다.

아내에겐 고마움, 그리고 미안한 마음이었다. 그냥 세상 다른 누군가가 아닌, 아내라서 고마웠다. 이렇게 잘 맞는 사람이 또 없을

거실 창틀에 머리를 올려놓은 필자가 아무것도 안 하며 하늘을 보고 있다. 먼지 따윈 아무래도 좋았다. 오랜만에 아무 생각 없이 광합성을 하니 좋았다. 이웃집 개가 컹컹 짖기에 같이 월월 짖으며 싸워봤다. 목소리 큰 자가 이긴다고, 결국 필자가 이겼다.

거라 장담했다. 결혼해서 훨씬 더 행복해졌다. 늘 나를 먼저 생각해줬고, 사랑받는 기분이 들게 해줬다. 소소하지만 고마운 것들, 그런 순간들이 스쳐 지나갔다.

미안한 마음도 컸다. 아내 일이 늘 고단했다. 출퇴근길엔 만원 버스와 지하철에 시달렸다. 아내도 아무것도 안 하면 좋을 텐데, 미안한 마음이 들었다. 또 연애할 때 약속한 게 있었다. 화나서 싸우는 순간에도 먼저 이야기를 들어주겠다 했다. 연애할 땐 잘 지켰지만, 결혼한 뒤 잘 지키지 못한 적이 많았다. 내 얘기가 앞섰고, 눈물 흘리게 한 적도 있었다. 미안한 마음에 가슴이 저렸다.

부모님 생각도 났다. 어느샌가 나이가 부쩍 드셨다. 매번 바쁘다며 연락도 잘 못 하는, 무심한 아들이었다. 자주 찾아뵙겠다고 했지만, 일상에 지쳐 매번 미뤘다. 어머니와 데이트하자고 한 약속,

아버지와 술 한잔하자 한 약속을 아직도 지키지 못했다.

장모님과 장인어른을 생각하니 마음이 포근해졌다. 부족한 사위인데 늘 과분한 사랑을 주셨다. 장모님은 추울 것 같다며 겨울 수면바지까지 챙겨주셨고, 장인어른은 좋은 말씀들로 늘 열정을 불어넣어주셨다. 가장 소중한 '인생 인연'이 됐다.

반려견 똘이도 떠올랐다. 늘 많이 못 놀아줘 미안했다. 어쩌다 오랜만에 오면, 반가워 어쩔 줄 모른다. 귀를 펄럭거리며 다리에 매달린 채, 직립보행을 한다. 몸으로 놀아주는 걸 좋아하는데, 저질 체력이라 많이 뛰질 못했다. 강아지들의 시간은 사람보다 몇 배나 빠르단 걸 생각하면 늘 속상한 마음이 든다.

그리고 죽마고우들. 30년 친구는 두 아들의 아빠가 됐다. 못 본 지 벌써 2년 정도 됐다. 학창시절 내내 함께했던 친구도 동네에 놀러 올 때 연락하라 했는데, 한 번도 하지 못했다. 미안한 마음이 들었다.

아무것도 안 해도, 행복했다

오후 시간은 비교적 잘 갔다. 졸다가, 멍때리다가, 그냥 마음 가는 대로 했다. 해가 남중고도를 지나 오른쪽으로 넘어가는 걸 천천히 지켜봤다. 한기가 몰려와 양말을 신은 것 말고는 별다른 행동을 안 했다. 오후 5시쯤 허기가 몰려왔지만 버틸 만했다. 잠도 별로 안 왔다. 지루할 때면 숨소리에 귀 기울였다. 마음이 편안하고 너그러워졌다. 위층 층간소음이 들리면 늘 신경이 곤두섰는데, 그날은 희한

뭔가 깊은 상념에 잠긴 것 같지만 사실 아무 생각도 안 하고 있다. 편안한 순간이다.

하게도 괜찮았다. 이 생활이 내 체질에 맞는 것 같다는 생각도 들었다.

저녁 7시쯤 체험을 마쳤다. 열두 시간 만에 스마트폰 전원을 켜니 메시지가 300개가 넘게 와 있었다. 답장할 타이밍조차 지난 때였다. 차라리 마음이 편했다.

머리가 무척 가볍고 개운했다. 생전 처음 느껴보는 상쾌함이었다. 머릿속 뿌연 미세먼지를 공기청정기로 다 빨아들인 느낌이었다. 뇌가 홀로 두둥실, 우주를 헤엄치는 것도 같았다. 깊은 산속 암자에 덩그러니 놓여 있는 것 같기도 했다. 답답한 방 안에만 갇혀 있던 몸이, 처음 바깥에 나온 기분이기도 했다. 늘 더부룩했던 속도 편안하고, 숨도 예전보다 크게 쉬어졌다. 멍때리는 것도 한결 편했다. 잡생각이 다 빠져나간 듯했다.

　웃음이 편안하고 자연스레 나왔다. 많은 생각에 눌려 있던 감정들이 그제야 풀린 것 같았다. 주위에서도 표정이 좋아졌다고 했다. 아내도 그렇게 말하며 웃었고, 다음 날 출근하니 후배들도 같은 말을 했다. 그동안 어떤 표정을 짓고 있었을까 싶었다. 고장 났던 마음을 고친 것 같아, 혹은 달래준 것 같아 기분이 좋았다.

　행복은 늘 부지런히 노력해야 얻는 줄 알았다. 그래서 바쁘고 치열하게 살았다. 36년, 1만 3,140일, 31만 5,360시간을 채찍질하면서 보냈다. 그러다 처음으로, 온전히 열두 시간을 무無로 채웠다. 쉴 새 없이 돌아갔던 몸이 온전히 숨을 쉬며 웃었다. 그리고 잊고 살았던 소중한 걸 알게 됐다. 주먹을 꽉 쥐지 않고 때론 힘을 쭉 빼고도 행복할 수 있단 걸. 힘 빼는 법을 배운, 소중한 선물 같은 시간이었다.

　기계도 오래 쓰면 한 번쯤은 고장이 난다. 그럴 땐 가동하지 않고 그냥 놔둔다. 하물며 사람 마음은 어떨까. 뭔가 뒤죽박죽 뒤엉켜 있다면, 매일 열심히 살아도 행복하지 않다면, 한 번쯤은 괜찮지 않을까. 온전히 아무것도 안 하는, 뜻밖의 선물 같은 하루 말이다.

고등학생 땐, 대학교에 가면 행복할 것 같았다. 대학생 땐, 취업하면 더 바랄 게 없을 것 같았다. 하지만 막상 직장인이 되니 연봉이더 높으면 좋겠다고 생각한다. 늘 행복은 인생 어디쯤인가에 있을거라 여겨왔다. 하지만 삶의 대부분은 '과정'이다. 언젠가 올 행복을기다리며, 수많은 '오늘'을 놓치고 있는 건 아닐지.

다음은 영화에서 곰돌이 푸와 주인공이 나눈 마지막 대화.

푸: 무슨 요일이지?
주인공: 오늘이야.
푸: 내가 가장 좋아하는 날이네.

'착하게 살기'를
거부해봤다

새해 첫날이었다. 아파트 단지 내 도로에, 비상등을 켜놓고 차를 잠깐 세워뒀다. 아내를 기다리던 중이었다.

잠시 뒤 뒤에 오던 초보운전 차 한 대가, 내 차를 피해 왼쪽으로 지나갔다. 그 순간, 그 차가 반대편 차선에서 오던 차량과 맞닥뜨렸다. 오른쪽으로 살짝 비켜 지나가면 되는데, 당황했는지 후진을 했다. 하지만 뒤에 또 다른 차가 막고 있었다. 초보운전 차량은 앞뒤로 꿈짝 못 하게 됐다.

안 되겠다 싶어 차를 빼야겠다고 생각할 무렵, 별안간 초보운전 차량의 조수석 창문이 내려왔다. 그리고 30대 초반쯤 돼 보이는 한 남성이 도끼눈을 뜨고, 다짜고짜 이렇게 고함을 질렀다.

"아니, 아저씨. 왜 보고만 있어요. 혼잡한 거 안 보여요? 차 빨리 치우라고!"

몹시 짜증 섞인 목소리였다. 순간 불쾌해졌다. 잠깐이긴 하지만,

도로에 차를 세워둔 건 내 불찰이다. 인정한다. 그렇더라도 차를 빼달라고 얘기하면 되지, 초면에 소리부터 지르며 화내는 게 대체 무슨 경우란 말인가. 그것도 동네 주민끼리, 새해 시작부터. 그 후 이어진 대화는 이러했다.

나: 거, 왜 화부터 내십니까? 잠깐 세워둔 겁니다.
남성: 뭐요?
나: 잠깐 세워둔 거라고요.
남성: 아, 잠깐이고 뭐고 비키라고요. 아니 아저씨, 그리고 이거 이렇게 세우는 거 솔직히 불법주차 아니야?

남성은 더욱더 고성을 질렀다. 그래서 말없이 그를 응시했다. '불쾌함'의 표현이었다. 정적이 잠시 흘렀다. 그러자 그는 분을 못 이긴 채, "아이 X발" 하고 욕을 한 뒤 운전석에 앉은 여성과 자리를 바꿨다. 그리고 차량 문이 부서져라, 쾅 닫고는 이내 사라졌다.
뒷맛이 씁쓸했다. 그래도 속은 좀 시원했다. 예전처럼 내 기분을 꾹꾹 누르지 않고 표현했기에. 아마 평소 같으면 죄송하다고 한 뒤, 잠자코 차를 바로 빼줬을 터였다. 그리고 그걸 몇 번이고 곱씹었을 것이다. '아까 그 사람은 분명히 예의가 없었는데, 왜 난 가만히 있었을까. 뭐라고 한마디 해야 했는데' 하면서 말이다.
그런데 이번에는 불쾌했던 내 마음을 모른 척하지 않았다. 그 순간만큼은 그 마음 그대로를 존중해줬다. 아직 완벽하진 않지만, 조금씩 표현을 하고 있었다.

'착한 사람 깨기'를 하고 있었다. 평소 좋은 사람이 돼야 한단 생각에 갇혀 있었다. 자주 마음속 감정과 실제 표현이 따로 놀았다. 그럴 때면 마음이 뒤틀렸다. 하고 싶은 말도 하기 전 여러 번 생각했다. 그래서 침묵할 때가 많았다. 사람을 대할 땐, 웬만하면 웃었다. 기분 나빠도 티를 잘 안 냈다. 그리고 누군가 부탁하면 거절도 잘 못 했다. 자잘한 감정이 쌓이니 화가 됐다. 일순간 이런 내가 답답해졌다. 할 말 있을 땐 제대로 하고, 화날 땐 화내고, 거절할 땐 거절하고, 싫은 소리도 하고, 그러고 싶었다. 속 시원히 할 말 다 하는 사람을 볼 때면, 카타르시스를 느끼기도 했다.

결심하게 된 계기는 '결혼'이었다. 그 전엔 힘들어도 혼자 감내하면 됐다. 근데 결혼하니 그게 아니었다. 모든 걸 함께하다 보니 거절 못 해 끌려다니고, 표현 못 해 속상해하고, 싫은 소리 못해 답답해하면, 아내가 옆에서 더 힘들어했다. 또 불합리한 상황에선 나서서 따질 줄도 알아야 했다. 누군가에겐 '착한 사람'인 게, 아내에겐 '나쁜 남편'일 수 있겠단 생각을 했다. 회사에서 팀장을 맡게 된 뒤에도 그랬다. 팀원들에게 필요한 말들을 해야 했다. 또 팀을 대신해서 방어해야 할 때도 있었다. 부장과 팀원 사이에서, 조율도 잘 해야 했다.

그래서 다짐했다. 새해부터는 좀 바뀌어보기로. 너무 많이 생각하지 말고, 내 마음이 내는 소리에 좀 더 귀 기울여보자고.

거꾸로 들여다볼 필요가 있었다. 왜 좋은 사람이 되는 데 그토록 얽매여 있는지를.

"좋은 사람이네"란 얘기를 듣는 게 좋았다. 어렸을 땐 농네 어른들에게 인사를 씩씩하게 곧잘 했다. 처음 보는 이들에게도 마찬가지였다. "그 집 아들 참 착하다"란 말이, 엄마를 통해 들려왔다. 기분이 썩 좋았다. 고등학교 1학년 땐, 담임선생님이 이렇게 말했다. "형도는 착해서, 상담할 때 당부할 말이 없겠다"고. 대학교 조별 모임 땐, 후배들에게 "좋은 조장을 만나 조 모임에 오는 게 즐겁다"는 얘길 들었다. 기자가 된 뒤엔 기사에 달리는 댓글에 신경 썼다. "좋은 기사네요", "참 기자네요" 같은 반응 말이다.

'착한 ○○', '좋은 ○○' 같은 수식어들은 원하든 원치 않든 내 모습이 됐다. 벗어나면 실망할까봐 그 안에 얽매여 있었다. 재수 시절, 학원에 동생(별로 안 친한) 하나가 있었다. 장난이랍시고 던진 말들이 선을 자주 넘었다. 그런데도, 그 말에 같이 웃고 있었다. 사실 화가 났는데도. 대학교 조 모임서 조장을 할 땐, 무임승차 조원이 안 한 몫을 내가 더 하기도 했다. "과제 똑바로 해"란 말은, 늘 목구멍 안에서만 맴돌았다.

적을 만들기도 싫었던 것 같다. 누군가 날 싫어하는 게 두려웠다. 특히 사회생활에선 '생존'을 위해 더욱 그랬다. 예전 회사에서 한 상사는, 의견을 피력하면 "어딜 감히"란 반응을 보였다. 그게 정당한 주장이었어도 말이다. 그 길로 찍혀서 회사 생활이 고단했었다. 그 뒤로 나는 착한 부하직원이 됐다. 그게 직장 생활에 훨씬 더 편하단 사실을 깨달았기에. 그런 트라우마가 남아, 내 편을 많이 만들어야 한다는 강박관념이 생겼다. 그래서 때때로 필요한 간등도 피했다. 그게 인간관계에서 자연스러운 것인데도.

'역지사지'가 잘되는 성격도 문제였다. 상대방이 느낄 감정이 잘 느껴졌다. 그래서 화내야 할 상황에서도, '혹시 상처받으면 어쩌지' 따위의 생각을 했다. 배려가 몸에 밴 것이 다른 이에겐 장점이지만, 내겐 단점이었다. 길을 걷다 부딪치면, 내 잘못이 아닌데도 "죄송합니다"가 먼저 나왔다. 그때, 상대방이 쓱 가버릴 때도 많았다. 또 아는 사람의 얼굴을 보면 인사부터 나왔다. 사이가 나쁘든, 반응이 시큰둥하든. 마주 오는 사람에겐 늘 먼저 길을 비켜줬다.

마지막으론, '자존감'에 대한 부분이다. 돌아보면 동조하거나 침묵하는 일이 많았다. '내 생각이 맞나?' 하고 두 번 세 번 곱씹는 습관이 있었다. 예를 들면 "여행은 유럽이 좋지" 하는 사람에겐 "그렇지"라 하고, "휴양지가 좋아"라고 하면 "그럼, 그것도 맞지" 하는 식이다. "아니야, 난 유럽 자유여행이 좋아"라고 당당히 말하지 못했다. 이게 어떻게 들릴까 생각하느라고 말이다. 스스로에 대한 신뢰가 컸다면 안 그랬을 것이다. 이는 때때로 추진력을 떨어뜨리는 원인도 됐다.

Step 1. 무례한 이들에게 "사과하라"고 해봤다

어느 불금 저녁이었다. 곱창에 환장하는지라, 서울 시내 한 곱창

맛집을 찾았다. 마침 쉬는 날이라, 가게 오픈 시간인 오후 6시에 맞춰 갔다. 도착하니 좁다란 가게 내부는, 벌써 사람들로 꽉 차 있었다. 별수 없이, 바깥에서 기다리기로 했다. 손님들이 연신 모여들어 금세 줄이 길어졌다.

그런데 내부 손님 중 한 여성이 눈에 띄었다. 무려 두 테이블을 혼자 맡은 뒤, 스마트폰을 보고 있었다. 일행은 아무도 없다가, 30분이 지나서야 한 명이 왔다. 이후 40분이 더 지나도록 두 테이블 중한 테이블이 여전히 비어 있었다. 그러는 동안 열다섯 명 남짓한 손님들은 추운 바깥에서 미세먼지를 마시며 기다렸다. 내 뒤에 서 있던 한 아주머니는 그 모습을 보며 "저건 좀 아니다. 그렇죠?" 하며 동조를 구했다.

무언가 속에서 뜨거운 게 꿈틀거렸다. 한 시간 동안 한 테이블을 맡아두는 건 예의가 아니라고 느꼈다. 그 정도면 빨리 먹는 손님이라면 다 먹고 나올 시간이었다. 마음속에서, '저건 잘못됐다'와 '그냥 참견 말자', 두 생각이 서로 싸우기 시작했다. 그러다 자주 가는 닭볶음탕 맛집 생각이 났다. 그 가게는 일행이 다 와야 들어갈 수 있다는 방침이 있었다.

그래서 마음먹고 가게 안으로 들어갔다. 점원에게 가서 정중히 따졌다. "일행도 다 안 왔는데, 저렇게 자릴 맡아두는 건 좀 아니지 않나요? 다들 추운데 밖에서 기다리는데요." 그러자 점원은 "그래도 음식은 미리 주문했다"며 얼버무렸다. 그가 무슨 잘못이랴. 거기까지였다. 무례한 이들에게 직접 따지고 싶었지만, 그렇게까진

불금에 찾은 곱창집. 손님들로 꽉 차 있었다. 일행이 온다며 자릴 밑은 이들이 있어 눈살을 찌푸리게 했다. 이들 일행은 한 시간이 넘도록 다 오지 않았다. 밖에선 손님들이 추위에 떨고 있었다.

못했다. 아직 연습이 덜 된 탓이었다.

그리고 주말, 아내와 간 한 카페. 자리에 앉아 대화를 나누는데 옆에 있던 한 여성이 아이스커피를 엎질렀다. 액체와 얼음이 아내 쪽으로 튀어 옷에 묻었는데 정작 그 여성은 어떡하느냐며 보고만 있었다.

당황스럽고 불쾌했다. 본인이 저질러놓고 어떡하느냐 묻다니. 아내는 싫은 소릴 못 하는지라 그냥 "괜찮다"고 하고 있었다. 그래서 표정을 굳히고, 여성에게 이렇게 말했다. "음료를 쏟았으면, 죄송하다고 먼저 사과하셔야 하는 것 아닙니까"라고. 그랬더니 그제야 그는 "죄송하다"고 했다.

Step 2. 무례한 이들에게 인사를 안 해봤다

매일같이 마주치는 누군가가 있었다. A라고 해두자. 평소 마주치면 인사를 잘하는 터라, 큰 소리로 "안녕하십니까" 하고 인사하곤 했다. 그러면 보통 친절한 이는 "네, 안녕하세요" 하거나 "응, 안녕" 하고 같이 인사한다. 좀 무뚝뚝한 이는 "네"라고 답하거나, "응"만 한다. 그런데 A는 인사를 받고도, 아무 대답도 하지 않는 사람이었다. 첨엔 못 들었나 하고 넘겼는데, 그다음에도, 그리고 그다음에도 묵묵부답. 인사가 맛있는지, 늘 그렇게 잡쉈다.

이게 한 네댓 번쯤 반복되니 묘하게 감정이 상했다. 그래서 소심한 복수를 다짐했다. '인사 안 하기'였다. 계획은 이랬다. 일단 평소처럼 얼굴을 본다. 그리고 눈이 마주친다. 그럼에도 자연스레 지나친다. 지나간 뒤 씨익 웃는다. 이런 생각을 하며 때가 오길 기다렸다. '아, 빨리 인사 안 해보고 싶다', '빨리 마주쳤으면 좋겠다' 하면서.

그리고 마침내 그날이 왔다. 오후 3시쯤 A와 우연히 맞닥뜨렸다. 얼굴을 보고, 눈이 마주쳤다. 순간, 대뇌에 나도 모르게 신호가 갔다. '인사해'라는 명령이. 그래서 무조건 반사처럼, 약 5도 정도 고개를 숙일 뻔했다. 그렇지만 다행히 멈췄다. 상상을 통해, 훈련한 덕분이었다. 그렇게 '쌩' 하고 지나갔다. 인사를 안 한 것이다. 뭔가 속이 시원했다. 짜릿했다.

'악성 댓글'에도 대응해봤다. 이건 기자에게 어쩔 수 없는 숙명 같은 거다. 대부분 다른 의견이려니 하고 넘겨왔다. 근데 때론 인신공격이나 말도 안 되는 주장 같은, 참기 힘든 것들도 있었다.

며칠 전에도 그런 댓글이 달렸다. 내 '기자 페이지'엔 기자가 된 계기가 적혀 있다. 시선에서 소외된 것들을 크게 떠들어 작은 변화라도 만들고 싶다고.

근데 그 문구를 가지고 누군가 댓글로 비꼬았다. 그 문장을 그대로 읊더니, "기자가 된 계기가 왜 매번 바뀌는 기분이죠? 기자는 진실이 생명 아닌가요?" 하고 달았다. 허무맹랑한 얘기였다. 기사에 대한 비판이면 그러려니 했을 거다. 근데 기자가 된 계기를 갖고 터무니없는 공격을 하니 넘어갈 수 없었다. 몹시 기분이 나빴다.

그래서 답글을 달았다. 최대한 정중하게. "기자가 된 계기가 바뀐 적 없는데, 어떤 근거로 그렇게 말씀하시는지 모르겠습니다. 주장을 하시려면 그에 맞는 명확한 근거를 제시하셨으면 합니다"라고. 그리고 이렇게 말했다. "누군가에겐 상처가 될 수 있는 말입니다." 그러자 악성 댓글을 단 이도 다시 답글을 남겼다. 요약하면 이렇다. 이전의 기사에선 이런 계기의 글을 못 봤다, 기자가 된 계기와 연관된 기사가 많지 않은 것 같다, 그러니 그분들 처우개선을 위한 글을 더 많이 써달라고. 여기엔 답을 하지 않았다. 여전히 불쾌한 내 마음을 '존중'하는 차원에서.

Step 3. 싫은 소리를 해봤다

처음 팀장이 된 뒤 '성장통'이 있었다. 그 전엔, 혼자 열심히 잘하면 됐는데, 이젠 그게 아니었다. 팀원들을 잘 살피고, 잘할 수 있게 이끌어줘야 했다. 그런데 항상 숙제처럼 안 되는 게 있었다. '싫은 소리', '쓴소리'였다.

팀원이었을 때 바라던 팀장 모습이 있었다. 열심히 솔선수범하면서, 인간적으로 대하는 것. 잘한 것에 대해 충분히 칭찬해주는 것.

여기까진 최선을 다할 수 있었는데 정작 중요한 게 따로 있었다. 팀원들에게 싫은 소릴 하는 거였다. 싫은 소리란 게, 꼭 혼내는 것만이 아니라, 필요한 피드백을 주는 것까지 포함됐다. 예컨대, 기사 발제가 이야깃거리가 안 될 때, 기사를 다 쓴 뒤 보완사항이 필요할 때, 오타나 맞춤법을 틀렸을 때 등 따끔하게 얘기해야 하는 순간이 있었다. 근데 이게 지독히 잘 안 됐다. 열심히 취재하고 고민해서 쓴 기사인 걸 알아서, 그냥 넘어가거나 알아서 고치곤 했다. 후배들 얼굴을 보면, 마음이 약해졌다.

그래도 후배들이 앞날을 위해 단단해졌으면 했다. 그래서 용기 내서 하나씩 얘기해줬다. 기사 제목에 오타를 쓴 후배에겐 "제목은 정말 중요하니, 다 쓰고 꼭 봐야 한다"고 일렀다. 현장 기사를 사정상 하루 뒤에 마감한 후배에겐 "어제 발생한 기사라 시의성이 떨어진다. 이럴 땐 새로운 시각으로 쓰든, 분석이 들어가야 기사가 살 수 있다"고 했다. 그러자 "감사하다"는 답이 왔다. '기를 죽이는 건 아닐까', 마음이 쓰였다.

인턴 기자 한 명이 출근 첫날부터 꾸벅꾸벅 조는 걸 봤을 땐, 이름을 부르며 "졸고 있냐"고 따끔히 혼냈다. 그러곤 "나가서 잠 깨고 오라"고 했다. 옆에 있던 부장이 "와, 깜짝이야" 하고 놀랐다. 평소 큰 소릴 낸 적이 한 번도 없어 그런 듯했다. 사회생활이 처음이라, 긴장이 필요할 거라 여겼다. 마음이 안 좋았지만, 쓰디쓴 약이 됐으면 했다. 방치하는 게 애정이 아니라 생각했다. 중학교 시절 자는 애들마다 등 두드리며 깨우던 국어 선생님 생각이 났다. 그땐 그렇게 싫었는데, 그게 다 나름의 정이었다.

기사를 재촉하는 상사에게도, 할 말을 하려고 했다. 부지런히 쓰는 후배들 상황을 충분히 모를 수 있기에, 연차 대비 아직 쓰기 힘든 것, 쓸 만한 아이템이 아닌 것, 손이 모자라 당장 못 쓰는 것 등은 팀장인 내가 대신 나서서 얘기하려 했다. 물론 충분치는 않았다. 후배들 보기에도 그랬을 것이다. '예의 없는 건 아닐까'라는 생각 때문에 마음처럼 잘 안 됐다. 그래도 예전보단 나아졌단 생각으로 위안을 했다.

Step 4. 그리고, '거절 잘 하기'

'거절당하기 50번' 체헐리즘 기사가 나갔을 때, 독자 중 누군가 요청했다. 반대로 '거절하기' 체험도 해달라고. 그게 더 어려울 거라고. 그때 몹시 뜨끔했다. 평소 거절을 잘 못 하는 성격이었기 때문이다. 무리하게 부탁을 들어주다, 내 앞가림을 못 한 적도 있었다. 좋은 게 좋은 거란 생각을 품고 있었다.

《나는 까칠하게 살기로 했다》 저자인 양창순 정신과 전문의는 "나를 미루어 남을 생각해봐도 내가 부탁을 거절하면 상대방이 상처 입을 게 뻔한데, 쉽게 그렇게 하기가 어려운 것"이라 설명했다. 그러면서 "그래서 할 수 있는 한 미적대면서 답변을 늦추기도 한다"고 했다. 내 얘기였다. 그럴 경우, 상대방은 기대를 키웠다가 더 실망한단다. 가장 안 좋은 거절 방법이라고. "간결하고 명료하게 거절 의사를 밝히는 것이 가장 좋다"고 했다. 나도 그 방법을 써보기로 했다.

최근 거절해야 할 상황이 참 많았다. 동기 결혼식 때 주말 근무가 겹쳤다. 그럼 못 간다고 하면 되는데, 이럴 때도 말이 잘 안 나왔다. 전화로 하기 힘들어, 메신저로 "꼭 가고 싶었는데 미안하다. 주말 근무 때문에 못 가게 됐다"고 했다. 축의금은 부탁해서 보냈다. "이해한다. 괜찮다"는 답이 왔다. 바로 얘기하고 나니, 오히려 마음이 후련했다.

한 방송사 프로그램에서 출연 제안을 받았을 때도 고민이 컸다. 과분하고 감사했지만, 일정이 버겁단 생각이 들었다. 팀장 업무도 해야 했고, 뭣보다 기사에 충실해야 했다. 저녁·밤 시간을 꾸준히 뺏기는 것도 걱정이었다. 아내와 함께하는 시간이 중요했기에(점수 따기). 고민 끝에, 이런 마음을 충분히 담아 문자로 거절 의사를 밝혔다. "아쉽다. 다음에 더 좋은 인연으로 뵙고 싶다"는 답장이 왔다. 전화로는 못 했지만, 하루 만에 의사를 밝혔다. 늦어지고, 망설이지 않아 다행이라 여겼다.

한 음료 제품을, 체험리즘을 통해 홍보하면 어떻겠냐는 요청도 받았다. 유명한 제품이었다. 담당자는 "저널리즘이 강한 기획 기사라 의사를 먼저 여쭤보고 싶다"고 했다. 고민해보고 답해드리겠다고 했다. 이 제품을 혹시 협찬받을 수 있다면, 사회 곳곳에서 고생하는 이들에게 나눠주는 체험을 하면 어떨까 싶었다. 고민만 하다 일주일이 갔다. 기사를 마감한 뒤에야 거절할 수 있었다.

그리고 마지막 거절. 피로한 상황을 끊어버렸다. 스팸 전화와 문자와 메일을, 일일이 차단하고 수신 거부를 했다. 광고 전화가 왔을 땐 "고생하시는 것 알지만, 이런 전화는 더 이상 안 해주셨으면 좋겠다, 죄송하다"고 거절했다. 그랬더니 어떤 이는 "그렇게 성실히 말씀해주셔서 감사하다"고 했다. 훈훈하게 통화가 마무리됐다. 물론, 다른 종류의 스팸 전화가 여전히 계속 오고 있긴 하지만.

'개운함'과 '불편함' 사이에서

이렇게 체험은 끝났다. 아니, 아직도 진행 중이다. 착하고 싶은 내 모습과 표현하고 싶은 내가 여전히 매일 싸운다. 오래 지녔던 습관들이, 하루아침에 바뀌진 않았다. 그런 극적인 변화는 없었다. 그저 아주 조금, 나아졌을 뿐이다. 불편한 내 마음을 알게 됐고, 왜 그런지 깊게 들여다보게 됐고, 이를 끄집어내주려 애썼다. 그래도 그게 시작이었다. 적어도 마음을 꾹꾹 누르며 살진 않게 됐다.

이번 체험을 한 뒤, 나름의 '착하게 살지 않기' 원칙을 세웠다. ①무례한 이들에겐 불편한 감정을 명확히 표현한다 ②확실히 안 되는 상황은 빠르게 거절하고, 고민될 땐 거절 기한을 정해서 지킨다 ③거절할 땐 정중하고 간결하게 ④필요한 경우 상대에게 쓴소리를 하며 건강하게 소통하기 ⑤그 과정에서 마음처럼 안 되는 것에 자책하거나 스트레스 받지 않기.

그럼에도 두 가지 기분이 함께 떠오르곤 했다. 개운함과 불편함. 내 마음을 표현했을 땐 참 시원했다. 열기로 끙끙 앓던 마음에, 냉수를 한 바가지 끼얹어준 것처럼. 그러다가도 마음 한편이 쭈그러

서울 종로구 익선동에서 본 엽서 속 문구가 좋아 찍었다.

들었다. 내 말에 상대방이 상처받았을까, 거절해서 혹 실망했을까, 관계가 깨지려나, 하는 고민들. 그럴 때면, 다시 '좋은 나'로 되돌아 가고픈 마음이 스리슬쩍 고갤 들었다.

그럴 땐 마음을 다시 먹었다. 반복해서 생각했다. 할 말을 하는 게 내 마음을 위한 '착하게 살기'라고. 힘이 됐던 건, 나처럼 '착한 사람'을 못 깨는 아내와의 대화였다. 퇴근 후 저녁을 먹으며 아내 는 그런 얘길 했다. 오늘 그만두는 직원이 있어 꽃을 샀는데 싱싱 하지가 않았다고. 그런데 꽃 파는 아주머니가 너무 열심히 만들고 있어서 싫은 소릴 못했다고. 그 마음을 이해한다고 했다. 그리고 "우리 조금씩 나아지고 있다"고 서로를 격려했다.

오래전, 마음속에 깊이 박힌 말이 생각났다. 잊었다고 생각했는데, 못 뽑은 '가시'처럼 남아 있었나보다.

예전에 한 회사 상사가 그런 얘길 했었다. "형도는 물 같다"고. 무슨 얘긴가 싶어 왜 그렇게 생각하시느냐 물었더니, "무색무취라서 그렇다. 아무 색깔이 없어서"라고 했다. 그날 하루 내내 그 말을 곱씹으며 기분이 좋지 않았다. 그게 '나쁜 사람'이라 욕하는 것보다, 더 심한 말처럼 들렸다. 하지만 정작 화가 났던 건, 그 말을 웃어넘긴 내 모습이었다. 나는 그런 사람이 아니라고 말하지 못한 바로 나 자신 말이다.

뒤늦게나마 이제 그에 대한 대답을 하고 싶다.

"그때 당신의 그 말은 몹시 불쾌했습니다. 상대방을 배려하는 게 미덕이라 여겼습니다. 그래서 목소릴 내기보단 따랐고, 존중했습니다. 나 자신보다 누군가를 더 생각한 건 맞습니다. 근데 무색무취라뇨. 함부로 사람을 판단하지 마세요. 무례한 겁니다. 혹여나 상대방이 편하다면, 그 사람은 어쩌면 당신을 배려하고 있는 겁니다. 아시겠습니까? 이제 속이 좀 시원하네요. 그때 말하지 못했던 저를, 뒤늦게나마 이렇게 위로합니다."

네 살 똘이와
하루를 보냈다

하얗고 작은 두 앞발이 현란하게 움직였다. '딸랑이(방울 소리 나는 작은 공)'를 드리블하고 있었다. 왼발서 오른발로, 오른발서 다시 왼발로. 축구 선수 뺨치게 빨랐다. 주인공은 네 살 똘이였다. 이걸 10분째 물끄러미 바라보고 있었다. 아무것도 안 하고. 물 한 잔 마시러 일어나자, 똘이가 드리블을 멈추고 불안한 듯 고개를 올려 쳐다봤다. "걱정 마, 오늘은 어디 안 가" 하고 목덜미를 쓰다듬었다.

똘이를 처음 만난 건 4년 전이었다. 아내가 연애할 때부터 키우던 하얀 몰티즈였다. 반곱슬 보드라운 털이 참 북슬북슬했다. 초면에 녀석은 대뜸, 양반다리 한 내 종아리 위에 올라왔다. 그게 편한지 고개를 가만히 내려놓았다. "애 봐라" 하며 질투하던 아내도 아랑곳하지 않고. 결혼한 뒤엔 처가서 키웠다. 그래도 엄마·아빠(장모님·장인어른)보다 형(필자)을 더 따랐다. 가족들 가운데 가장 반겼고,

형의 등 위에 올라가 있는 반려견 똘이. 원래 배 위에 올라가 있는 걸 더 좋아했는데, 형의 배가 점점 나오고 경사가 심해지면서, 올라가 있는 걸 불편해했다. 요즘은 등을 더 선호한다.(ⓒ필자 아내)

현관에 앉아 형을 기다리기도 했다. 잘 놀아줘서 그런가 싶었다.

하지만 사는 게 바빠 얼굴도 잘 못 봤다. 일주일에 한 번 보기도 힘들었다. 집에 갈 땐 현관까지 쫓아 나와 바라봤다. 아쉬움이 늘 컸다. 반려인들 마음이 다 그렇듯. 날 잡고 제대로 놀아줘야지 하는 사이 4년이 흘렀다. 약속은 못 지켰다. 그마저 같이 있는 시간도 집중을 잘 못 했다. 스마트폰을 하거나, TV를 보거나, 자거나. 그런데 같이 찍은 사진을 찬찬히 보니, 똘이는 늘 형을 보고 있었다.

문득 정신이 든 건 '아롱이' 때문이었다. 초등학교 4학년 때부터 키우던 스피츠 믹스견이었다. 쫑긋한 귀, 동그란 눈, 하얀색 털에 갈색이 드문드문 섞인, 성깔이 장난 아녔지만 가장 소중한 우리 집

막내였다. 고3 수험생 때, 모든 가족이 잠든 새벽에 집에 와도 녀석은 뛰쳐나와 꼬릴 흔들며 반겼다. 물론 오래 질척거리면 화냈지만. 그렇게 17년을 살고 무지개다릴 긴넜다. 한 언론사 합숙 면접을 보느라 마지막 모습도 못 봤다. 면접비로 꽃 한 다발을 사고, 한달음에 달려왔다. 차갑게 굳어버린 녀석을 안고, 눈물이 안 나올 때까지 울었다.

그때 가장 많이 후회했던 게, 같이 충분히 못 보낸 시간이었다. 엄마가 "산책 좀 가"라고 할 때, 떠밀리듯 갔었다. 놀자고 할 때도. 시간은 그리 많지 않았다. 아롱이는 여덟 살이 되니 걸음이 느려졌고, 열 살이 되니 가만히 있는 시간이 많아졌다. 열네 살이 되니 뒤뚱뒤뚱 걸었다. 나보다 어렸던 녀석이, 나보다 빨리 늙어갔다. 세월은 기다려주지 않았다.

그래서 똘이와 온전히 하루를 보내기로 했다. 더 늦기 전에. 한창 뛰어다닐 수 있을 때. 이를 기록하고 싶었다. 날이 쌀쌀하던 11월의 어느 날, 오전 9시부터 저녁 7시까지 함께 보냈다.

"제대로 놀아보자, 똘이야"

전날 일찍 푹 잤다. 체력이 필요할 거란 걸 알고 있었다. 한번 놀면 지칠 줄을 몰랐다. 기운도 장난 아니었다. 그래서 '또르(똘이+토르)'라는 별명을 붙였다.

당일 오전 9시, 처가에 갔다. 똘이가 장모님보다 더 빨리 나왔다. 버선발, 아니 보송보송 맨발이었다. 반갑다며 두 발로 서고 난리였

형, 왜 이제 왔어. 나 완전 신남.

다. 흡사 '호모 개렉투스(직립보행하는 강아지, 필자가 만든 말)'인가 생
각했다. 딸랑이(최애 놀이템), 밥푸리(차애 놀이템, 인형), 배변 패드, 사
료, 간식, 몸줄, 옷(엄청 싫어함), 그리고 노즈워크(후각 자극) 담요를
챙겼다. 똘이를 안고 돌아서는데, 장모님 눈가가 촉촉해지는 듯했
다. '바보 똘이'는 아는지 모르는지, 눈치 없이 빨리 나가겠다고 꼬
릴 흔들었다.

집에 와 내려주니, 금세 난리가 났다. 방마다 광란의 달리기를
했다. 그럴 줄 알고 미리 이불을 다 깔아뒀었다(그래야 좋아한다). 그
걸 보고 트레이닝복 바지를 걷어붙였다. "그래, 오늘 제대로 한번
놀아보자. 원 없이 놀아보자"고 얘기했다. 똘이는 알아들은 듯, 기
분이 좋은 듯, 꼬릴 흔들었다.

똘이와 '무서운 듯 도망가기' 놀이를 하고 있는 필자. '와아아앙' 하면서 두려운 듯 빠르게 도망가는 게 놀이의 핵심이다. 놀다보니 너무 더워서 트레이닝복 바지를 걷었다.

놀이 종류는 총 여섯 가지였다. △무서운 듯 도망가기 △딸랑이 던져주기 △딸랑이 어느 손 △숨바꼭질 △터그 놀이(줄다리기) △노즈워크였다. 다 끝나면 하얗게 불타겠구나 싶었다.

△**무서운 듯 도망가기**(직접 개발, 특허 없음)부터 시작했다. 방법은 이렇다. 1. 똘이를 보며 무릎을 굽히고 살금살금 걷는다. 그럼 놀자는 줄 알고 똘이가 앞발을 구른다. 2. 그때 잠깐 멈춘다. 그러면 똘이가 까만 두 눈을 희번덕거리며 쫓아갈 준비를 한다. 3. 다시 살금살금 걷다가, '와아아앙' 하며 무서운 듯 도망간다. 그럼 똘이가 사정없이 쫓아온다. 4. 다 쫓아오면 잠시 웅크리고 있다가, 반대 방향으로 돌아선다. 그러곤 1부터 4까지 무한 반복.

△**딸랑이 던져주기**는 단순하다. 딸랑이의 이해부터 필요하다.

똘이에게 '딸랑이(방울이 든 공)'는 분신이나 마찬가지다. 늘 입에 물고 산다. 던지기 놀이를 하고 있는 필자. 저 상태에서 조금만 더 기다리게 하면 빨리 달라며 매달린다. (ⓒ필자 왼손)

형, 빨리 그 손 놔, 크르릉. 터그 놀이를 하고 있는 똘이와 필자.

똘이에게 일종의 '분신'이라, 늘 물고 다닌다. 혀는 오른쪽으로 쭉 빼고. 소중한 딸랑이를 그냥 저 멀리 던지면 된다. 그럼 가서 물어 온다. 역시 무한 반복. 한눈을 팔면 딸랑이를 늘 앞에 물어다 놓는다. '놀이에 집중해'라는 일종의 경고다. 한 번은 화상실에 가서 응아 하고 나왔더니, 문 앞에 딸랑이만 놓여 있었다(소름).

△**딸랑이 어느 손**도 연장선상에 있다. 똘이 지능을 향상시키는 놀이다(근거는 없음). 양손에 딸랑이를 감싸고 있다가, 재빠르게 한쪽 손에 옮겨 쥔다. 그리고 "어느 손?" 하면서 양 주먹을 똘이에게 내보인다. 그러면 똘이가 딸랑이가 어딨는지 맞힌다. 해보니 정답 맞히는 확률이 약 90퍼센트 정도 됐다(똑똑).

△**숨바꼭질**은 딸랑이를 저 멀리 던진 뒤, 내가 집 한구석에 몰래 숨는 놀이다. 보통 문 뒤나, 침대 위에 납작 엎드려 숨는다(강아지 시야에서 안 보이므로). 그러면 똘이가 찾으러 다닌다. 통상 반려견들은 사냥을 좋아하는 습성 때문에 숨바꼭질을 즐긴다고 한다. 똘이에게 발각되면 즉시 인정해야 한다. 계속 모른 척하고 있으면, 돼지처럼 '킁킁' 하는 소릴 낸다.

△**터그 놀이**는 밥푸리 인형 양팔을 한쪽씩 쥐고, 줄다리기하듯 밀고 당기는 놀이다. 스트레스 완화와 신뢰 쌓기에 좋다고 한다.

마지막으로 △**노즈워크**는 전용 담요에 간식을 곳곳에 숨겨두고, 똘이가 찾게끔 하는 놀이다. 수십 개로 조각난 천 뒤에 숨겨진 간식을, 후각을 써서 찾는 원리다. 타고난 후각을 활용하게 해주고, 스트레스 푸는 데 좋다고 한다.

여섯 가지 놀이를 다 마치니 오후 1시쯤. 체력이 바닥날 것 같았다. 특히 '무서운 듯 도망가기' 놀이는 체력 소모가 컸다. 실감 나게 해야 하기 때문이다. 잠시 뻗어 있다가, 간식 시간을 갖기로 했다. 점심을 간단히 먹고, '수제간식'을 처음으로 만들어줄 참이었다.

수제간식 종류는 '황태당근브로콜리달걀국', 보양식이었다. 황태는 칼슘과 단백질이 많아 면역력 강화와 체력 회복에 좋다고 한다. 달걀은 비타민이 풍부하고, 당근은 코와 눈 건강에 좋다고 했다. 브로콜리는 비타민C와 식이섬유가 풍부하단다(단, 소화불량을 일으킬 수 있으니 소량만).

손질된 황태를 사서 가시를 제거한 뒤 물에 넣어뒀다. 염분을 없애기 위해서다. 한두 시간 넣은 뒤 빼니, 짭조름한 맛이 없었다. 당근과 브로콜리는 잘게 썰었다. 그리고 달걀을 풀어 저은 뒤, 당근, 브로콜리와 합쳤다. 이를 황태 끓인 물에 넣어 푹 익혔다. 다 끓인 뒤 채로 건더기만 건졌다. 뜨거워서 10분간 식혔다.

준비하는 새 똘이가 전기장판을 뒤집어 났다. "뭐 하냐"고 하자 글쎄, 모른 척했다. 수제간식을 그릇에 담으니, 이미 냄새를 맡은 눈치였다. 부엌을 왔다 갔다 하며 빨리 달라고 보챘다. 그릇을 내려놓자마자 똘이는 코를 박고선 허겁지겁 먹어 치웠다. 정확히 3분 만에 다 사라졌다. 당근만 몇 조각 남겨놓고 망설이더니, 마지막엔 깨끗이 먹었다. 그러고도 아쉬운 듯 그릇 주위를 5분 넘게 계속 맴돌았다. "형, 더 있는 것 알아. 빨리 더 줘" 하는 것 같았다. 그래도

처음으로 수제간식을 만들었다. 건
더기만 건져서 식힌 뒤 똘이에게
줬다. 꼬리를 흔들며 빨리 달라고
애잔한 표정을 짓고 있다. 정확히
3분 만에 다 먹었다.

형. 수제간식 더 없어? 진심이야.

안 주자 팔뚝을 하릴없이 핥기도 했다.

잘 먹는 걸 보니 기분이 참 좋았다. 이렇게 좋아하는 걸 왜 여태 못 만들어줬을까 싶었다.

음악 듣고, 산책하고, 주물러주기

보양식을 먹은 똘이는 기운이 다시 펄펄 났다. 앞에서 한 여섯 가지 놀이를 반복해서 했다. 오후 3시쯤 되자, 녀석도 지친 듯했다. 소파에 올려달라며 점프를 했다. 위에 올려놓으니 쿠션 옆에 털썩 엎드렸다. 잠시 뒤엔 양발을 옆으로 쭉 뻗어 누웠다. 내 상태도 비슷했다. 나란히 누우니 눈이 스르르 감겼다. 단잠에 빠져들었다.

눈을 뜨니 똘이가 옆에 누워 있었다. 털을 쓰다듬었다. 옥시토신 (행복의 호르몬)이 분비되는 듯했다. 잠에서 덜 깬 이때가 귀여움 만렙(레벨이 최대치로 성장한 것). 머리맡에 와서, 간지럽게 털을 마구 비볐다. 한참을 쓰다듬고 뒹굴며 잠을 깼다.

바람 좀 쐴 겸, 산책을 가기로 했다. 똘이는 사실 산책을 무서워한다. 어렸을 때 산책 나갔다가, 목줄 안 한 개가 달려오는 바람에 트라우마가 생겼다. 그 아주머니는 태연히 "우리 개 안 문다"고 했다. 지금 생각해도 무척 속상한 기억이다.

똘이가 쌀쌀할까 싶어 곰돌이 옷을 입히려 하자, 완강히 거부했다. 몸줄을 채우려 해도 몹시 거부했다. 하는 수 없이, 품에 안고 밖에 나왔다. 동네를 한 바퀴 걸었다. "단풍이 이렇게 물들었다", "감나무에 감 달린 것 보이냐?"며 말을 걸었다. 녀석도 두리번거렸다.

긴장했는지 방귀도 뀌었다. 냄새가 지독했다. 마치 내가 뀐 것 같았다.

돌아와선 '강아지가 좋아하는 음악'을 검색해 틀어줬다. 심신안정과 스트레스 해소에 좋다고 했다. 놀이는 얌전해시신거닝 노 늘자고 했다. 그래서 앞에서 했던 여섯 가지 놀이를 다시 반복했다. 한 시간쯤 더 논 뒤에야 차분해졌다. 전기난로 앞에 방석을 깔았더니, 거기에 앉았다. 그래서 마사지를 해줬다. 어깨 관절, 목덜미, 앞발, 뒷발, 몸통을 차례로 꾹꾹 눌렀다. 얌전히 있었다. 시원한 모양이었다. 이따금 뒤를 돌아본 똘이와 눈이 마주치면 "기분 좋지?" 하고 물었다. 피로가 풀리는 모양이었다.

지칠 줄 몰랐다. "너 많이 심심했구나"

그리고 저녁 7시, 헤어질 시간이 됐다. 똘이에게 "이제 집에 가자" 하면서 일어났다. 눈치챘는지, 까만 눈망울이 올빼미 눈만큼 커졌다. 그러더니 일어나 연달아 점프를 했다. 발걸음을 못 옮기게 앞발로 계속 막았다. 아쉬움이 묻어나는 몸짓이었다. 이 시간이 자주 안 올 거라는 걸, 녀석도 직감으로 아는 듯했다. 애써 품에 안으니 심장이 콩닥콩닥 뛰는 게 느껴졌다.

분명 평상시와 다른 하루에 지쳤을 텐데, 그럼에도 그리 놀아달라고 했다. 지금껏 많이 심심했구나 싶었다. 겨우 달래서, 처가에 데려다 놓았다. 거실에 내려놓으니 또 반겼다. "왜 이래, 종일 같이 있었잖아"라고 했다. 돌아가려는데 현관까지 쫓아 나왔다. 뒤돌아보다 눈이 마주쳤다. 늘 그랬듯, 태연하게 인사했다. "또 올게, 똘이야."

똘이가 남기고 간 여운은 짙었다. 그날따라 아내가 늦게 오는 터라, 텅 빈 집 안에 그 녀석 '잔상'만 떠다녔다.

집중해서 하루를 보내니, 소소한 것들을 더 많이 알게 됐다. 이불에 딸랑이를 파묻고 앞발로 파헤쳐 꺼내는 걸 좋아한단 것, 냄새 맡을 때 코 앙옆에 난 산벌이 씰룩거린다는 것, 오른쪽 뒷발을 들고 쉬 한 다음 냄새를 한번 '쿵' 맡는다는 것, 창밖에 날아다니는 새와 용맹하게 싸운다는 것, 내 말을 절반 이상 알아듣는다는 것, 소심하지만 호기심이 참 많다는 것, 나를 늘 바라본다는 것. 그리고 내겐 조금은 단조로운 놀이도, 똘이는 무척 행복해한다는 것. 그게 똘이에게 전부라는 것. 행복하게 해주려 시작한 하루인데, 내가 더 행복해졌다는 것도.

똘이가 집으로 돌아가기 전 영상 인터뷰를 했다. "똘이야, 오늘 좋았어?" 낯간지러웠지만 물었다. 그러자 내 얼굴을 물끄러미 바라봤다. "오래오래 살아" 하며 털을 쓰다듬었다. 그 순간, 카메라 전원이 꺼졌다. 동시에 화면 속 똘이 모습도 까만 어둠으로 덮였다. 온종일 켜놓느라 배터리가 방전된 탓이었다.

그때 그런 생각이 들었다. 똘이 삶도 언젠간 이렇게 다할 거라는

끝까지 읽어주셔서
감사합니다. from 똘
(사실 멍때리는 중)

걸. 함께 보낸 시간이 무척 그리워질 거란 걸. 똘이와 보낸 하루는,
사실 하루가 아니라 일주일이라는 걸(강아지 한 살은 사람 나이로 예닐
곱 살이다). 반대로 하루를 무심히 놔둔 채 보내면, 꼬박 일주일을 기
다린단 것도.

···

그래 난 너로 인해 많이 울게 될 거라는 걸 알아.
하지만 그것보다 많이 행복할 거라는 걸 알아.
궁금한 듯 나를 보는 널 꼭 안으며
난 그런 생각을 했어.

- '가을방학'의 노래 〈언젠가 너로 인해〉 중에서

스마트폰에서
눈을 떼봤다

"어여 이리 와서 앉아."

백발 할아버지는 더딘 걸음을 바삐 옮겼다. 덜컹대던 만원 지하철 안이었다. 사람들을 헤치고 또 헤치고. 그렇게 발길이 닿은 곳엔 한 할머니가 서 있었다. 손잡이를 잡고선 비틀거리는. 할아버지는 할머니 손을 꼭 붙잡았다. 그리고 부리나케 이끌었다. 여러 좌석 중 가운데쯤, 빈자리 앞으로 오더니 앉으라고 손짓했다. 마스크에 머플러까지 두른 할머니는 털썩 앉았다. 지친 듯 가만히 눈을 감았다. 체구에 비해 큰 배낭까지 멘 할아버지는 그 앞에 우뚝 섰다. 할머니를 바라보는 눈엔 안도감이 묻어났다. 잠시 뒤, 한 자리가 더 생겼다. 할아버지는 할머니 옆에 나란히 앉았다. 고개를 옆으로 돌리곤, 희미한 미소를 띠었다. 그 앞에 서서 그 광경을 모두 지켜봤다. 둘에게서 눈을 뗄 수 없었다. 여운이 남았다. 백년해로란, 부부의 연緣이란 이런 건가 했다.

지하철 좌석 하나가 비자, 할아버지는 재빨리 할머니를 앉게 했다. 옆자리도 다행히 비어 나란히 앉았다. 스마트폰서 눈을 떼고 이 광경을 눈에 담았다. 아내에게 이렇게 나이 들고 싶다고 했다.(ⓒ흐뭇한 필자)

지난 겨울 출근길이었다. 집에서 회사가 있는 광화문까지 걸리는 시간은 50분 남짓. 원래 이 시간 길동무는 '스마트폰'이었다. 일단 출근길 분노(왠지 그런 느낌)와 어울리는, 거친 랩이나 락을 튼 뒤 이어폰을 꽂는다. 그리고 대뇌를 비우고 동공을 한껏 이완시킨 뒤, 4.7인치 직사각형 화면을 응시한다. 의식의 흐름을 따라 뉴스를 보고, 웹툰을 보고, 동영상을 보고. 어쩌다 둘러보면, 대부분 비슷한 모습이었다. 고개는 약 45도 아래로 숙인 채, 눈길이 묶인 직장인들 모습. 그건 마치 거울을 보는 듯했다.

그런데 그날은 좀 달랐다. 스마트폰을 안 보고 있었다, 조금 피로해서. 그러니 새삼 주변 광경이 눈에 들어왔다. 정다운 노부부도 두리번거리다 우연히 본 것이었다. 문득 그런 생각이 들었다. '스

지하철에서 스마트폰을 보는 사람들. 나도 그렇다.

마트폰에 꽤 매여 있었구나' 하고. 스마트폰 사용 기록을 보니, 일주일에 25시간 36분이나 됐다. 하루 3시간 39분, 화면을 깨운 건 100여 번 이상. 이렇게 많이 썼나 싶었다.

이젠 필수품이 됐으니, 안 쓸 수는 없는 노릇. 아침부터 밤까지 모든 연락과 소식, 정보가 스마트폰을 통해 오가니까. 다만 눈이 스마트폰에 묶여 있는 동안, 놓친 것들이 궁금했다. 그래서 스마트폰에서 눈을 떼어보기로 했다. 꼭 필요할 때만 쓰고(취재·연락·음악·사진 촬영), 시선을 좀 자유롭게 풀어두기로. 다음은 스마트폰에서 눈을 뗐을 때 보게 된, '시선의 기록'들이다.

가방이 무거워 '낑낑' 올라가던 할머니

미세먼지 취재를 하러 가던 길이었다. 서울 지하철 3호선 충무로

역에서 4호선으로 갈아타고 과천까지 가야 했다. 4호선을 타러 계단을 오르는데, 바삐 움직이는 인파 속에 유독 느리게 움직이는 이를 봤다. 할머니였다. 그는 캐리어 형태로 된 하늘색 가방을 들고, 한 걸음씩 오르며 싸우고 있었다. 두 손으로 계단 난간을 잡고, 몸을 먼저 올리고, 그다음 가방을 두 손으로 잡고, 또다시 올리고. 힘겹게 그걸 반복하고 있었다.

다가가 "제가 들어드리겠다"고 했다. 할머니는 고개를 지그시 들어 보더니, "아이고, 고맙다"며 가방을 건넸다. 어르신 홀로 들기엔 꽤 묵직했다. 부리나케 계단 맨 위쪽까지 올려놓았다. 가방을 잃어버리지 않도록 그가 계단을 다 올라올 때까지 기다렸다. 가방을 건네주자 할머니는 연신 미소 지으며 "고맙습니다"를 반복했다. 쑥스러워서 같이 웃고, 황급히 지하철에 올랐다.

가방을 계단 위로 옮겨드리자 할머니는
연신 고맙다며 미소 지었다.

횡단보도에서 대기하던 여성. 코트끈이 떨어졌기에 알려줬다.

"저기, 끈 떨어졌어요"

점심을 먹고 광화문 인근 서점에 다녀오던 길. 횡단보도에서 한 여성이 신호를 기다리고 있었다. 그 뒷모습이 유독 눈에 띄었던 건 그가 입고 있던 코트 때문이었다. 허리끈이 오른쪽으로 떨어져 있었는데, 본인은 미처 모르는 듯했다. 신호가 바뀌면 질질 끌려갈 운명이라, 여성에게 다가가 말을 걸었다. "저기요, 여기 끈이 바닥에 떨어졌어요." 그는 "아, 감사합니다" 하고 인사하며, 허리끈을 주운 뒤 툭툭 털었다.

누구에게나 손 흔들며 웃던 아이

저녁 퇴근길 지하철에서 그 아이를 봤다. 노오란 옷을 입고, 엄마

아빠 손을 꼬옥 잡고 탑승한 남자아이. 아장아장 걷더니 빈 좌석 한 곳에 앉았다. 그러더니 맞은편에 있던 어른들에게, 손을 마구 흔들기 시작했다. 그것도 세상 해맑게 웃으면서. 오른쪽, 위쪽, 앞쪽 가리지 않은 '인사 폭격'은 계속됐다. 표정이 굳었던 이들은, 인사하는 아이에게 무장 해제됐다.

피로에 찌들어 무표정하던 내 얼굴에도 웃음이 번졌다. 그날 하루 잘 안 쓴 근육이라 좀 경직돼 있었다. 아이가 내릴 때 "잘 가" 하며 손을 힘껏 흔들었다. 그걸 빤히 쳐다보던 맑은 눈에서, 내 모습이 거울처럼 보였다. 같이 인사해주는 게 좋았는지, 아이는 더 열심히 손을 흔들었다. 별일 없이 웃을 수 있단 게 부러웠고, 반대로 별일 없이는 웃을 수 없단 게 애달팠다. 짧은 순간, 만감이 교차했다.

회사 엘리베이터 '1층 미스터리'

매일 아침, 회사 로비에 들어서면 엘리베이터를 기다린다. 그런데 대부분 이미 1층에 와 있었다. 버튼을 누르면 바로 탈 수 있어서 참 좋았다. 특히 지각해서 마음이 급할 땐 매우 도움이 됐다. 이를 당연하게 여기다, 문득 의아하기도 했다. 누군가 타고 위로 올라가면, 그 층에 머물러 있어야 하는데 왜 다시 1층에 돌아와 있는 것인지, 미스터리했다.

그러던 어느 날, 비밀이 풀렸다. 빌딩 경비 아저씨 덕분이었다. 서글서글한 눈매에 인상이 좋은 분이다. 늘 웃으며 인사해준다. 사람들이 엘리베이터를 타고 위로 올라가면, 엘리베이터가 다시 돌

엘리베이터가 항상 1층에 와 있는 건 빌딩 경비원 아저씨 덕분이었다.

아오도록 버튼을 분주히 누르는 모습을 봤다. 그는 그렇게 '보이지 않는 손'을 자처하고 있었다. 바쁜 이들의 시간을 아껴주기 위해서. "이거 타고 가시라"며 버튼을 누른 아저씨에게, "감사합니다" 하고 크게 인사를 건넸다.

10분에 열 개, 전단지의 '무게'

저녁 7시, 바람이 많이 불던 지하철 역사 앞. 에스컬레이터를 탄 이들이 출구로 속속 빠져나갔다. 하루를 버틴 이들의 발걸음은 빨랐다. 그와 거꾸로 마주 선 여성은 전단지를 하나씩 건넸다. 40대 초반쯤 됐을까. 전단지를 한 움큼 쥐고, 다 나눠 주면 바닥에 놓인 가방에서 다시 꺼냈다. 귀엔 이어폰을 꽂고 있었다. 몇몇은 못 봤고, 또 몇몇은 보고도 스쳐 지나갔다. 10분 동안 지켜보니, 열 명이 전

바닥에 떨어진 전단지를 줍기 위해 무릎을 굽힌 아주머니. 한 장의 무게는 결코 가볍지 않았다.

단지를 받아 들었다.

그사이 그는 때때로 추위를 잊으려는 듯 발을 동동 굴렀다. 그러다 손에 쥔 전단지를 놓치기도 했다. 삽시간에 바닥에 흩뿌려진 전단지를 그는 쭈그리고 앉아 한 장 한 장 주웠다. 하나라도 사라질까 싶어 둘러보는 그의 입에선 하얀 입김이 새어 나왔다. 종종걸음으로 다가가 전단지를 건넸다가, 사람들이 주머니에서 손도 빼지 않았을 땐 무안했는지, 괜스레 자기 이어폰을 만지작거리기도 했다. 이를 가만히 지켜보던 나는 다가가 전단지 한 장을 달라고 했다. 평소엔 한 손으로 받았지만, 그날은 두 손으로 받아 들었다.

가벼웠지만, 결코 가볍지 않았다.

에스컬레이터 한편엔, 애끓은 부모 마음이

광화문역 기다란 에스컬레이터 손잡이 너머. 항상 다니는 길이지

에스컬레이터 한켠엔, 잃어버린 아이를 찾길
바라는 애끓는 부모 마음이 있었다.

만 평소 잘 보지 않던 이곳엔 아이들 사진이 잇따라 붙어 있었다.
실종된 아동들이었다. 이름과 실종된 날짜, 장소가 적혀 있었다. 제
보는 112로 해달라는 문구까지. 사진 속 아이들은 많아야 네댓 살
쯤 됐을까, 하나같이 앳된 모습이었다. 잃어버린 지 25년이나 된
아이도 있었다. 에스컬레이터가 올라가는 1분 남짓, 애끓은 부모
마음이 전해졌다. 잠깐이라도, 누구라도 봐줬으면 했는지 같은 사
진이 세 장씩 붙어 있었다. 다음은 그 찰나에 봤던 아동들 인적 사
항이다.

김영근, 1994년 8월 27일, 경기 부천시. 이선우, 1995년 10월 1일,
경기 여주시. 박윤희, 2000년 8월 23일, 충남 보령시. 김대현, 2003
년 9월 5일, 경기 용인시. 김은지, 2002년 11월 12일, 서울 동작구.
모영광, 2003년 10월 10일, 부산 해운대구.

'승리·정준영 사태'와 '장애등급제 폐지' 전단지

한 달 내내, 승리와 정준영 사태가 이슈를 뒤덮었다. 연일 팀원들과 대응하다 보니 피로감이 쌓였다.

무거운 몸으로 퇴근하던 길, 광화문역 내에서 상애인들을 봤다. 2012년부터 '장애등급제'를 폐지하라며 광화문 농성을 시작했었다. 1,842일 동안 싸운 끝에 올 7월부터 폐지하기로 했다. 겨우 약속을 끌어냈는데, 왜 또 거리로 나왔을까. 활동가에게 서명을 해주며 물으니, 관련 예산이 미미해 실질적인 지원 체계가 없다고 했다. 31년 만에 논의된 장애등급제 폐지가 실효성이 떨어진단 얘기다.

관련 내용을 살펴보려 검색하니, 기사 수가 무척 적었다. 승리·정준영 이슈엔 모든 매체가 달라붙어 쓰는데 말이다. 이 사안이 그보다 중요성이 떨어지는 것이라 장담할 수 있을까. 나 또한 '기자'라는 이름에 걸맞게 현장을 보고 있는 것인지.

장애인들에게 전단지 한 장을 받고, 지하철에 올랐다. 앞쪽에 여성 한 명이 서 있었다. 품에 안은 여러 서류 더미 사이엔 아까 나눠준 장애등급제 전단지도 한 장 껴 있었다. 그 작은 관심에서 희망을 보고, 책임감을 느꼈다.

추운 겨울 잘 이겨준, '엄마 길냥이'

봄기운이 추위를 슬슬 밀어낼 무렵이었다. 아파트 단지에서 갈색 길냥이 한 마리를 봤다. 사뿐사뿐 걷다가, 잔디밭으로 껑충. 그 길로 잽싸게 사라졌다. 길냥이들이 으레 그렇듯이.

추운 겨울 잘 보내줘서 고맙다고 동네 길냥이에게 인사했다. 새끼 세 마리도 잘 있기를.

어쩐지 낯익어 기억을 더듬었다. 누군지 기억이 났다. 지난해 추석 연휴 때, 아내와 산책하다가 이 녀석을 만났다. 꼬물꼬물한 새끼 세 마리도 함께 있었다. 갓 태어난 듯 보여 걱정이 됐다, 추운 겨울을 어떻게 보낼까 싶어서. 편의점에 가서 고양이 캔 사료를 하나 샀다. 다시 돌아와 앞에 조용히 놓아주려 했다.

그러자 어미가 재빨리 다가왔다. 새끼 세 마리를 등진 채. 녀석은 "크아앙" 하면서 하악질을 했다. 다가오지 말란 의미였다. 두려웠을 텐데도 털끝을 쭈뼛 세우며 맞서는 모성에 울컥했다. 자극하지 않으려, 캔을 따서 멀찌감치 놔뒀다. 경계하던 어미는 천천히 다가왔다. 그러고는 많이 배고팠는지 허겁지겁 먹었다. 새끼 세 마리도 사이좋게 나눠 먹었다. 보기만 해도 배가 불렀던 기억이 난다. 겨울을 잘 이겨내길 간절히 바랐는데, 봄까지 잘 견뎌줘서 고마웠다.

초코바를 반씩 나눠 먹던 직원들

향수를 팔기 위해 자그마한 판매대 앞에 서서 일하던 한 여직원. 하나라도 더 팔려고, 지나가던 이들을 향해 목소리를 높였다. 그 한편엔 목의 피로를 달래줄 보온 물통이 있었다. 그리고 초코바 하나가 눈에 띄었다. 아픈 다리를 수차례 두드리던 그는, 출출했는지 초코바를 집었다. '먹으려나 보다' 생각하는 순간, 옆 판매대 직원에게 다가가더니 초코바를 반으로 쪼개서 줬다(한입 크기였는데). "이거 먹으면서 해"라고 하면서. 가까이서 지켜봤으니, 서로의 힘듦을 가장 잘 알았을 것이다. 그 모습을 보는 것만으로도 피로가 가셨다.

아내의 '화장대 거울'과 '낡은 가방'

집에서도 스마트폰에서 눈길을 거두자 새삼 익숙했던 것들에 시선이 닿았다.

침실을 두리번거리다 문득 아내가 쓰는 화장대 거울을 봤다. 주말에 청소했건만, 그새 먼지가 소복이 쌓여 있었다. 유리 세정제와 마른 천을 가져와 뽀득뽀득 깨끗하게 닦았다. 예쁜 얼굴 선명하게 맑게 보라고(오글 죄송).

리필해서 쓰는 구강청결제 통도, 다 써서 텅 비어 있었다. 아내 몰래 다시 채워놓았다. 퇴근한 아내가 "혹시 이거 채워놓았어?" 하고 물었다. "그렇다"며 씩 웃었다.

3년 전쯤 생일선물로 사줬던 아내 가방도 유심히 봤다. 가죽 손

아내가 쓰는 화장대 거울에 먼지가 쌓여 있기에 뽀득뽀득 닦았다. 늘 머무는 공간 이지만 늘 똑같은 건 아니다. 관심을 갖고 본다면.

잡이 안쪽, 중간 즈음이 살짝 끊어져 있었다. 그새 꽤 낡았기에 하나 사야 되지 않냐고 했더니 아직 한참 쓴다며 고개를 저었다.

그리고 피로를 풀어준다고 주물러준 아내의 발. 발뒤꿈치가 건조해 조금씩 갈라지는 게 보였다. 아내가 좋아하는 아몬드 향 '풋 크림'이 필요한 계절이 됐다.

몸살 이기고, 이파리 벌린 '구아바 나무'

봄을 맞아 새 식구가 된 '구아바 나무'는 낯선 환경에 적응하느라 크게 몸살을 앓았다. 한 달 정도는 잎끝이 까맣게 타거나 말라가고, 이파리가 떨어졌다. 이대로 죽으려나, 식물 병원에 데려가야 하나, 하면서 노심초사했다.

이 녀석은 대체 뭘 좋아할까 싶어 공부했다. 햇빛을 좋아한다고 해서, 창가 쪽으로 자릴 옮겼다. 미세먼지가 극성인 날씨였지만, 통

300

풍이 중요하다고 해서 환기도 자주 시켜줬다. 그렇게 매일 들여다봤다. 죽지 않길 바라면서.

정성이 닿은 덕분인지, 다행히 조금씩 건강해졌다. 줄기 맨 위쪽에 마주 보고 붙어 있던 이파리 하나가 펴지길 기다렸다. 그리고 퇴근하고 온 어느 날, 활짝 이파리를 벌린 녀석을 발견했다. '이젠 살았구나' 싶어 안도했다.

눈길이 가니, '관심'이 됐다

두 달 동안 스마트폰에서 눈을 떼는 연습을 했다. 그러고 나서 스크린 타임(스마트폰 화면을 본 시간)을 예전과 비교해봤다. 65퍼센트나 줄어 있었다.

그 대신 바라보고 들은 것들이 있다. 스마트폰을 들고 다닐 땐 무심코 지나친 것들이다. 그리 시선이 가니 궁금해졌다. '그게 뭘까, 또 왜 그럴까' 짐작하게 됐다. 지독하게 무심했던 것들이 신경 쓰이기 시작했다.

버스에서 꾸벅꾸벅 조는 저 남성은 몇 시에 일어났을까. 길에 있는 저 아이는 왜 엄마한테 혼나고 있을까. 지하철역 앞 전단지 아주머니는 사람들이 안 받을 때 어떤 기분일까. 저 커플은 무슨 얘기를 하며 웃고 있을까. 저 카페 아르바이트생은 웃는 게 힘들진 않을까.

그러니 무표정했던 삶이 조금 환해졌달까. 무채색 세상이 유채색으로 칠해졌달까. 묵혀뒀던 오감이 자극된달까. 별것 아닌 일상조차 조금 특별해졌다. 손이 닿은 딱딱한 액정 속 디지털 세상이 아닌, 숨이 닿는 지근거리 이야기들이라서.

퇴근하고 녹초가 돼 집에 돌아왔다. 어두컴컴한 공간은 텅 비어 있었다. 마침 아내는 저녁에 친구들을 만난다고 했다. 터덜터덜 들어와 무거운 가방을 떨궜다.

거실 소파 위에 아무렇게나 누웠다. 습관처럼 스마트폰을 만지작거렸다. 인터넷 서핑도 하고, 웹툰도 보고. 그마저도 피로해 눈을 감아버렸다.

그날은 꽤 힘든 하루였다. 생각처럼 기사가 써지질 않았고, 공들인 섭외가 어그러졌고, 내가 본 팀원들 기사에 독자 항의가 들어왔다. 그러곤 그 모든 것에 나를 탓했다. 마음 가운데 어딘가가 허물어졌다.

스마트폰을 가까이 대고 AI(인공지능)를 불렀다. 그리고 이렇게 말해봤다. "시리SIRI야, 나 오늘 힘들었어." 그러자 AI는 상냥한 음성으로 또박또박 답했다. "잘 모르겠습니다. 원하시면 '나 오늘 힘들었어'를 검색해드릴 순 있어요."

대체 무얼 기대했던 것일까. 허탈한 마음에 피식 웃음이 나왔다. 이젠 꼭 필요하고 척척박사인 너지만, 여전히 채워줄 수 없는 게 있다고. 그러니 네게만 너무 기댈 순 없겠다고 말이다. 그리고 그날 밤, 집에 돌아온 아내와 긴 대화를 나눴다.

회사를 처음 '땡땡이' 쳐봤다

때는 오전 7시 25분. 평소 같으면 광화문에 다다랐을 그 시간에, 난 집에 있었다. 팬티에 편안한 니트를 입은 이상한 차림으로. 머리는 양옆이 눌려 까치집이 됐고, 안경도 벗고 있었다. 그렇게 거실 바닥에 쭈그리고 앉아, 메시지를 정성스레 다듬고 있었다.

'부장, 오늘 아파서 회사에 못 갈 것 같습니다. 죄송합니다.'

아니야, 이건 좀 성의가 없는 것 같은데. 그래서 다시 바꿨다. 회사를 못 가서, 안타까운 마음을 한 스푼 더 넣어서.

'부장, 오늘 몸이 안 좋아서 아무래도 출근하기 어려울 것 같습니다. 오늘 하루 쉬어도 괜찮을지요? 죄송합니다.'

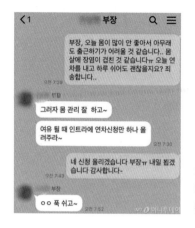

회사를 땡땡이치기 위해, 부장에게 정성스레 메시지를 보냈다. 주저하고, 고민하고, 지우고 또 쓰고를 반복했다. 다음 날, 양심고백을 했다.

아까보단 나아졌다. 근데 써놓고 보니 아무래도 절박함이 떨어져 보였다. 좀 더 구체적인 병명이 필요했다.

'부장, 오늘 몸이 많이 안 좋아서 아무래도 출근하기가 어려울 것 같습니다. 몸살에 장염이 겹친 것 같습니다. 오늘 연차를 내고 하루 쉬어도 괜찮을지요? 죄송합니다.'

여기에 죄송함을 한층 강화하는 '점(.)' 몇 개와, 우는 이모티콘을 추가했다. 다 써놓고 '전송' 버튼을 눌렀다. 눈을 질끈 감았다. 답장을 보기 무서워, 나도 모르게 벨소리를 무음으로 바꿨다. 그러고는 스마트폰을 소파에 던진 뒤, 화장실로 향했다. 볼일을 보며 떨리는 마음을 다스려보기로 했다.

회사를 '땡땡이'치기로 했다. 몸살과 장염은 순 거짓부렁이었다.

내 몸은 어느 때보다 건강했다. 그저 회사에 가기 싫었을 뿐.

이유는 있었다. 반복되는 일상에 균열을 내고 싶었다.

월급을 받은 것도 어느덧 9년 차, 그동안 땡땡이를 친 적은 단 한 번도 없었다. 아빠는 늘 이렇게 말했다. "아파도 회사 가서 아파야 한다"고. 가끔 노트북을 보고 인상을 쓰며 일하는 척 한 적은 있다. 그래도 전반적으론 소처럼 우직하게 해왔다. 편안한 것보단 바쁜 게 마음이 더 편했다. 내가 쓰임이 덜하단 생각이 들면 금세 초조해졌다. 그래서 몸에 힘을 잔뜩 주고 살았다.

몸과 마음이 지친 게 느껴졌다. 어느덧 11월, 한 해 쌓인 묵은 피로 때문이다. 반복되는 일상이 조금 지루해졌다. 알람 다섯 개에 애써 잠을 깨우고, 무표정한 얼굴로 양치질을 하고, 버스 시간을 맞추느라 뛰고, 사람들 틈바구니서 시루떡이 되고, 운 좋으면 앉아서 졸며 출근했다. 그러곤 익숙한 책상 의자에 앉아 노트북에 멍하니 시선을 뒀다. 흡사 정지된 흑백화면 같은, 그렇지만 시간은 또 르르 잘 흘러가는 그런 날들이었달까.

막연히 다른 하루를 그리워했다. 이를테면 영화 〈쇼생크 탈출〉의 마지막 장면 같은. 20년간 감옥에 갇혀 있던 주인공 앤디 듀프레인이 탈옥한 뒤, 해안도로를 달리는 그런 상상 말이다. 그건 일종의 '로망(낭만)' 같은 거였다. 상상만으로도 웃음이 나는. 그러나 그건 회사를 그만둬야 가능할 것 같은, 일종의 꿈처럼 느껴졌다. 그래서 먼 미래로 미뤄뒀었다.

스산해진 가을, 화장실에서 흰 머리 하나를 발견하고 뽑다가 괜스레 처량해졌다. 20대엔 흰 머리가 보이면 "야, 이거 봐" 하고 자랑했는데, 이제 30대 후반이라 그런지. 시간은 고생했다고 그 품을 넉넉히 내어주지 않으니까, 어느 날 문득 내 삶을 앗아가버리기도 하니까, 그런 생각이 마음에 자그마한 균열을 냈다.

그래서, 나를 위한 선물이라 여기고, 회사를 땡땡이치기로 했다. 그리고 그 하루를 로망으로 채우기로. 언제? 롸잇 나우!(지금 당장).

모처럼 아침 하늘을 봤다

마침내 그날이 왔다. 적당한 땡땡이 사유가 필요했다. 아무리 곰곰이 생각해봐도 갑자기 회사에 안 가도 될 이유란 없었다. 첨엔 용감하게 '부장, 회사 가기 싫어서 하루 쉬겠습니다' 할까 하다가 말았다. 월급이 그리 호락호락 나오는 게 아니었다. 그래서 결국 아프다고 했다. 그걸 쓰는 데에만 무려 30분이 넘게 걸렸다. 문장을 썼다가 지우고, 고쳤다가 또 지우고.

보내고 나니, 곧 부장에게 답장이 왔다. "몸 관리 잘 하고, 연차 신청만 올려달라"고. 죄송한 마음이 들었지만, 일단 생각 않기로 했다. 보고까지 끝내니 비로소 몸을 감싸고 있던 긴장이 스르르 녹았다.

창밖을 내다봤다. 하늘은 파랗고 잎사귀는 노랗고 불그스름했다. 어느새 가을이었다. 아침에 하늘을 올려다보는 건 꽤 오랜만이었다. 출근할 땐 앞만 보고 걷기 바쁘고, 돌아올 땐 이미 어둑어둑했으니.

'째깍째깍', 항상 분초를 재촉하던 거실 시계 소리가 편안하게 느껴졌다. 사방은 고요했고, 코끝에 오가는 숨은 깊어졌다. 몸을 그리 잠시 가만히 뒀다. 모처럼 느리게 가는 시간을 만끽했다.

일탈도 정답을 찾으려고

귀한 하루를 어떻게 보낼까 생각했다. 짜릿한 일탈 같은 게 먼저 떠올랐다. 번지점프를 하러 간다거나, 바다로 훌쩍 떠난다거나, 말도 안 되게 비싼 음식을 먹는다거나. 일단 노트에 쭉 써 내려갔다. 이것저것 검색도 해봤다. 그러다 어쩐지 우스워졌다. 일탈마저도 '정답'을 찾으려 애쓰고 있다는 게. 정답 같은 삶을 살아왔고, 그게 싫어 회사를 하루 땡땡이쳤음에도 말이다.

그냥 내가 원하는 하루면 족했다. 마음을 다시 들여다봤다. 바빠보낸 하루에 침전돼 허우적대던 나는, 어떤 하루를 보내고 싶었는지. 잘 보이고 싶은 하루가 아니라, 잘 보내고 싶은 하루가 필요했다.

그렇게 세운 하루 계획표엔 든든한 팀장, 좋은 남편, 의젓한 아들 같은 역할이 없었다. 온전히 나만을 위한 계획이었다.

따뜻한 물로 정성스럽게 샤워를 하고, '불금'에만 입는, 빨간 빤쭈(팬티의 다소 귀여운 표현)를 입었다. 오늘은 특별한 날이니까.

옷은 청바지를 입었다. 평소 하던 벨트는 빼버렸다. 늘 가두고 사느라 퇴근 무렵엔 벨트에 갇혔던 배가 빨갛게 됐었다. 제멋대로 튀어나온 배를 해방시켰다. 너도 숨을 좀 쉬라고.

이어 청남방을 입었다. 소화하기 힘들다는 '청청 패션'이었다.

배우 강동원 정도만 잘 소화했던 게 기억나, 단추를 잠그다 멈칫했다. 그러나 용기를 냈다. '세상이 날 보고 비웃을 때, 난 누구도 보지 않겠다'는 마음으로. 다 입고 거울을 봤다. 눈을 질끈 감았다. 역시 '패완일(패션의 완성은 얼굴)'이구나.

머리의 가르마도 타지 않았다. 오랜만에 앞머리를 내리고, 머리 손질을 해보기로 했다. 머리를 밀리면서 손가락을 구부려 뽕을 넣었다. 15분 정도 손질하고 왁스까지 발랐다. 1.5살 정도 어려 보였다. 만족!

'똘이'와 '동네 고양이'를 만나다

바깥에 나와 처음 간 곳은 '똘이네집(처가인데, 똘이가 사니까 그렇게 부른다)'이었다. 똘이가 눈이 휘둥그레져서 물끄러미 날 바라봤다. '월급 노예야, 이 시간에 네가 어인 일이야?' 이런 표정이었다. 그것도 잠시, 보송보송한 털발로 뛰어나와 무척 반겼다. 늘 많이 못 놀아줘 미안한 마음이라 오래도록 쓰다듬어줬다. 옥시토신이 마구 분비되고 있었다.

'무서운 듯 도망가기 놀이'와 '숨바꼭질'을 하며 놀아줬다(〈네 살 똘이와 하루를 보냈다〉 참조). 금세 웃는 똘이를 보며 마음이 몽글몽글해졌다.

그러고 나와선 동네 고양이를 만나러 갔다. 지난 9월, 겨울용 집을 만들어줬는데 잘 있는지 주기적으로 살피고 있었다. 살금살금 다가가 안을 들여다보려 하는데, 동네 고양이가 빼꼼 고개를 내밀었다. 집 안에 들어가 있는 건 처음 보는 터라, 무척 신기했다. 괜히 겁을 먹을까 싶어 조심조심 뒷걸음질해 돌아 나왔다. 혹시나 아무 녀석도 안 살면 어쩌나 걱정했는데, 고마웠다. '우와, 우와' 하고 혼잣말하면서, 헤벌쭉 신바람이 나서 걸었다.

아침 식사를 했다, 맛있게

아침 식사를 하러 가기로 했다. 제대로 된 백반 맛집으로. 평소엔 아침을 잘 안 먹었다. 일찍 출근했고, 회사에 가선 시간이 없었다. 오전은 이슈가 몰리는 시간이라 대응하기 바빴다. 공복에, 정신을 깨우느라 차가운 커피를 들이밀어 넣었다. 아침은 늘 그리 버텼다. 기사를 정신없이 쓰다 보면 어느덧 점심시간이었다. 그날만큼은,

평소 바빠 아침밥을 못 먹는 날 위해, 이날만큼은 돼지 불백 맛집을 찾아갔다. 아침엔 입맛이 없다 생각했는데, 정말 깨끗하게 다 먹었다.

나에게 제대로 된 아침밥을 주고 싶었다. 그런 마음이 들었다.

돼지 불백(불고기 백반)이 당겼다. 전날 후배가 이승우 선수 기사를 썼는데, 거기에 '돼지 불백'이란 키워드가 나왔다. 이걸 보다 나도 모르게 입력된 모양이었다.

홍대입구 인근 돼지 불백 맛집을 찾았다. 기사 식당이었다. 도착하자마자 돼지 불백 1인분을 시키고, 설레는 마음으로 기다렸다. 5분 만에 나왔다. 상추에 따뜻한 밥을 올리고, 고추장 불고기를 얹고, 마늘 하나를 넣고, 쌈장을 살짝 발라 쌈을 쌌다. 입안에 가득 차야 제맛.

그렇게 15분 만에 아침을 다 해치웠다. 어찌나 맛있던지. 아침엔 원래 입맛이 없다고 생각했는데, 그게 아니었단 걸 알았다. 바빠서 못 먹은 거였다. 느긋하게 천천히 먹으려 했는데 잘 안 됐다. 내 몸도 이미 '속도'에 익숙해진 탓일지.

작은 사치, '택시'를 탔다

가을 길을 천천히 걸으니, 따뜻한 커피 한 잔이 생각났다. 고소하고 향이 깊은 원두로 내린 아메리카노가 당겼다. 아담한 카페 하나가 눈에 들어와 아메리카노 하나를 주문하고, 준비해간 텀블러를 올려놓았다. 커피 내리는 소리와 함께 그윽한 커피 향이 코끝으로 전해졌다.

기다리는 동안 이름 모를 팝송이 들려왔다. 바람은 적당히 시원했고, 햇볕은 따스했고, 낙엽은 하나둘씩 떨어지고 있었다. 여유로

가을과 따뜻한 아메리카노는 찰떡 궁합.

운 광경에 행복해졌다. 텀블러 뚜껑을 못 닫을 만큼 꽉 담긴 커피를 보니, 마음이 더 풍요로웠다. 그리고 독립영화를 보러 종로 서울극장에 갈 참이었다. 오전 11시 50분 영화였다. 시간이 40분쯤 남아 있었다. 부지런히 움직여야 했다.

홍대입구역까지 걸어가려다, 택시 한 대가 지나가는 걸 봤다. 택시는 평소 거의 탄 적이 없었다. 1년에 한두 번 정도, 정말 급할 때만 탔었다. 택시비가 아까워서. 환승을 두세 번씩 해도, 어떻게든 버스와 지하철을 탔었다.

큰마음 먹고 택시를 잡았다. 작은 사치를 부려보고 싶었다. 매일 만원 버스에, 지하철 인파에 끼여 낑낑대다가 뒷좌석에 앉으니 편안했다. 아침을 배불리 먹어서인지, 모처럼 아늑한 이동을 해서인지, 나른한 졸음이 쏟아졌다. 기사님이 틀어놓은 라디오 소리가 희미해졌다.

안석한 영화관에서, 마음껏 울었다

영화관에 도착하니 11시 30분쯤 됐다. 택시비는 1만 원, 속이 살짝 쓰렸다.

보기로 한 영화는 〈벌새〉였다. 1994년에 사는 열네 살 중학생 은희의, '보편적이고 찬란한 기억'이란 줄거리가 마음에 들었다. 나도 그 시절을 살았었고, 초등학교 4학년이었다. 성수대교가 말도 안 되게 무너졌고, 지금은 무지개다리를 건너간, 반려견 아롱이를 처음 데려온 해이기도 했다. 지나간 오랜 기억들이 궁금해졌다.

2층에 있는 상영관엔 사람이 아무도 없었다. 잘못 들어왔나 싶어 두리번거리다 자리에 앉았다. 영화가 시작할 때 관객은 예닐곱 명. 어쩐지 마음이 편했다.

은희가 겪는, 섬세하고 애잔한 성장통을 보며 나를 떠올렸다. 완벽하지 않고, 서툴러 넘어지기 일쑤였던 날들이 생각났다. 저절로 어른이 된 게 아니라, 켜켜이 쌓인 시간이 있었다. 별것 아닌 것에 싸우고, 울며 화해하는 은희를 보며 눈물이 터졌다. 영화관이 한적한 덕분에 누구의 눈치도 보지 않고 편히 울었다. 해묵은 감정들이 시원스레 내려갔다.

영화 제목인 '벌새'는 가장 작은 새지만, 꿀을 찾아 아주 멀리까지 날아다닌단다. 나도 꿈을 찾겠다고 멀리까지 날다가, 영화 덕분

또 보고 싶은 영화 〈벌새〉. 성장통을 겪었던 흘러간 옛 시간들이 떠올랐다.

에 1994년의 나로 돌아왔다. 사소하게 흘렀다 여긴 어린 시절은 조금도 의미 없지 않았다. 낯설고도 여운이 짙은 두 시간이었다.

꿈꾸던 20대의 흔적들

지하철을 타고 대학교로 갔다(택시는 두 번 못 탔다). 졸업한 지 무려 10년 만이었다. 꿈꾸던 시간들이 보고 싶었다. 그때의 기분을 느끼고 싶었는지도 모르겠다. 미지근해진 물을, 다시 펄펄 끓여보고 싶었다.

대학생 때 꿈이 PD였다. 처음엔 라디오가 하고 싶었다가, 나중엔 다큐멘터리 PD를 꿈꿨다. 적성을 뒤늦게 알고 바꾸느라, 늦깎이 대학생이 됐다. 그래봤자 20대 초반인데, 그땐 남들과의 속도 차이가 참 크게 느껴졌다.

대학교를 10년 만에 찾았다. 오래전 꿨던 꿈들을 떠올리고 싶어서, 20대 흔적들을 돌아보고 싶어서. 그땐 이 오르막길을 지나다니는 게 일상이었는데, 지금은 사진을 찍고 있다.

오랜만에 캠퍼스를 밟으니 기분이 이상했다. 정문 쪽에선 동아리 회원을 모집하고 있었다. 캠퍼스 내 식당은 다 바뀌어 있었다. 분식 집도, 햄버거 가게도. 아는 공간인데, 온통 낯선 얼굴들만 있었다.

높다랗게 솟은 스피커를 보니 옛날 생각이 났다. 학교 방송국 PD였다. 교내에 첫 방송을 한 날, 음악을 틀어놓고 재빠르게 창문을 열었다. 학교 전체에 울리는 음악을 들어보고 싶어서. 그게 그땐 왜 그렇게 설레고 좋았는지 모르겠다.

중앙도서관에 들어가려다, '학생증'을 찍어야 한단 걸 새삼 깨달았다. 터벅터벅 뒤돌아서서 나왔다.

'이젠 이방인이구나', 노천극장에 앉아 그런 생각을 했다. '생각 서랍(평소 갖고 다니는 아이디어 노트)'과 만년필을 꺼내서 시詩나 한 편 써볼까 했다. 내용은 이랬다.

여기서 짜장면도 참 많이 시켜 먹었는데, 시간이 참 빠르다. 공강 시간에 잠시 쉬는 대학생 코스프레를 해봤다.

오랜만에 찾은 대학에서 끼적인 메모들.
감성 돋게 초록색 노트에 적어보았다.

과거를 그리워해도

돌아갈 수는 없다.

내가 있던 그곳은

이미 흘러가버렸다.

함께하던 사람도,

웃음과 울음과 힘듦도.

비어 있는 고요만 목격했다.

비로소 알았다. 그 시간을 만든 건, 공간이 아니라 '사람'이었다는 걸. 점심 때 노천극장에서 친구들과 짜장면을 나눠 먹고, 마음처럼 되는 게 하나 없던 사랑 얘기를 하고, 받아주지 않는 회사를 탓하며 푸념하고, 때론 하나둘씩 사라지는 동기들을 보며 불안해했던.

단지 기억이 아니라 추억이 된 건, 사람 때문이었다는 걸. 아무도 모르는 이들 사이에 머무르는 동안, 그런 생각을 했다.

책 두 권에, '오후 이슬'을 마셨다

늦은 오후, 짧아진 해가 어스름해질 무렵 동네로 돌아왔다. 천성이 '집돌이'라 역시 여기가 마음이 제일 편했다. 동네에서 한 번쯤 '책맥(책 보며 맥주 마시기)'을 해보고 싶었다. 편의점에서 맥주 대신 포켓 소주를 샀다.

동네 구석에 자리한 정자에 앉았다.《노견일기》라는 나이 든 반려견에 대한 에세이툰과《그 쇳물 쓰지 마라》란 책을 가방에서 꺼냈

동네 정자에서. 더 바랄 게 없다.

다. 그리고 소주를 한 모금씩 홀짝거리니 세상 부러울 게 없었다.

취기가 적당히 오르니 웃음도 눈물도 조금씩 과해졌다. 나이 든 강아지가 떠나는 장면을 몰입해서 보다가, 이미 떠난 아롱이와 앞으로 떠나갈 똘이가 생각나 눈물을 한 바가지 또 쏟았다.

발그레해진 얼굴을 시원한 가을바람이 두드리며 위로했다. 노을이 얼굴색만큼 불그스름해질 때쯤, 책을 덮고 집으로 향했다.

'로망'은 저 멀리, 어딘가 있다고 여겼다

어찌 보면 별것 아닌 것 같은 그 하루가, 내겐 큰 위로가 됐다. 그

책 두 권과 오후 이슬.

게 정답을 준 것도, 그로 인해 내 삶이 달라진 것도 아니지만 말이
다. 그래도 내가 원하는 시간을 온전히 보냈다는 것, 그것만으로도
치유가 됐다. 삐죽삐죽 튀어나오는 내 마음을 꾹꾹 누르며 살았었
다. 책임감과 성실함, 부지런함, 빠릿빠릿함, 이런 가치들을 지키기
위해 다 한편에 미뤄뒀었다. 그러니 표정이 자꾸 굳어가고, 마음이
딱딱해졌다.

　내 삶의 로망은, 늘 저 멀리 어딘가에 있다고 여기며 살았었다.
하지만 닿지 않는 게 아니었다. 대단히 큰 준비가 필요한 것도 아니
었다. 그저 엄두를 못 내고, 겁을 먹고, 생각을 안 한 것이었을 뿐.

　진짜 '로망'의 하루를 보냈다. 모처럼 버티는 게 아니라, 살아 있
는 기분을 느꼈다.

퇴근해서 녹초가 된 아내가 집에 와 물었다. 회사 땡땡이치니 좋았냐고.

나도 모르게 외로웠다고 말한 뒤 웃었다. 진심이었다. 홀가분하고 좋기만 한 게 아니라 쓸쓸했다. 오랜만에 간 캠퍼스에서, 한 남학생이 엉거주춤 넘어진 여자 친구에게 "다친 데 없어?"라고 말하는 장면을 우연히 보면서, 아내가 보고 싶었다.

누군가의 무엇이라서 그 무게를 짊어지느라 매일 똑같은 일상을 살아가더라도, 누군가의 무엇이라서 그 안에서 또 행복한 것임을 알았다.

30년 친구에게
"사랑한다"고 했다

"어이, 남 기자. 돈 빌려달라고 전화했어?" 반가운 목소리, 고등학교 친구였다. 18년이 흘러도 그대로였다. 고2 때 같은 반이었던 녀석. 출석번호가 비슷했고, 자리는 가까웠다. 그래서 친해졌다. 공부는 내가 더 잘했다(생각 차는 있을 수 있다). 성실했던 친구는 은행원이 됐다. 결혼해서 애 둘을 낳았고 각자 사느라 바빴다. 그리고 일때문에 싱가포르로 갔다. 떠나기 전에도 못 봤으니, 얼굴을 못 본지 수년이 됐다. 연락도 잘 못 했다. 엄밀히 말하면, 내가 좀 무심했다. 마음은 안 그랬는데.

할 말 있어서 전화했다고 했다. "할 말 있으니 전화했겠지, 만날 바쁘다고 하고." 서운함 섞인 핀잔이 돌아왔다. 그래서 바로 고백했다. "○○야, 사랑한다." 친구가 당황한 듯했다. "XX 무섭네, 왜 무섭게 그래." 그러면서도 이렇게 말했다. "아 왜, 나도 사랑해. 근데 왜." 처음이었다. 이런 얘길 해본 것도, 들은 것도. 오그라든 손은 내 몫이었지만 그래도 좋았다. 어물쩍 넘기려 했다, 친구끼리 그런 말 괜찮지 않냐며. 그리고 예전엔 하지 못했던 고마움도 표현했다. "수능 다시 볼 때, 네가 초콜릿 챙겨줬잖냐. 그때 고마웠다." 친구는 뻐기며 답했다. "내가 너 사람 만들었지, 키웠잖아. 빚진 마음으로 살아." 그러면서도 걱정되는 듯 계속 물었다. "아, 이 XX 뭔데. 왜 전화했어? 그것 때문에 전화할 리 없잖아?"

"사랑해", "고마워", "미안해." 마음속에 꼭꼭 묻어놨던 말들을 하고 있었다. 그간 못했던 이유는 많았다. 바빠서, 쑥스러워서, 타이밍을 놓쳐서. 언젠간 해야지, 차일피일 미뤘다. 그러는 새 시간은 참 빨리 갔다. 정신 차려보니 올해도 12월 1일. 아니, 더 돌아보면 몇 년은 고사하고 몇십 년간 표현을 못 했다. 가까울수록 더 그랬다. 으레 '말 안 해도 다 알겠지' 하면서.

이런 말들은, 삶 마지막 순간에야 나온다고 했다. 더 이상 미룰 시간이 없을 때 말이다. 지난 4월, 호주 퍼스서 시드니로 향하던 비행기 안. 급격히 흔들리던 기체가 빠르게 하강하기 시작했다. 승객들은 스마트폰을 꺼내 가족과 연인에게 마지막 인사를 남겼다. "엄마, 너무 사랑해. 먼저 가서 미안해." 다행히 비행기는 비상 착륙했다. 가장 듣고 싶은 말이지만 가장 하기 힘든 말, 그게 '사랑한다'는 말이라 했다.

그래서 한 해가 저물기 전에, 사랑하는 이들에게 그동안 못했던

덕수궁 내 공중전화 부스에 들어가, 전화하는 척 하는 필자. 마침 '문화가 있는 날'이라 입장료가 공짜였다. 아날로그 분위기를 살려보려 컨셉을 잡았다. 기본 요금이 70원으로 오른 줄도 몰랐다. 첫사랑하는 학생마냥, 전화기를 들었다 놨다 했다. 오래 들고 있으니 전화기 속 여성이 "유얼 다이얼링 이즈 더 뤠잇, 플리즈 트롸어겐(다시 걸어라)"이라고 했다.(ⓒ김건휘 인턴 기자)

말을 해보기로 마음먹었다.

엄마·아빠에게 "사랑해", 36년 만이었다

가장 가까운 '가족'에게 먼저 하기로 했다. 아내에겐 늘 하루 시작과 끝에 "사랑해"라고 했었다. 출근할 때, 그리고 잠들기 전에 얼굴을 마주 보며 직접 말했다. 빼놓을 수 없는, 소중한 순간이었다. 그래서 체험이랄 것도 없이, 언제나처럼 "사랑해"라고 했다. 이유는 너무 많아서 일일이 헤아리기 어렵다고 했다. 그저 하루가 사라지는 게 너무 아쉬울 만큼, 행복하게 해줘서 고맙다고 했다. 아내는 "립서비스를 잘한다"면서도 "나도 사랑해"라고 했다.

그다음엔 엄마와 아빠. 이제부터가 '고난이도' 시작이었다. 편지 끝엔 써봤지만, 직접 말해본 적은 없었다. 너무너무 쑥스러웠다.

엄마에게 전화를 걸었다. 결혼한 뒤 바쁘다고 자주 연락도 못 했다. 바로 말하려 했는데, 목구멍에 턱 걸렸다. 입이 안 떨어졌다. 괜히 딴 얘길 했다. '겨울 휴가' 얘기였다. 올해 가기 진 연차를 써야해서, 여행을 간다고 했다. 잘 다녀오라며 당부가 쏟아졌다. "옷 잘챙겨 입어라", "밤에 다니지 말아라", "상비약 잘 챙겨라" 등. 어릴 때 듣던 말들을 커서도 똑같이 들었다. 집 밖을 나설 때면 늘 "차 조심해"라고 했었다. 그러고는 엄마 무릎에 대해 얘기를 나눴다. 요즘 안 좋아서 바깥에 잘 못 다닌다고 했다. "오래 썼으니 그렇지"란 대수롭지 않다는 듯한 엄마의 말에 속상해졌다. 그렇게 20분을 망설이다 겨우 말했다. "엄마, 근데 말할 게 있는데." "뭔데, 말해." "사랑한다고." 엄마가 쑥스러운 듯 웃더니 말했다. "나도 마찬가지지?"라고. 36년 살면서 첨이었다. 기억 속에서는. 소리 내서 엄마에게 사랑한다고 말해본 건.

아빠에겐 전화가 먼저 왔다. 잘됐다 싶어, 바로 말하려는데 역시 말이 안 나왔다. "아픈 데는 없지?", "일은 괜찮고?" 아빤 늘 그랬듯 내게 안부를 물었다. 젊을 땐 호랑이 같았는데, 언제 이리 부드러워졌나. 그만큼 세월이 흐른 거였다. 20대 후반, 일을 시작하며 아빠를 이해하게 됐다. 왜 그리 바빴는지, 아파도 기어코 출근했는지, 왜 술 마시고 온 날에만 수염 난 얼굴을 비볐는지. 아빠에겐 통화로 말 못 하고, 문자로 이렇게 남겼다. "아까 전화할 때 말 못 했는데 사랑해요." 다섯 시간 뒤 답장이 왔다. "형도야, 나도 사랑해."

장모님에게도 전화를 걸었다. 세 번 걸었는데, 통화 중이었다. 그리고 오후 5시쯤 전화가 왔다. "남 서방, 전화했었어?" 겨울 휴가 얘길 나눈 뒤 운을 뗐다. "어머님, 올 한 해 맛있는 반찬도 해주시고 여러모로 따뜻하게 챙겨주셔서 감사합니다." 장모님은 손사래를 쳤다. 잘해주지도 못했다고, 돈 버느라 많이 힘들 거라고. 덕담이 오간 뒤 전화를 끊을 위기가 찾아왔다. 재빨리 말했다. "어머님, 드릴 말씀이 있는데(머뭇) 사랑합니다." 그리고 이어진 장모님의 대답. "으흥흥흥, 나도 사랑해, 고마워."

마지막으로 장인어른에게도 전화했다. 가장 떨렸다. 아내는 진지하게 "아빠가 싫어할 수도 있어"라고 했었다. 그래도 나는 좋아하실 거라며 고집을 부렸었다. "그래, 어쩐 일이야." "아버님, 연말이라 가까운 분들께 연락드리고 있습니다." "아, 그래. 잘 하고 있다." 그렇게 짧은 대화가 오갔다. 올 한 해 잘 챙겨주셔서 감사하다 했더니 "그래, 더욱 열심히 분발해라(열정적인 걸 좋아하신다)"라고 했다. 그러고는 눈을 질끈 감고 질렀다. "아버님, 사랑합니다" 그러자 따뜻한 대답이 돌아왔다. "그래, 고맙다" 그렇게 1분 만에 전화를 끊었다. 부끄러워서.

오랜 친구들에게 "사랑한다" 했더니, "이거 기사지?"

친구들 차례였다. '30년 친구'가 생각났다. 죽마고우였다. 여섯 살때 처음 알았다. 이사 왔더니, 옆 옆집에 살고 있던 친구였다. 아침부터 밤까지 붙어살았다. 놀다가 졸리면 그냥 거기서 잤다. 네 집이 곧 내 집, 내 집이 곧 네 집이었다. 다니던 고등학교, 대학교는

친한 친구에게 사랑한다고 했더니 보였던 반응. 블러 처리한 부분은 비속어다. 그래도 사랑한다고 똑같이 말해줘서 기분이 좋았다. 뭘 좀 아는 녀석이었다. 친구가 쓴 이모티콘은 '공짜콘'이다.

달랐지만 여전히 친했다. 동네서, 한강에서 맥주 한 캔씩 했다. 서로 도움 안 되는 연애 상담을 하면서. 친구는 취직도, 결혼도 빨랐다. 결혼식 사회도 봐줬었다. 이젠 두 아이의 아빠가 됐다. 바빠서 못 본 지 2년 가까이 됐다.

오랜만에 전화했더니, 대뜸 "웬일이야, 뭐야"라고 했다. 그러더니 "이것도 '체헐리즘' 아냐? 녹취되는 것 같은데"라고 했다. 눈치가 빨랐다. 깜짝 놀랐다. 기사 보고 있냐고 했더니, "네가 쓰는 건데, 당연하다"고 했다. 가족들도 읽는다고. 고마웠다. 밀린 안부를 묻다 세월에 대한 얘길 했다. "우리 벌써 서른여섯이다, 너랑 나랑 안 지 벌써 30년 됐다, 시간 참 빠르다"고. 첫째가 벌써 초등학교에 들어갔다고 했다. 친구는 일 얘기도 했다. 근무시간이 매주 달라져 힘들다고.

고맙단 얘기부터 했다. 무려 24년 전 일이었다. 놀이터에서 놀다 다친 적이 있었다. 놀이기구 쇠줄이 끊어진 걸 모르고 타고 놀다,

이마에 맞았다. 저녁이라 안 보여서 몰랐다. 아찔한 순간, 이마에 뜨겁고 끈적한 게 흘렀다. 땀인 줄 알고 닦았더니 피였다. 나보다 더 놀란 친구가 손으로 막아줬다. 용기 내서 "그때 고마워다"고 했더니 "그랬냐, 기억도 안 난다"고 했다(이 녀석이). 그리고 시간을 최대한 끌다가, "사랑한다"고 했다. 낯 뜨거워 빨리 끊고 싶었다. 친구도 피식 웃더니 말했다, "나도 사랑한다."

초중고등학교를 같이 나온, 동네 친구에게도 연락했다. 초등학교 5학년 때 주먹질하고 싸우기도 했었다(내가 이겼다, 내 마음대로). 이후 금세 친해졌다. 앞 동에 살아서 만날 봤었다. 수다도 많이 떨었다. 대화의 98.5퍼센트가 '헛소리'였다. 학창시절엔 세 시간 넘게 노래방서 소리를 지르고(부른 것 아님), 새벽까지 함께 게임도 했었다. 아무 일 없이도 언제든 볼 수 있는, 허물없는 친구였다. 체험 리즘에도 자주 등장했다. 타투 체험을 할 때, 친구에게 팔목을 보여줬더니 'X나 X신 같은데'라고 했다. 그걸 기사에 넣었더니 '진짜 친구'란 댓글이 많았다.

전화는 오랜만이었다. 뭐하냐고 했더니, "뭘 뭐해, 회사지"라고 했다. 늘 그랬듯 편했다. 그냥 전화했다고 했더니 "다 목적과 이유가 있어 전화했겠지, 돈 필요하냐, 빨리 본론부터 얘기해"라고 했다. 서로 웃음이 터졌다. 동네 오면 연락한다더니, 왜 안 하냐는 핀잔도 이어졌다. 담에 하겠다고 했더니, "3년 전에도 그 얘기 했다. 그냥 사이버 친구로 지내자"고 했다. 또 웃음이 터졌다. 그리 마음껏 웃고, 개운해졌다.

"고맙다"고 했더니, "기분 되게 좋다, 감동이야"

사랑 고백이 끝나고, "고맙다" 말할 차례였다. 스마트폰에 저장된 연락처를 보며 떠올렸다. 고맙다 늘 생각했지만, 차마 마음을 전하지 못한 사람들을.

'회사 선배'가 생각났다. 4년 전 여름, 지금 회사로 오게 해준 선배였다. 이전 회사에서 많이 힘든 때였다. 경험치로도 견디기 힘든, 불합리한 일들을 많이 겪었다. 모르는 뒷담화가 오갔고, 사람을 못 믿게 됐다. 마음속 병도 났다. 잠도 잘 못 자고, 살도 10킬로그램 가까이 빠졌다. 사회생활에서 손꼽을 만큼 힘든 시기였다. 그때 그 선배를 만났다. 별것 없는 나를 좋게 봐줬고, 지금의 회사로 이직하는 데 힘이 돼줬다. 회사에 들어온 뒤엔 같은 팀도 했었다. 취재도, 기사 작성 기본도 많이 알려줬다. 힘들 때도 있었지만, 지나고 나니 얻은 게 많았다.

오랜만에 선배에게 연락해 안부를 물었다. 그리고 그때 참 고마웠다고, 쑥스럽게 인사를 건넸다. 선배 덕분에 회사 잘 옮겼다고, 힘든 시기에 감사했다고. 그러니 선배는 "야, 너 이거 체험하는 거 아냐? 진짜 쑥스럽겠다"고 놀리면서도 "근데 기분은 되게 좋다. 나도 너무 고맙다"며 시원스레 웃었다. 그동안 못했던 대화를 나눴고, 건강 잘 챙기라는 덕담이 오갔다. 오래 뛰려면 뭣보다 건강해야 한다며. 새해에는 점심 꼭 먹자고 날짜를 잡았다.

아내를 소개해준, '친한 동생'에게도 연락했다. 방송작가였다. 동생 SNS에서 우연히, 아내와 함께 찍은 사진을 봤다. 조용히 '좋아요'를 눌렀다. 그리고 한 달 뒤, 동생이 '소개팅'을 해주겠다고 했다. 근데 아내가 아닌, 다른 사람이었다. 그래서 아내 얘길 꺼냈다. "왠지 설명하기 힘든, 강력한 끌림이 있다고. 단지 예뻐서만은 아니라고(물론 예쁘지만)." 웃음이 터진 동생은, 적극 추진해줬다. 첨엔 소개팅을 고사하는 아내를 설득했다고 했다. "법法 없이도 살 사람이라고, 정말 괜찮은 오빠"라고(잘 했어).

동생이 전화를 받았다. 네 살 아들, 어린이집 차에 태워 보냈다고 했다. "언니랑 어찌 그리 꽁냥꽁냥 잘 사냐, 그사세(그들이 사는 세상)다, 만날 신혼이야"라고 했다. 밀렸던 얘기들을 나눴다. 동생은 애 키우느라 바쁘고, 남편과 잘 지내다 가끔 싸우기도 하고, 열심히 일하며 잘 살고 있다고 했다. 우물쭈물하다 평소 고마웠던 마음을 전했다. "제일 감사해야 할 사람이 너인데, 연락 자주 못 해서 미안하다. 아내하고도 만날 그런 얘길 한다. 마음이 늘 그랬다"고. 동생은 "사는 게 다 그렇다, 그런 마음 가질 것 없다"고 위로하며 "정말 감동"이라고 했다. 그리고 "SNS는 활동도 안 하면서, 왜 자꾸 계정에 음식 사진만 올리냐"고 묻기에 "볶음밥, 음료수 공짜로 받으려고 그런다"고 했다. 동생은 "해킹당한 줄 알았다"고 했다. 같이 웃었다.

오래도록 미안했던 마음도 전했다

미안했던 이들도 많았다. 대학교 동기가 가장 먼저 생각났다. 학교 방송국에서 만나 2년간 '동고동락' 했다. 고된 방송국 수습 기간, 방학 때마다 하는 트레이닝, 후배들 교육까지. 서로 힘내자며 많은 걸 함께 견뎠다.

그러다 내가 방송국을 잠시 그만둔 적도 있었다. 하고 싶은 것도 많고, 생각도 많아서, 더 이상 못하겠다고 했었다. 그때 마음을 다시 붙잡아준 것도 동기였다. 힘든 시간을 보낸 게 아깝지 않냐고, 끝까지 잘 견디자고 했다. 그 말에 힘이 났었다. 돌아오니 동기는 "너 때문에 마음고생이 많았다"며 구박을 하면서도 "그래도 다시 와서 참 좋다"고 했다.

몇 년 전, 동기 아버지가 돌아가셨다. 급한 취재 때문에 챙기지 못했다. 사실 어떻게 말하든 핑계였다. 무슨 일이 있었든지 갔어야 했다. 부모님도 늘 가르쳤다, 기쁜 일은 못 챙겨도 힘들 땐 꼭 챙기라고. 그런데 못 갔다. 너무 미안해서 그 뒤론 연락도 못 했다. 그렇게 시간만 흘렀다. 마음에 계속 걸렸다. 미안하단 말 한마디가 어려워서 용기를 내지 못했다.

동기에게 연락했다. 첫 마디가 "누구시라고요?"였다. 이름을 얘기했더니 "깜짝이야"라고 했다. 그러더니 기사를 자주 본다고 했다. '이상한 짓'을 많이 하고 다닌다고. 그러면서 "이번 주 이상한 짓은 뭐냐, 혹시 돈 빌려달라고 전화하는 거냐, 피싱에 몇 명 속나 이런 거 하느냐"고 했다. 웃음이 터졌다.

나지막이 말했다. "아버지 돌아가셨을 때 못 갔잖아, 정말 미안했다"고. "뭘 미안해, 일이 있으면 못 올 수도 있지"라며 "신경 쓰고 있는지 몰랐다"고 했다. 그렇게 풀릴 일이었다. 동기는 그러면서 "반갑다, 오랜만에 목소리 들으니"라고 했다. 얼굴 보자고 했더니 "그러고 안 볼 거지?"라고 답했다. 또 웃었다. 무거운 짐을 내려놓은 기분이었다.

망설이기엔 우리 삶이 너무 짧기에

이렇게 "사랑해", "고마워", "미안해" 체험이 끝났다. 아직 마음 못 전한 이들도 남긴 채.

　낯간지러운 걸 싫어해서, 참 쉽지 않았다. 말을 꺼내놓은 시간보다, 망설인 시간이 더 길었다. 전화기를 들었다가, 무슨 말을 할까 생각했다가, 다시 내려놨다. 마음을 먹고 또 먹어야 했다. 전화해놓고도 말이 잘 안 나왔다. 딴 얘기만 잔뜩 하다가, 빙빙 돌리다, 머뭇거리다가, 마음 표현은 부리나케 했다. 얼굴이 화끈거리고, 달아올랐다. 이렇게 표현하는 게 익숙지 않나 싶었다. 하지만 용기를 내보니 정말 연습이 됐다. 처음만 힘들지, 조금씩 익숙해졌다. 그리고 처음으로, 굉장히 따뜻한 경험을 했다. 말이란 게 신기한 기운이 있었다. 마음은 늘 그랬는데, 이걸 꺼내놓으니 많은 것이 달라졌다. 말을 뱉는 것만으로 상대방과 나 사이, 공기의 온도가 달라지는 게 느껴졌다. 서로 통했고, 이어졌다. 마음이 달달하고 따뜻해졌다. 소중한 사람들이 더 소중하게 느껴졌다. 계속된 통화에 기운이 빠졌지만, 기분이 좋아 날아갈 듯했다. 그래서 지치지 않았다. 사랑하는 사람도, 사랑해주는 사람도 많단 생각에 행복했다.

　마음을 표현하는 것보다 더 좋았던 건, 연락이 닿는 그 순간이었

아내에게 쓴 손편지. 하루의 시작과 끝에는 꼭 사랑한다고 마음을 표현하려 한다. 인생 마지막 순간에 꼭 하고 싶은 말들이라면, 평소에 많이 하고 싶어서. 그렇게 마음을 나누고 있다. 쑥스러워서 내용은 블러 처리 했다. 다 읽으면 손을 펼 수 없기 때문에.

다. 오랜만에 사는 얘기를 듣고, 또 안부를 물었다. 길게는 통화를 한 시간씩 했다. 전화가 끊어질 줄 몰랐다. 그래서 시간이 오래 걸렸다. 전화 중간중간에도 서로 "바쁘지 않냐"고 물었다. 괜찮다고 했다. 앞으로도 여전히 바쁘겠지만, 서로 챙기고 표현할 시간 정도는 갖자고 다짐했다. 유쾌한 송년회도, 술자리도 좋지만, 이렇게 연말을 마무리하는 것도 괜찮은 것 같았다.

누구한테 사랑한다고 말할까, 오래 고민했다. 그러니 사랑한다고 말하지 못했던 이들이 떠올랐다, 아이러니하게도.

동전이 들어 있는 공중전화를 보며 그런 생각을 했다. 동전이 떨어지기 전에 할 말을 해야 하는데, 삶에서도 그런 게 아닐까 하고. 후회하지 않도록, 살아 있는 동안 하고 싶은 말을 꼭 해야겠다고.

외할머니는 여든다섯 나이로 세상을 떠나셨다. 사랑한다고 말할 시간이 충분했지만 그렇게 하지 못했다. 돌아가시기 일주일 전, 마지막으로 뵀었다. 그날 함께 있는 동안에도 빨리 집에 가고 싶은 마음뿐이었다. 할머니는 언제든 뵐 수 있는 분이라 생각했으니까.

17년 키우다 떠나보낸 강아지에게도 말하지 못했다. 짓궂게 장난치는 게 사실 다 사랑이었는데, 표현을 하지 못했다. 무지개다리를 건넌 날, 태어나서 가장 많이 울었다. 산책하기 귀찮아했던 게 미안해서, 사랑한다고 충분히 말하지 못한 게 아파서.

언제나 할 수 있었던 말, 하지만 언제까지나 할 순 없는 말. 한限 없이 있을 것 같아 아꼈다가, 한恨으로 남기도 하는 말. 아무래도 사랑한다고 말하기에 가장 좋은 시간은 '지금'인 것 같다.

그해 겨울, 토요일 새벽에 눈이 번쩍 떠졌다.

시계를 보니 새벽 6시 15분이었다.

눈을 비비고 졸음을 애써 쫓았다.

그리고 내 기사에 댓글을 달기 시작했다.

폐지를 함께 주웠던 최진철 씨 기사였다.

치아 상태가 많이 안 좋아 식사도 잘 못 하는

그의 모습이 두고두고 마음에 걸렸다.

가난해도 밥은 먹어야 살지 않겠는가.

매일 1만 원 벌이라 치과 치료는 엄두도 못 내는 상황이었다.

그래서 댓글로 치과 치료를 도와줄 사람을 찾았다.

며칠에 걸쳐 메일 200여 통이 쏟아졌다.

그를 돕고 싶다고 했다.

편의점 야간 알바라 넉넉지 않지만 보태겠다고,

고등학생이라 용돈은 적지만 나누겠다고,

기초생활수급자라 그 힘듦을 누구보다 잘 안다면서.

며칠 뒤 최진철 씨에게 전화가 왔다.

그는 울고 있었다.

계좌에 모인 금액이 700만 원이라고 했다.

2년간 매일 폐지를 주워야 모을 수 있는 돈이었다.

치과 치료를 무료로 해주겠다는 이시도 있었나.

"고마워요, 정말 고마워요."

그는 그 말만 반복하며,

수화기 너머에서 꺽꺽 울었다.

별로 한 게 없다며 황급히 전화를 끊었다.

뜨거운 게 목구멍에서 눈으로 차올랐다.

우리 삶이 그런 것 같다.

완벽하지 않아도

조금은 서툴더라도

온기 어린 공감과 작은 위로 덕에

툭툭 털고 일어나 다시 살아가게 된다.

다가올 또 다른 하루가 고단할지라도

다시 잘 살고 싶게 만드는 것도

그 작은 것들의 힘이다.

올해 다섯 살이 된 반려견 똘이가

글을 쓰는 내내 발등에

딸랑이를 떨어뜨리고 있다.

일 좀 그만하고

이젠 놀아달라고 보챈다.

그 마음을 알 것 같다.

그 옆에선 아내가 싱그런 여름 바람을 맞으며

쉬이 글을 마무리하지 못하는 남편을

묵묵히 기다려준다.

심심하다고 중얼거리다가도

선풍기를 고정해주고

시원한 물 한 잔을 가져다준다.

그 마음도 알 것 같다.

짧은 생生이고

찰나가 전부이지 않은가.

이 시간이 무척 귀하니,

그만 노트북을 닫고

가족과 놀아야겠다.

홀로 견디는
당신을 위해